Maasch · Los, gieß die Palmen

Erik Maasch

Los, gieß die Palmen

Heiterer Roman

C. Bertelsmann Verlag

Gesamtherstellung Mohndruck Graphische Betriebe GmbH, Gütersloh
ISBN 3-570-00514-3 · Printed in Germany

An unserer Schule am Landsberger Platz galt Olle Schraube als der ungekrönte König. Er war unser Cliquenchef und verfügte über einen schier unerschöpflichen Ideenreichtum, wenn es darum ging, irgendeinen Unfug oder Schabernack auszutüfteln. Darin übertraf ihn von uns niemand. Er war ein großer, dicker Kerl mit einem spitzbübischen Gesicht, größer und kräftiger als wir anderen und dazu ein Jahr älter.

Er stieß in der 3. Klasse der Volksschule zu uns, weil er eine »Ehrenrunde« drehen mußte. Fragte man ihn nach dem Grund, bekam man mit einem drohenden Blick zur Antwort: »Ick bin een Jahr zu früh eingeschult word'n; det hol' ick jetz' nach! Sonst noch wat?«

Ihm widersprach keiner, das wäre auch damals schon unklug gewesen.

Mit seinen Körperkräften hatte er sich bald eine Führungsposition in der Klasse und im Landsberger Kietz erobert. Aber nicht nur damit.

Olle Schraube war stolzer Besitzer einer »Wundertöle«, einer Berliner Promenadenmischung, in der sich Terrier, Spitz und Dackel um die dominierenden Erbteile stritten. Genau diese Mischung bevorzugten die Amerikaner damals in ihren Filmlustspielen als besonderen Gag. Somit entsprach also die Wundertöle dem Zeitgeschmack. Ihr Herr übrigens auch.

Wenn der behauptete, sein Vater sei nach Amerika gegangen, um Geld zu machen, dann glaubte ihm das jeder. Er ähnelte nämlich so fatal dem amerikanischen Schauspieler Oliver Hardy aus dem Filmgespann *Dick und Doof,* daß es selbst uns Kindern auffiel. Olle Schraube hörte es gar nicht einmal ungern, wenn man derartige Vergleiche anstellte. Er schien sich sogar in diesem Ruhm zu sonnen, erklärte das doch auch den fehlenden Vater.

Während dieser angeblich in Amerika die Dollars scheffelte, betrieb die Mutter in der Landsberger Straße ein Tabakwaren- und Zeitungsgeschäft. Über mangelnde Kundschaft konnte sie nicht klagen, denn die zog sie an, wie das Licht die Motten.

Ihr fein geschnittenes Gesicht und das dunkle Haar machten sie zu einer feurigen, attraktiven Frau mit einer hübschen, etwas üppigen Figur. So manchem Mann lief bei ihrem Anblick sicher das Wasser im Munde zusammen, zumal sie immer fröhlich, munter und zu Scherzen aufgelegt schien.

Wie sehr sie auf die Männer wirkte, wurde uns deutlich, wenn sie bei den Schulausflügen – wir machten damals regelmäßig Dampferfahrten – mit den anderen Eltern zusammen saß. Selbst mein Vater, der ansonsten nur Augen für meine Mutter hatte und sie eifersüchtig bewachte, reckte die Brust heraus und balzte, so daß wiederum meine Mutter giftige Blicke auf Madame Schraube und die sie umschwärmenden Männer schleuderte. Sogar unser Lehrer blieb ihren Reizen gegenüber nicht unempfänglich, was wir Bengels natürlich mit stillem Vergnügen registrierten. Madame war jedoch alles andere als ein leichtes Mädchen, von denen es um den Alexanderplatz nur so wimmelte. Sie wußte sich ihrer Haut sehr wohl zu wehren. Wenn es dann aber doch einmal etwas kritischer wurde, saß ja noch die Wundertöle im Laden und bedachte jede Handlung der Kunden mit einem drohenden Knurren, sobald sie über den Kauf, den Flirt oder das muntere Gespräch hinauszugehen schien. Der Hund hatte da ein ausgesprochenes Feingefühl für besondere Abstufungen entwickelt.

War Werner, so hieß Olle Schraube gutbürgerlich, mit im Laden, dann bremste er ohnehin den Mut der männlichen Kunden zu frivolen Scherzen oder gar Anzüglichkeiten. Dabei hätte gerade er so manchen der munteren Herren über die Feinheiten der körperlichen Liebe aufklären können, kaum daß er das dreizehnte Lebensjahr erreicht hatte. Zum Haushalt der Familie gehörte nämlich noch Annemarie, eine hübsche Haushilfe von fast sechzehn, die der Hausfrau seit zwei Jahren nicht nur zur Hand ging, sondern seitdem – konnte man Werners Worten glauben – auch dem Sohn mit praktischer Sexualaufklärung den fehlenden Vater ersetzte. Sie schien das nicht nur äußerst gewissenhaft, sondern auch mit hingebungsvoller Freude zu besorgen. Da er mit uns die Volksschule bis zum Abschluß der letzten Klasse besuchte, verdankten die meisten von uns seinen praktischen Erfahrungen die Aufklärung, die uns unsere Eltern schamig vorenthielten.

War es daher ein Wunder, wenn sich um Olle Schraube eine Clique sammelte, die bewundernd zu ihm aufsah und auch bereitwillig seine Streiche mitmachte?

Es wäre jedoch ungerecht, schriebe man die Gefolgstreue allein den besagten Qualitäten dieses frühreifen Mitschülers zu. Ein Teil des Ruhmes gebührte nämlich auch der Wundertöle. Diese wies eben nicht nur jenes besondere Feingefühl im Laden auf, sondern entledigte sich ihrer Exkremente – gleich, ob flüssig oder fest – auf eine ausgesprochen extravagante Art und Weise. Welchem Umstand immer sie diese Merkwürdigkeit verdankte, Schraube behauptete natürlich, sie sei das Ergebnis seiner hervorragenden Dressur, fest stand, daß es einen zweiten Hund mit so ausgefallenen Gewohnheiten in Berlin und vermutlich auch in ganz Europa sicher nicht mehr gab.

Dennoch bin ich auch heute noch der Meinung, daß das Tier – wie der Berliner sagt – »ein Ding am Kopp« hatte, und sei es auch nur ein kleines. Ich sehe Olle Schraube noch immer an der Ladentür lehnen, lässig die Hände in den Hosentaschen vergraben, neben sich den Hund. Der Besitzerstolz leuchtete aus seinen Augen, vor allen Dingen dann, wenn jemand aus unserem Kreis sagte: »Los, Schraube, laß die Töle mal pissen!«

»Wat gibste mir dafür?« kam prompt die Gegenfrage.

Dann ging das Gefeilsche los; denn Schraube kannte seinen Vorteil. Meist wurde man sehr schnell handelseinig.

Die Töle verfolgte den Handel mit wachen Augen. Es war merkwürdig, sie mußte spüren, daß es um sie ging. Sie saß auf dem Sprung, bereit, der Stimme ihres Herrn augenblicklich zu folgen. Kaum sagte der: »Los, gieß de Palmen!« erhob sie sich, reckte den Hundekörper und ging in den Hand- oder – besser – Pfotenstand. In dieser Haltung marschierte sie über den Gehsteig zum nächsten Baum und pinkelte aus dieser absurden Stellung mit gezieltem Strahl gegen den Stamm.

Prasselte der Beifall, bellte sie kurz auf und stelzte auf den Vorderbeinen zu ihrem Herrn zurück. Die ganze Darbietung wirkte so irrsinnig komisch, daß die Passanten stehenblieben und fassungslos zusahen.

Noch faszinierender war der Anblick, wenn sie sich ihrer festen Exkremente entledigte. Es gab diese Vorstellung darum nur sehr selten; denn Olle Schraube war sich des Wertes wohl bewußt und wollte seine Preise nicht verderben. Hemmungslos verwendete er den Hund als Lockmittel und dessen ausgefallene Gewohnheiten als Belohnung für erwiesene Dienste.

»Wenn ihr det ... und det ... macht, laß ick die Töle ooch abprotzen!« lautete sein Angebot.

Sagten wir nach langem Hin und Her endlich zu, dann gab es kein Zurück. Von wegen zusagen und dann kneifen, das gab es nicht, das war gegen die Ehre.

Kam der mündliche »Vertrag« zustande, verfolgten wir

immer wieder gespannt, wie sich der Hund seiner Aufgabe entledigte. Uns war es ein Rätsel, daß der sofort auf Kommando »abprotzen« konnte. Irgendwann mußte der doch einmal versagen! Aber der versagte nie.

Olle Schraube schnippte mit den Fingern und befahl: »Los, geh abprotzen!«

Schon stand die Wundertöle im Handstand und zockelte auf ihren Stammbaum zu.

Bis heute weiß ich nicht, wie sie es fertigbrachte, aus dieser völlig widernatürlichen Stellung eine geballte Ladung gegen den Stamm abzufeuern. Damals vermuteten wir, sie habe so etwas wie ein Katapult von der Natur eingebaut bekommen.

Sei es, wie es sei! Der Hund wartete auf den Beifall, bellte kurz auf und stelzte im Handstand bis zu seinem Herrn zurück. Beifallheischend blieb er vor seinem Gebieter hocken, der ihn streichelte und ihm ein paar lobende Worte verabfolgte.

Die Töle wedelte mit dem Schwanz und machte deutlich, daß sie den warmen Klang seiner Stimme als Liebkosung empfand. Ergebenheit im Blick, nahm sie ihren Platz neben seinen Füßen ein und sonnte sich in der Bewunderung der Zuschauer.

Auf diese Art wurde Olle Schraubes Ruhm durch den ganzen Bezirk Berlin-Friedrichshain getragen. Reger Zulauf ward somit auch dem mütterlichen Laden beschieden.

Während sich Olle Schraube außerhalb der Schule allgemeiner Beliebtheit erfreute, stand er mit einigen wenigen unserer Lehrer auf dem Kriegsfuß. Nicht, daß er ein schlechter Schüler gewesen wäre, keineswegs.

Die »Ehrenrunde« in der dritten Klasse hatte ihre Wirkung nicht verfehlt. Er lag seitdem im guten Mittelfeld der Klasse. Was jene Lehrer gegen ihn aufbrachte, ist auch heute noch schwer erklärbar.

Eine Ausnahme machte nur der Musiklehrer. Der

brachte seine Abneigung deutlich genug bei jeder sich bietenden Gelegenheit zum Ausdruck. Das tat er übrigens nicht bei Schraube allein. Ihm war eine ganze Gruppe von Schülern zuwider. Es waren vornehmlich die, die seinen Vorstellungen vom »deutschen Jungen« nicht entsprachen.

Dieser Musiklehrer hieß sinnigerweise Bebel. Mit diesem Namen belastet, der auf die Nationalsozialisten ständig wie ein rotes Tuch wirken mußte, lebte er unter dem Zwang, seine nationale Einstellung für jeden sichtbar zur Schau stellen zu müssen, indem er – wenn irgend möglich – in der braunen Nazi-Uniform oder mit dem »Bonbon«, dem Parteiabzeichen der NSDAP, am zivilen Rockaufschlag in die Schule kam.

Blond und blauäugig, fühlte er sich als germanischer Recke, wenn auch seine niedertrittige Figur in den Schaftstiefeln und der Reithose keineswegs dem deutschen Ideal entsprach.

Wer dunkelhaarig war, rangierte bei ihm schon an zweiter Stelle. Korpulenz rückte ihn noch weiter nach hinten. Fehlte gar die Mitgliedschaft in der Hitlerjugend, was bei einer ganzen Reihe der Fall war, dann war derjenige im unteren Bereich der Bebelschen Wertskala angesiedelt.

Auf Olle Schraube, mich und einige andere aus unserer Clique trafen alle drei Kriterien zu. Da halfen selbst gute oder sehr gute Leistungen nichts.

Dieser Kerl war ein ausgemachtes Mistvieh, immer darauf versessen, irgendwen bei irgendwas, irgendwann, irgendwo, irgendwie zu erwischen. Aus diesem Grunde trug er versteckt in seinem rechten Ärmel den Rohrstock mit sich herum.

Hatte er auf dem Schulhof oder am Gebäudeeingang die Aufsicht, so ließ er den Stock auf den Rücken der Schüler tanzen, die seiner Meinung nach die geheiligte Schulordnung verletzt hatten. Mit erstaunlicher Perfektion rutschte ihm der Stock aus dem Ärmel in die Hand, so daß er damit blitzschnell in die Menge dreschen konnte, was er dann auch meist mit Freuden tat. Da half nur eins, Kopf einziehen und schnellstens weg! Als Folge gab es in der Nähe dieses Paukers stets ein irrsinniges Gedrängel, weil jeder versuchte, eventuellen Schlägen vorbeugend zu entkommen. Und gerade diese Drängelei veranlaßte diesen wiederum, auf den quirlenden Haufen ohne jede Hemmung einzuschlagen. Es war ein echter Teufelskreis mit einem grinsenden Satan in der Mitte.

Durch seine Größe wie ein Leuchtturm aus dem übrigen Schülerreigen hervorstechend, war es unter diesen Umständen wahrlich kein Wunder, daß Schraube den Rohrstock geradezu wie ein Magnet anzog. Bei jeder sich bietenden Gelegenheit fing er sich so ein paar saftige »Jagdhiebe« ein, wie Bebel seine kraftvollen Streiche selbst nannte. Man kann sich in etwa vorstellen, welche Gedanken ihn und uns bewegten, wenn wieder einmal grundlos ein solches Gewitter niedergeprasselt war.

»Diesem alten Sack muß man det mal so richtig heimzahlen!« stieß Schraube wütend hervor.

»Det schon, aber wie?« fragte Tüte Müller und rieb sich den brennenden Rücken. »An det Aas kommste doch nich' am Tage ran. Und abends . . .?«

»Ick wüßte schon wat, da könnt'n wir'n treffen, wenn wir det zur richt'gen Zeit abzieh'n!« meinte Schraube und kaute nachdenklich auf seiner Unterlippe herum.

Unsere Neugier war damit geweckt, und wir gaben erst Ruhe, als uns Schraubes Idee bis in alle Einzelheiten bekannt war.

Das Ziel unserer Rache kam jeden Morgen mit dem Fahrrad zur Schule, einem alten, hohen Bock. Ihm diente das nicht nur zur Körperertüchtigung, sondern war auch eine Folge seines schmalen Lehrergehaltes. Für uns Schüler war das Radfahren auf dem Schulhof verboten, für die Lehrer dagegen nicht. Dennoch führten die anderen Pauker – uns zum Vorbild – ihre Räder über den Hof. Bebel natürlich nicht. Der genoß sein Privileg und fuhr laut klingelnd in die wartenden Schüler hinein. Wehe dem, der nicht zur Seite sprang!

Wir hatten sehr schnell heraus, wo unseres Gegners Drahtesel die Schulstunden überdauerte, bis sich der germanische Hintern in den Sattel schmiegte, um die Heimfahrt anzutreten.

Unsere Volksschule wurde nur von Jungen besucht, folglich unterrichteten uns nur Lehrer. Es glich daher einer Sensation, als irgendwann ein Fräulein Schütz in den Lehrkörper eintrat und fortan Naturkunde unterrichtete.

Von dieser einsamen weiblichen Seele fühlte sich besonders Bebel angezogen. Eine Schönheit war sie unserer Meinung nach ganz und gar nicht; aber das blonde Haar, die strammen Waden und überhaupt die Weiblichkeit hatten es dem schlagfreudigen Junggesellen angetan und sein Herz – so dieser Kerl eins hatte – bewegt.

Geduldig wartete er jeden Tag, bis auch die holde Maid sich nach dem Unterricht in den Sattel schwang und heimwärts radelte. Ob und wie weit sich die beiden einig waren, interessierte uns weniger. Unser Augenmerk galt dem Drahtesel des verhaßten Paukers, den Schraube im Keller ausfindig gemacht hatte und den wir präparieren wollten.

»Hast du die Blaupinnen mitgebracht, Tüte?« wollte Olle Schraube am ersten Tag unseres Rachefeldzuges wissen.

»Klar, da sind se. Ick hab extra die kurzen rausgesucht!«

»Gut. Die drücken wir so in die Reifenprofile, det se nich' zu sehen sind. Laß det Aas mal uffsteigen, dann hat er bald 'n Platten! Mann, wird der sich wundern!«

Wir hofften natürlich, den Augenblick des Plattfußes miterleben zu können. Daher nahmen wir am Heimweg Bebels erwartungsvoll Aufstellung. Und richtig, Schraubes Berechnung traf exakt zu! Unmittelbar vor uns radelte Bebel rumpelnd auf den Felgen daher. Seinem Drahtesel war die Luft ausgegangen. Als es nicht mehr zu verheimlichen war, stieg er mit gequältem Lächeln aus dem Sattel und besah sich die Reifen. Fräulein Schütz sprang zunächst auch vom Rad und wartete, bis der Musikgermane die Luftpumpe vergeblich strapaziert hatte. Weiter ging die Kollegialität dann allerdings auch nicht. Als die Vergeblichkeit der Bemühungen unübersehbar wurde, verabschiedete sie sich kurzerhand von dem Havaristen und trat frisch und frei in die Pedale. Der sah ihr mit einer Miene nach, die uns für alle erlittenen Schläge entschädigte.

Olle Schraube genoß den Triumph, kombinierte aber auch ganz richtig, daß wir uns für den nächsten Streich etwas anderes einfallen lassen müßten, wollten wir Bebel nicht vorzeitig warnen und uns auf die Schliche kommen lassen. Er hatte – wie immer – auch schon wieder einen Plan parat.

»Wenn der mit seine Karre wieder in die Schule kommt, lockern wir die Muttern am Hinterrad und zieh'n ihm den Rücktritt-Bolzen raus!«

Unschwer konnten wir uns vorstellen, was passieren mußte. Trat Bebel den Rücktritt, dann zog die Bremse wohl noch, aber das Rad rutschte durch den Kettenzug nach vorn und verkantete samt Rücktritt. Viel passieren konnte also nicht, aber immerhin.

Der Fall trat unmittelbar vor der Schule ein, als unser Opfer neben seiner Angebeteten in den Sattel stieg und besonders kraftvoll in die Pedale trat. Er starrte mit einem so schafsdämlichen Gesicht auf sein unwilliges Gefährt, daß wir Mühe hatten, uns das Lachen zu verkneifen.

Fräulein Schütz zeigte sich von dem »Unfall« wenig beeindruckt – ein paar nichtssagende Worte des Bedauerns, schon entrückte sie munter strampelnd seinen Blicken um die nächste Ecke. Verkniffen machte sich Bebel an die Reparatur, bei der ihm der Hausmeister helfen mußte. Wir sahen interessiert zu. Für den Hausmeister hatte er sich auch sofort eine Erklärung einfallen lassen. »Ich vermute, daß ich gestern nach dem Flicken der Reifen die Muttern doch nicht richtig festgezogen habe, weil ich gestört worden bin.«

Das hörten wir gern; besser konnten wir es uns wahrlich nicht wünschen! Vorsichtshalber kontrollierte er die vorderen Radmuttern, band die Rücktrittverriegelung zuletzt mit Draht am Rahmen fest und machte sich auf den Heimweg.

Der Erfolg ließ uns natürlich nicht ruhen. Sollte er aber keinen Fingerzeig darauf erhalten, wer dahintersteckte, so mußten wir jedesmal etwas anderes anstellen.

Das wurde auf die Dauer beschwerlich. Außerdem gab es zu Hause Ärger, weil wir unseren Tagesrhythmus dem Liebeswerben des verhaßten Lehrers anpassen mußten. Und das stimmte nun wieder nicht mit dem Stundenplan überein, der zu Hause bekannt war. Wir nahmen uns zwar noch die Beleuchtung, den Sattel, die Kette und noch einmal die Reifen vor, gaben dann aber auf. Olle Schraube gebar nämlich die »Idee des Jahres«, die es uns ermöglichte, den nächsten Streich vor einer großen Zuschauermenge ablaufen zu lassen. Das gab den Ausschlag.

Einmal in der Woche, und zwar montags, hatte Bebel seinen großen Tag. Chor stand auf dem Stundenplan. Dieser setzte sich aus vier oder fünf Klassen zusammen, so daß Bebel genügend Publikum hatte, um sich in seiner ganzen Macht zu zeigen. Wer nicht singen konnte – das waren die sogenannten Brummer –, der durfte nicht etwa nach Hause gehen, sondern mußte bleiben und war dem Lehrer hilflos ausgeliefert. Auf die Brummer konzentrierte sich nämlich überwiegend Bebels Aufmerksamkeit. Zwar war ihre Zahl in jeder Klasse klein, weil sein Ausleseverfahren nur die absolut hoffnungslosen Fälle passieren ließ, trotzdem kamen so viele zusammen, daß er sie gesondert setzen und im Auge behalten konnte.

Natürlich trat jedesmal genau das ein, was er ganz offensichtlich einkalkuliert hatte. Kaum hatte der Chor jubilierend seine Stimmen erhoben, machte sich in der Brummerecke die übliche Unruhe breit. Er fegte vom Flügel zum Unruheherd und fischte sich ein paar Opfer heraus. An diesen statuierte er ein Exempel, indem er jedem vier saftige Hiebe überzog. Bebel machte sich dabei nicht einmal die Mühe, nach irgendwelchen Begründungen zu suchen. Heulen und Wehklagen war nicht nur zwecklos, sondern beflügelte ihn nur noch. Schraube kannte als Brummer den Tag, an dem er mit Sicherheit eine Tracht Prügel zu erwarten hatte. Er kam deshalb trotz der hochsommerlichen Hitze mit einer hirschledernen Kniebundhose zum Unterricht.

»Ihr könnt sagen, wat ihr wollt. Ick weeß ganz genau, wat ick mache. Meine Lederhosen schützen besser vor den Jachthieben, als det eure pieseligen Hefte oder Puppenkissen könn'n!« Er spielte auf die Methode an, sich Hefte oder Puppenkissen in die Hosen zu stecken. »Außerdem knallt det beim ersten Hieb so laut, det er det zweete Mal nich' mehr so zuhaut. Er is' ja keen Unmensch, wie der olle Scheißer immer sagt!«

Die Praxis schien seine Theorie zu bestätigen. Gleichwohl, die Prügel kamen wie das Amen in der Kirche, denn auch unter den Brummern stach Schraube unverkennbar hervor.

Hatte Bebel den Brummerhaufen handgreiflich beruhigt, brachte er den Schulchor auf Touren. Das grausige Gebrüll mußte eigentlich jedem normalen Menschen den Magen umdrehen. Gesang war das jedenfalls nicht. Im Grunde genommen stellte die Chorübung eine Farce dar, weil wir nicht ein einziges Mal mit dem Chor in all den vielen Jahren in Erscheinung traten. Unser Rektor erschien nur einmal, um sich von unserem Können zu überzeugen. Er zog sich kopfschüttelnd schon nach kurzer Zeit zurück. Es hatte ihm ganz offensichtlich genügt, obwohl wir uns noch große Mühe gegeben hatten.

Aber, na ja, ich muß natürlich zugeben, daß die Masse dazu anstiftete, hemmungslos zu grölen, weil unser Musikus ohnehin nicht feststellen konnte, wer da absichtlich so gottserbärmlich falsch sang. Und das taten die meisten von uns mit Begeisterung.

Diese Montagsveranstaltung war es, die sich Olle Schraube für unser neues Vorhaben ausgesucht hatte. Das notwendige Publikum garantierte uns der Stundenplan.

Unter seinen Verwandten galt Olle Schraube als Tüftler. Darum hatte ihm unlängst eine seiner Tanten einen wunderschönen Experimentier-Kasten für Elektrobastler geschenkt. Dieser Kasten bot eine Vielzahl von Möglichkeiten; eine davon war der Bau einer elektrischen Klingel, ein einfaches, aber sehr wirkungsvolles Gerät. Dieses Ding hatte es unserem ideenreichen Bastler sofort angetan.

»Mensch, Leute, det Ding bau'n wir in den Flügel ein!« erklärte er uns strahlend und rieb sich seine Hände.

»Und wie willste det klingeln lass'n?« fragte Kralle zweifelnd.

»Ganz einfach, Mensch! Da kommt een Kontakt in eens von die Pedale. Tritt er uff det Pedal, schließt sich der Stromkreis, und der Spaß jeht los! Det doofe Gesicht, wat der macht!« Er lachte in der Vorfreude. »Det looft wie bei 'ner Höllenmaschine!«

Wir hatten zwar keine Ahnung, taten aber so, als wüßten wir genau Bescheid. Bei seinen Kenntnissen mußte das ja hinhauen.

Der Chor übte montags stets in der sechsten Stunde, spät genug, daß wir das Gerät in einer der Pausen in Ruhe installieren konnten. Die Sache mit dem Pedal funktionierte ganz hervorragend, wie uns der Test bei abgenommener Glocke bewies. Es hatte eben alles Hand und Fuß, was Schraube austüftelte!

Obwohl sich alles unter strengster Geheimhaltung abgespielt hatte, schien doch etwas zu den anderen Schülern durchgesickert zu sein.

Oder bildeten wir uns das nur ein?

Anders als sonst wurde Bebel mit erwartungsvollem Schweigen begrüßt. Mißtrauisch ging sein Blick in die

Runde und musterte drohend die Schülerschar. Selbst die Brummer verhielten sich absolut still. Er genoß dieses Schweigen und nahm vermutlich an, dieses alles geschähe aus Furcht oder Achtung vor seiner Erzieherpersönlichkeit.

Lange hielt er sich mit uns nicht auf. Ein Dompteurblick in die Runde – die ersten Töne wurden angeschlagen. Er gab den Einsatz – und das übliche Gegröle füllte die Aula.

Wir warteten gespannt ... Nichts geschah! Das Ding ließ uns im Stich, es funktionierte doch nicht! Oder?

Bebel schlug voll in die Tasten. Da – da – da!!

Ein lautes Klingeln übertönte seine perlenden Tonkaskaden! Am liebsten hätten wir laut aufgejubelt.

Bebel saß völlig erstarrt und lauschte dem unerwarteten Geräusch nach. Was war das denn eben? Hatte er richtig gehört, eine Klingel?

Der Chor bröckelte ab und schwieg endlich ganz.

»Wer hat hier einen Wecker mitgebracht?« kam es vom Flügel. »Wer, habe ich gefragt. Los, aufstehen!«

Der suchte einen Wecker! Das war ja grandios! Er schoß von seinem Hocker hoch. Seine kalten Augen glitten die Schülerreihen entlang. Nichts! Kein verdächtiges Anzeichen, denn alles schwieg entsetzt und zuckte nicht einmal mit den Wimpern.

»Ich frage jetzt zum letzten Mal! Wer war das? Meldet euch, ihr Feiglinge!« In seiner Wut überschlug sich seine Stimme. »Ich werde euch schon kriegen, ihr Rotzlöffel!«

Er raste durch den Gang und ließ den Rohrstock durch die Luft pfeifen. Er war völlig außer sich. Mann, so schön hatten wir es uns in unseren kühnsten Träumen nicht vorzustellen gewagt!

»Los, die erste Reihe die Mappen auf!« bellte er uns an.

Gehorsam rissen wir die Mappen hoch und hielten sie ihm geöffnet hin.

Er lief mit grimmiger Miene die Reihe ab. »Vortreten! – Die nächste Reihe die Mappen auf!«

Blitzschnell kamen wir seiner Anweisung nach, niemand

wollte sich einen Jagdhieb oder mehrere einhandeln. Innerlich grinsten wir über die sinnlose Suche, durch die er nur Zeit verlor. Aber wie besessen arbeitete er sich weiter durch die Reihen. Natürlich ohne Erfolg, und das machte ihn noch wilder.

»Naaa, wartet! Euch kriege ich schon, mit mir macht ihr das nicht umsonst! Das werdet ihr mir noch büßen!«

Wir mußten die Mappen abstellen und stehen bleiben. Vielleicht versprach er sich davon, daß wir dann nicht an den versteckten Wecker kämen.

Wütend hockte er sich hinter den Flügel und gab den Einsatz. Bei dem ersten Pedaltritt schrillte die Klingel wieder los und ließ ihn förmlich in die Luft springen.

Das war ja köstlich! Aber jetzt bloß keine Miene verziehen, sonst hatte er sein Opfer, das für alles büßen mußte.

Wutschnaubend begann er mit einer Leibesvisitation, denn er vermutete wohl den Wecker in unserer Kleidung. Das Ergebnis war voraussehbar.

Die Sache wurde ihm immer rätselhafter. Hatten diese Lümmel am Ende einen Faden gespannt, mit dem sie den Wecker betätigten? Er umkreiste uns wie ein hungriger Wolf. Aber auch hier nichts, kein Faden. Er schüttelte seinen Kopf.

»Wir werden sehen, meine Freunde! Euch wird noch einiges vergehen heute!«

Er stelzte zum Flügel zurück und ließ uns singen. Genau an der gleichen Stelle des Liedes klingelte es wieder lautstark. Er überging es, uns drohend fixierend. Wieder ertönte die Klingel, und dann nochmals. Bebel stutzte. Ihm begann es zu dämmern.

Der Flügel! Der Flügel war es! Der Wecker saß im Flügel! In seinem Gesicht zeichnete sich der Triumph ab; er hatte das Ding doch noch entdeckt!

Der Chor tröpfelte nur noch und schlief dann ganz ein. Bebel war für diese Welt verloren. Was interessierte ihn der Chor? Die Klingel, das verfluchte Ding mußte er haben! Selbstvergessen durchsuchte er den Flügel und fand kurz vor Stundenschluß Schraubes Meisterwerk. Er riß es mit roher Gewalt aus dem Musikinstrument. Schraube zuckte schmerzlich zusammen. Von uns kam kein Muckser, niemand wollte auffallen.

»So, das werde ich euch heimzahlen! Ihr könnt euch schon freuen!« Triumphierend hielt er die Klingel hoch. Ein abgerissener Draht pendelte vor seinem hochroten Gesicht hin und her. »Wer war das? – Ich rate dem Urheber, sich sofort zu melden, denn ich finde ihn auch so! – Die Strafe wird dann aber höher und härter sein!«

Das glaubten wir diesem Schinder auf das Wort. Er sah sich drohend unter der eingeschüchterten Menge um. Sein Blick fiel auf Pille, auf unseren kleinen, pickeligen »Hänfling«. Der wurde unter Bebels Blicken abwechselnd blaß und rot. Seine Unterlippe begann zu zittern, während sein Blick unsicher flackerte. Wenn man so wollte, dann sah so das leibhaftige schlechte Gewissen aus.

So sah ihn wohl auch Bebel in seiner Wut, denn er funkelte ihn böse an. »Naaa, mein Kleiner, komm doch mal her!«

Der arme Pille schrumpfte sichtbar zusammen, als wollte er sich vor ihm unsichtbar machen. »Ick war det aber nich', Herr Bebel! Ick hab' ooch keene Ahnung nich'!« schrie er entsetzt auf.

»Das werden wir alles schon sehen, mein Sohn«, säuselte dieser mit einem hinterhältigen Lächeln. Dann brüllte er brutal los: »Komm her, habe ich gesagt, aber ein bißchen dalli!«

Er schlug sich mit dem Rohrstock genüßlich gegen das rechte Bein, daß es laut knallte. Alle zuckten unwillkürlich zusammen.

Pille erkannte mit schmerzender Deutlichkeit, daß alles Reden keinen Sinn mehr hatte. Resigniert quetschte er sich zitternd durch die Reihe, die abgeschabte Mappe krampfhaft unter den Arm geklemmt.

Bebel sah sich schon am Ziel. Ha, den Zwerg wollte er wie eine reife Zitrone ausquetschen und zum Reden bringen! Wieder knallte er sich den Stock gegen das Bein. In Erwartung der unabwendbaren Prozedur legte sich Totenstille über die Aula. Pille, der arme Hund, war dran! Daran war nicht zu rütteln! Wer Bebel in die Hände fiel, der kam nicht mehr davon. Das wußte jeder.

Pille hatte den Mittelgang erreicht, ein Bild hoffnungslosen Jammers. Plötzlich riß er seinen mageren Körper zur Tür herum und rannte durch den Gang. Der Mut der Verzweiflung trieb ihn nicht nur von seinem Peiniger weg, sondern ließ ihn wild aufschreien: »Ick laß mir nich' verwichsen! Ick hab' nischt gemacht!«

Die Tür flog auf, raus war er!

Bebel brauchte geraume Zeit, bis ihm überhaupt bewußt wurde, welch ungeheuerlicher Vorgang sich da angesichts der versammelten Schülermeute abgespielt hatte. Überdeutlich hörten wir Pilles Schritte die Treppe hinunterklappern. Wie Paukenschläge hallten sie durch das Gebäude und rissen Bebel aus seiner Erstarrung. Er sauste durch die Aula auf die Tür zu, aber die war plötzlich blockiert.

Die Ereignisse überschlugen sich! Während wir in ein wildes Gejohle ausbrachen, in dem sich unsere Spannung löste, war in der Tür eine Frau erschienen, die Bebels Sturmlauf bremste. »Wulles« Mutter blockierte mit ihrer rahmenfüllenden Figur die Tür, bewaffnet mit Eimer, Besen und Kehrschaufel.

Frau Wullenweber, Mutter von elf Kindern, eins davon besagter Wulle in unserer Klasse, hielt wie ein Fels den wütenden Lehrer auf. So hoch wie breit, war sie unüberwindlich.

»Wat is' denn det? Bin ick falsch? Hier müßte doch Schluß sein, Herr Bebel? Ick mach' doch sonst immer um die Zeit hier sauber!«

Wulles Mutter gehörte zum Reinigungsgeschwader der Schule, an dessen Spitze der Hausmeister Natorp, der

»Nachttopp«, stand. Bei dem Anblick dieser Massen gab Bebel die Verfolgung auf. Er schüttelte den Kopf und drehte sich zu uns um. Sofort trat absolute Ruhe ein.

Aber Mutter Wullenweber war mit ihm noch lange nicht fertig. Sie trat ein paar Schritte vor und fragte: »Soll ick später wiederkommen oder wat?«

Bis zu uns wehte intensiver Schweißgeruch. Bebel verzog angewidert das Gesicht, wurde aber einer Antwort enthoben.

Hinter Wulles Mutter tauchte in der Tür unser Rex, der Rektor, auf, neben ihm der tränenüberströmte Pille mit seiner Mappe, gefolgt von »Nachttopp«. Man hätte eine Nadel fallen hören können.

»Lassen Sie heute nachsitzen, Herr Kollege? Oder ist das eine freiwillige Arbeitsgemeinschaft, die Sie hier abhalten? Ich hoffe, Sie haben die Eltern informiert?«

Der eisige Ton des Rektors ließ keinen Zweifel aufkommen, daß sich Bebel auch bei seinen Kollegen keiner großen Beliebtheit erfreute. Zumindest schien der Rex, ein bei den Schülern beliebter Mann, keine besondere Zuneigung für ihn zu empfinden.

Bebel machte den Mund auf und hob die Hände, bis er sich plötzlich des Rohrstockes bewußt wurde. Der Rektor fixierte den Stock mit unverkennbarer Mißbilligung, so daß Bebel jede Erklärung herunterschluckte.

»Ich hätte Sie gern wegen dieses Schülers gesprochen, Herr Kollege. Außerdem – was war denn das eben für ein höllisches Gebrüll hier oben? Gesang war das doch wohl kaum!«

Er sah die schweigende Schülerschar an und zog seine Uhr an der Kette aus der Westentasche. »Sie schicken die Schüler jetzt wohl besser nach Hause«, schlug er nach einem Blick auf das Zifferblatt vor.

Bebel nickte wortlos und machte uns mit einer Handbewegung klar, daß wir verschwinden sollten.

Schade, das Ende hätten wir gern miterlebt! Aber man

wußte bei Bebel ja nie, was noch kam, wenn der Rex außer Sichtweite war. So schnell wie möglich verschwanden wir auf Zehenspitzen aus der Aula und aus dem Gebäude.

Nach Hause gingen die wenigsten. Gespannt umlagerten wir das Schultor und warteten auf Pille.

»Der hält dicht, der Pille!« meinte Knolle. »Jetzt, wo der Rex dabei ist, da . . .«

»Ick weeß«, unterbrach ihn Schraube. »Der is' doch nich' doof! Warten wir mal ab, bis er kommt!«

Der erschien nach einer halben Stunde. Mit jedem Schritt über den Schulhof und vom Gebäude weg wuchs er, bis er wieder seine normale Größe erreicht hatte. Die letzten Schritte bis in unseren Kreis machte er betont lässig.

»Na, wat war los?« wollte Schraube wissen. »Erzähl mal!«

»Nischt war los. Ick mußte alles erzähl'n, ooch det mit die Klingel. Denn hamse mir loofengelassen!«

Unser Held hatte zu seiner normalen Dümmlichkeit zurückgefunden und ließ sich die Worte wie Würmer aus der Nase ziehen. »Mensch, nu' komm schon, und stell dir nich' noch dämlicher an, als du so schon bist!« fuhr Schraube ihn an und gab ihm einen Rippentriller zur Aufmunterung.

Zu einer Antwort kam er aber nicht mehr, denn Mücke gab plötzlich Alarm. »Achtung, der Nachttopp kommt!«

Angelockt von der Ansammlung vor dem Schultor erschien der Hausmeister auf dem Schulhof.

»Wir hau'n besser ab! Am Ende kommt ooch noch der Bebel!« schlug Tüte vor.

Wir setzten uns in Richtung Landsberger Straße in Bewegung, Pille in unserer Mitte. Es war sicher besser so, denn dem Bebel wollten wir lieber nicht über den Weg laufen.

Auf dem Weg zu Schraubes Laden erzählte Pille seine Geschichte, immer wieder von Fragen unterbrochen.

Er hatte die Treppe glücklich hinter sich gebracht, als er dem Hausmeister in die Arme gelaufen war. Der hatte ihn eisern festgehalten, weil ihm die ungewöhnliche Eile und der erregte Zustand Pilles verdächtig vorgekommen war.

»Mensch, den hätte ick am liebsten abgemurkst, wie der mir zum Rex geschleift hat. Jetz' bin ick janz froh darüber«, meinte Pille.

»Warum denn det?« So konnte nur Wulle fragen.

»Du bist vielleicht bekloppt! Weil ick beim Rex alles auspacken konnte, du Träne! Angefangen bei die Montagsprügel und uffgehört mit der Klingel, die det Aas aus'm Flügel geholt hat.« Je weiter wir uns von der Schule entfernten, desto malerischer wurde seine Darstellung. Er behauptete sogar, der Rex habe gegrinst, als er die Klingelei beschrieben habe. In der Aula habe er dann alles noch einmal in Bebels Gegenwart wiederholen müssen.

»Und denn hab' ick gesacht, det der mir verwichsen wollte, wo ick nischt gemacht und ooch nischt gewußt habe! Det fand der Rex gar nich' so jut und hat den Bebel janz verbiestert angekiekt. Aber der hat behauptet, er wollte mir bloß was fragen. Von wegen fragen! Det Aas kenn'n wir doch, wa?«

»Und? – Hamse dir ooch gefragt, wer det gewesen sein könnte?« Schraube blieb stehen und sah Pille durchdringend an.

»Na klar, det hamse! Ick hab' gesagt, det war'n viere aus der B-Klasse. Die Namen kenn' ick nich' und hab' se ooch nich' dabei geseh'n.«

Auf Olle Schraubes Gesicht erschien ein Lächeln. Er atmete erleichtert auf und schlug Pille auf die Schulter. »Jut haste det gemacht, janz dufte! Komm mit! Dafür lass' ick meine Töle die Palmen gießen. Als Belohnung, sozusagen!«

Vergessen waren Bebel und die Schule.

Vergessen aber war die ganze Angelegenheit ganz und gar nicht. Schon am nächsten Morgen durchkämmte Bebel wutschnaubend und rachedurstig die Klassen, um die »Brüder« zu finden, die den Unterricht gestört und damit gegen die geheiligte Ordnung verstoßen hatten. Wie nicht anders zu erwarten, nahm er sich in unserer Klasse sofort Pille vor. Zwar hätte er ihm am liebsten in Erinnerung der erlittenen Schmach ein paar saftige Hiebe übergezogen, schon um damit Pilles Gedächtnis etwas aufzufrischen, allein, unser Klassenleiter, Herr Gellert, stand daneben. Der hätte diese sinnlose Prügelei, das wußte Bebel, mit Sicherheit nicht geduldet. Der Rohrstock war zwar in der Schule als Züchtigungsmittel zugelassen, dennoch machten die wenigsten Lehrer davon Gebrauch, unser Gellert schon gar nicht.

In den Augen Bebels war der sowieso ein Scheißliberaler, so ein unsicherer Kantonist, dem man als »guter Deutscher« nur mit dem größten Mißtrauen begegnen konnte. War dieser doch wegen seiner ehemaligen Mitgliedschaft bei den Deutschnationalen, die die NSDAP 1933 zwar an die Macht gelangen ließen, dann aber – wie zum Dank dafür – verboten wurden, an diese »Proletenschule« versetzt worden, wo er, wie man höheren Ortes annahm, keinen politischen Schaden anrichten konnte. Ihm und noch einigen anderen Lehrern, die hier an dieser Schule am Landsberger Platz ihre »Sünden« abbüßten, verdankte Bebel die Anwesenheit, denn *er* war politisch zuverlässig und sollte auf diesen dekadenten Lehrerhaufen ein wachsames Auge haben. »Da sieht man es wieder einmal«, so hatte Bebel angeblich zu einem Parteigenossen geäußert, »hier hat sich das ganze Gesindel zusammengefunden, für das Deutschlands Wiedererwachen eine nationale Schande ist.«

Auf unbekannten Pfaden waren diese Auffassungen Bebels bis zu den Schülern durchgesickert, vermutlich über HJ-Mitglieder, die er irgendwann über die anderen Lehrer auszuhorchen versucht hatte. Das erklärte übrigens auch seine isolierte Stellung innerhalb des Kollegiums. Gellert machte aus seiner Abneigung keinen Hehl. Und wie der Rex zu ihm stand, hatten wir alle miterlebt.

Unter Gellerts wachsamen Augen mußte er sich also absolut korrekt verhalten und zudem noch verdauen, daß der die Sache anders sah, natürlich wieder scheißliberal.

»Daß Sie diesem Streich soviel Bedeutung beimessen, Herr Kollege, das gibt den Urhebern doch nur Auftrieb!« meinte Gellert.

»Wie, bitte, würden denn Sie die Sache anpacken?« fragte Bebel spitz zurück.

»Lachen würde ich darüber, lachen, Herr Kollege!«

Man sah Bebel an, was er dachte, aber nicht aussprach. Pille zog sich vorsichtig Schritt für Schritt aus der Reichweite des Stockes zurück.

Gellert konnte offenbar seine Gedanken lesen. »Setz dich man hin, Pille; keine Angst, hier haut dich keiner!«

Der Musikgermane knurrte, warf einen wütenden Blick in die Klasse und verschwand wortlos.

Olle Schraube, der völlig desinteressiert in seiner Bank saß und seine Fingernägel betrachtete, fühlte sich plötzlich beobachtet. Er sah auf.

Gellert blickte ihn forschend an. »Merkwürdig, Schraube, daß er dich nicht gefragt hat, nicht?«

Der wurde knallrot und schluckte. »Warum mir, Herr Gellert?« Die Sache war ihm gar nicht geheuer!

Die Klasse hielt den Atem an.

»Warum mich, heißt es, mein Sohn. Um es genau zu sagen, ich dachte mir das einfach nur so. Darum!« Er verzog das Gesicht zu einem Lächeln.

Der kannte uns alle besser, als wir es ahnten. Aber um nichts in der Welt hätte er in einem solchen Fall einen von uns hineingeritten. Das wußte auch Olle Schraube ganz genau.

»Ach so! Det hätt' mir ooch gewundert«, sagte er keß.

»Soooo?« Gellert zog das Wort fragend in die Länge.

»Siehst du, das wundert mich nun wieder! Du weißt doch genau, daß Pille mit der ganzen Sache nichts zu tun hat. Oder? Genauer als du kann es doch gar keiner wissen!«

Wumm, das saß! Schraube sah den Lehrer unsicher von unten an. Wußte der etwas? Oder pokerte der wieder nur?

Er grinste Gellert verlegen an und sagte nur: »Na ja, Herr Gellert.«

Das ließ alles offen und legte ihn nicht fest.

»Hat wohl die Wundertöle wieder eine Sonderschicht liefern müssen, was?«

Die Klasse saß in atemloser Stille und lauschte dem Wortwechsel. Der wußte etwas, ganz klar! Mann, Olle Schraube saß ganz schön drin!

Der aber ging die Angelegenheit forsch an. »Soll ick meine Töle mal mitbring'n?«

Gellert lachte laut auf. »Das fehlte uns hier gerade noch! Was willst du denn nachher dafür haben?« Ehe sich Schraube von seiner Verblüffung erholen konnte, fügte er hinzu: »Laß das man lieber.« Er drehte sich um und ging zur Tafel.

Die Klasse atmete hörbar aus. So war eben Gellert! Er war überhaupt ein prima Kerl; keine »Flasche«, mit der wir Schüler alles machen konnten, aber auch kein niederträchtiger »Steißtrommler« wie Bebel. Für uns aus dem Landsberger Kietz erwies er sich genau als die richtige Mischung, darum kam er bei uns an. Und jetzt, nach dem Gespräch mit Olle Schraube mit seinen warnenden Andeutungen, stieg er noch in unserer Achtung. Selten wurde in seinem Unterricht besser mitgearbeitet als in dieser Stunde. Bloß weg von dieser Klingelgeschichte! Je schneller Gellert sie vergaß, desto besser!

Aber so wenig der Bebel die ihm angetane Schmach vergaß, so wenig konnten Gellerts versteckte Warnungen das aus Schraubes Gehirn verdrängen, was sich dort als *sein* Erfolg eingebrannt hatte. *Er* hatte dem verhaßten Pauker vor der ganzen Schule eine Schlappe beigebracht, von der man noch lange sprechen würde. Alle Lehrer und Schüler wußten inzwischen davon. Ein echter Triumph, wie er schöner nicht sein konnte! Eine Rache für die ungezählten Hiebe, die jeder von uns hatte kassieren müssen. Und keiner wußte, wer dahintersteckte!

Kaum lag das Schultor hinter uns, ließ Schraube seinen Gedanken freien Lauf. »Schade, die Klingel is' futsch, so ein Mist! Die seh'n wir nich' mehr wieder. Aber jut war det, da könnt ihr nich' meckern, wa?«

Wir nickten bestätigend. »Klasse war det, janz große Klasse! Det vergißt der nich' so schnell. Hat der blöd aus de Wäsche gekiekt, wie ick de Kurve gekratzt habe, wat?« Pille brachte in Erinnerung, daß er ja auch seinen Teil beigesteuert hatte.

Schraube blieb plötzlich stehen. »Wenn ick bloß wüßte, wie wir an 'ne neue Klingel komm'n!« Er blickte einen nach dem anderen von uns forschend an. »Bloß in den Flügel kommt det Ding nich' mehr; da kiekt der olle Stinker zuerst nach.« Schraube war längst noch nicht am Ende, aber so ganz wohl war uns bei seinen Plänen nicht. Wir wollten erst einmal etwas Abstand haben, denn Bebel blieb mit Sicherheit eine ganze Weile äußerst wachsam. So nutzten die meisten von uns die Gelegenheit, an der nächsten Ecke abzubiegen und nach Hause zu gehen, ehe Schraube uns festnageln konnte.

Der Same war jedoch gelegt. Am nächsten Morgen keimte die Pflanze schon und trieb mittags die ersten Blüten.

»In die Bühne bau'n wir die neue Klingel ein!« verkündete Schraube. »Und denn zieh'n wir 'n Faden und lass'n det bimmeln.«

»Und wo haste die neue her? Heee?« Risse holte ihn wieder zur Realität zurück.

»Ick? Ick hab' gar nischt! Diesmal seid ihr dran!« konterte unser ideenreicher Cliquenchef.

Das war ja eine ganz neue Variante.

»Aaaach, so rum looft det jetzt! Kiek mal eener an! Wir sind dran, det sagste so einfach! Haste noch so 'n paar ulkige Dinger uff Lager?« Risse geriet in Rage. »Wir ham keene reiche Tante, die uns so wat von heut' uff morgen schenkt! Nur, falls du det vergessen hab'n solltest, du Schlaumeier!«

»Nu tritt dir man nich' uff die Schleppe! Mir wird schon wat einfall'n! Hab' ja immer 'ne Lösung gefund'n, wa! Oder vielleicht nich'?« Schraube zeigte, wer in der Clique das Sagen hatte.

»Na, denn spuck det man aus! Wir sind janz Ohr!«

Risse hatte kapiert. Er gab sich entgegenkommend, grinste aber hinterhältig. Die Geldfrage – die war es letztlich – würde ein echtes Problem bleiben, zumindest für die nächste Zeit. Daran mußte auch unser »Chef« scheitern, es sei denn, er fände wirklich eine Lösung.

Der Landsberger Kietz war nun einmal eine Proletengegend, wie Bebel herabsetzend gesagt hatte. In den Mietskasernen mit den vielen Hinterhäusern und Seitenflügeln wohnten auf engstem Raum überwiegend Handwerker- und Arbeiterfamilien, mitunter auch kleine Selbständige, die hier ihren Laden oder ihre Werkstatt hatten. Da war das Geld nicht »dicke« gesät.

Taschengeld? Das bekamen die wenigsten von uns. Ich machte dabei allerdings eine Ausnahme, denn für das Schuheputzen bekam ich an jedem Wochenende von meinem Vater 40 Pfennige. Und das kostete mich täglich Überwindung, denn mein Vater hatte grausige Schweißfüße ... Aber ohne Gegenleistung gab es eben nichts; ich sollte ja den Wert des Geldes schätzenlernen!

Wir hatten in der Palisadenstraße eine Wohnung für uns allein, zwar im Hinterhaus, aber immerhin. Mein Vater brachte als gelernter Schmied und Schlosser so viel Geld nach Hause, daß wir uns eine abgeschlossene Wohnung leisten konnten. Das war ein bescheidener Luxus. Bei den meisten meiner Schulkameraden herrschten abenteuerliche Wohnverhältnisse. Tüte Müller, groß wie Schraube, aber dünn wie eine Bohnenstange, wohnte in der Weberstraße in einer Zweizimmerwohnung im vierten Hinterhaus. Eine Zweizimmerwohnung, das war schon etwas; sie war nur für zehn Personen doch ein wenig zu klein. Tüte hatte nämlich noch sieben Geschwister! Wie das bei ihnen überhaupt zuging, blieb mir ein ewiges Rätsel.

Vater und Mutter Müller hatten Ehebetten, so richtig voluminöse Dinger mit dicken Kissen. Für die Kinder gab es jedoch nur eine Couch und ein Stockwerkbett hinter einem Vorhang; außerdem stand in der Küche noch ein »Ziehharmonika-Bett«, das abends ausgezogen wurde.

Ein gütiges Geschick hatte dafür gesorgt, daß die Kinderschar halb männlichen und halb weiblichen Geschlechts war; so teilten sich immer zwei ein Bett, ohne daß die Nachbarn daran sittlichen Anstoß nehmen konnten.

»Det is' im Winter schön warm, Mensch, sage ick euch! Ihr wißt ja nich', wat euch da entgeht!« schwärmte Tüte uns vor, wenn das Gespräch auf die Betten kam.

»Doch, doch! Ick kann det nachfühl'n«, bestätigte Schraube. »Ick liege ooch gern bei Annemarie im Bett, wenn meine Mutter mal weggeht oder mit Onkel Heini 'nen Besuch über det Wochenende in Werder macht! Det is' nich' bloß warm, sag' ick euch, det macht ooch Spaß! Und det nich' bloß im Winter!« Bei diesen Worten verklärte sich sein Gesicht voller Wonne.

Mann, hatte der das gut! Der war Fachmann, der kannte sich aus!

»Übrigens, Tüte, falls deine Schwester Ruth mal frieren sollte, ick komm' gern mal als Wärmflasche mit Ohr'n ins Haus und mach' mir nützlich«, bot er selbstlos an.

»Ach weeßte, ick gloobe nich', det se dir im Bett ham möchte«, dämpfte Tüte den Optimismus. »Aber kannst se ja mal selber fragen. Bist ja nich' uffs Maul gefall'n!«

Olle Schraube spitzte sich schon lange auf Tütes Schwester Ruth. Wir andern übrigens ebenfalls. Rutha, wie die Familie sie rief, weckte in uns Sehnsüchte, die bisher nur Schraube mit seiner Annemarie verwirklicht hatte. Somit wußte eigentlich nur er, was ihn da möglicherweise an Freuden erwartete und wie er es angehen mußte. Ruth war mit ihren sechzehn Jahren nur ein Jahr älter als die meisten von uns, was aber die körperliche Entwicklung anbelangte, uns meilenweit voraus. Sie war ein bildhübsches dunkelhaariges Mädchen. So mußte Mutter Schraube einmal als junges Mädchen ausgesehen haben. Auch sonst stimmte an Ruth alles. Die Figur hatte sich überall da gerundet, wo bei den meisten Mädchen ihres Alters noch Ecken auf die sich anbahnende Entwicklung hinwiesen.

Ruth konnte man durchaus als »Busenschönheit« bezeichnen. Und das war für sie ein echtes Problem. Der Modetrend der dreißiger Jahre lief in die entgegengesetzte Richtung. Folglich hinkte ihre Kleidung der körperlichen Entwicklung hinterher, die alle Blusen zu sprengen drohte. Im Badeanzug übte das einen ungewöhnlichen Reiz auf uns aus. Kam Ruth mit nach Rahnsdorf zum Baden, konnte sie unserer ungeteilten Aufmerksamkeit sicher sein.

Sie ähnelte ihrem Bruder kaum, denn Tüte war strohblond. Hier offenbarte sich überhaupt eines der Rätsel in dieser Familie. Während vier der Kinder eine unverkennbare Ähnlichkeit miteinander aufwiesen – sie waren der getreue Abklatsch des Vaters –, stritten sich bei den anderen Müllerschen Nachkommen Erbanlagen, für deren Ursprung man bei dem Elternpaar beim besten Willen nur geringe Anzeichen erkennen konnte. Will man ganz genau sein, so war Mutter Müllers Einfluß bei allen mehr oder weniger deutlich ausgeprägt. Aber Vater Müller? Nein, dessen Anteil schien irgendwelchen erbbiologischen Kapriolen zum Opfer gefallen zu sein.

Die Nazis hatte das jedenfalls nicht gestört. Sie hatten die Mutter mit einem Orden ausgezeichnet, dem sogenannten Mutterkreuz. Müllers waren gerade darauf mächtig stolz. Darum trug Frau Müller den Orden an einer Schleife auf ihrer voluminösen Brust, wenn sich dazu eine besondere Gelegenheit ergab. Jenen prachtvollen Busen hatte sie eindeutig und unübersehbar ihrer Tochter vererbt.

Ein weiteres Rätsel im Zusammenhang mit dieser Familie ergab sich aus der Tatsache, daß zum Haushalt ein Schlafbursche gehörte, ein flotter dunkelhaariger Kerl mit Namen Glomse, von dem man behauptete, er habe »bei den Weibern Schlag«. Wie dort bei dem kargen Bettenangebot auch noch ein Schlafbursche unterkommen konnte, blieb uns verborgen.

In den alten Berliner Arbeiterbezirken, wie Friedrichshain, im Wedding, in Kreuzberg, gehörten Schlafburschen bis zum Zweiten Weltkrieg zum Milieu der beengten Mietskasernen.

Wohnungen waren knapp und das Geld auch. Daher gab es viele Junggesellen, die keine eigene Wohnung hatten. Sie hausten wie Verwandte als Untermieter bei einer Familie oder begnügten sich mit dem bescheidenen Platz eines Schlafburschen. Als Schlafbursche kam nur unter, wessen Zeitplan von dem der Wirtsleute abwich. Bei Müllers sah das so aus, daß der Vater in den Großmarkthallen am Alexanderplatz arbeitete, während Glomse sich in einer der zahlreichen Kneipen um die Ecke als Bierzapfer sein Geld verdiente. Vater Müller ging zur Arbeit, wenn andere in die Betten stiegen, nämlich gegen 22.30 Uhr. Glomse tauchte in der Woche kurz nach 24 Uhr auf, wenn die Polizeistunde die Kneipentüren zuschlug. Kam der Hausherr morgens gegen 8 Uhr nach Hause, frühstückte er ausgiebig; der Glomse räumte inzwischen das Feld.

Abweichungen gab es nur vom Samstag zum Sonntag. Aber auch die waren aufeinander abgestimmt. Vater Müller mußte dann nicht zum Markt, und Glomse schlief in der Destille auf dem Billardtisch, weil die Kneipe da bis in den frühen Morgen offenblieb.

So waren alle zufrieden, auch die Polizei, denn laut Meldezettel war Glomse bei Müllers »aufhältig«. Er hatte somit einen festen Wohnsitz, und das seit mehr als fünfzehn Jahren. Natürlich zerrissen sich die Nachbarn darüber das Maul, allerdings niemals in Müllers Gegenwart – schon gar nicht dem bärenstarken Vater gegenüber. Offensichtlich ging diesem auch nicht das geringste ab, im Gegenteil. Der glutäugige Glomse steuerte mit dem »Schlafgeld« einen gern gesehenen Betrag zur Haushaltskasse bei.

Und das zählte, zumal Mutter Müller ihrem Mann offensichtlich keinen Anlaß gab, an ihrer innigen Zuneigung zu zweifeln. Jedenfalls führte er das sonnabends allen eventuellen Kritikern handfest vor Augen.

Sonnabends ging er mit Muttern aus, um sich wenigstens einmal in der Woche »vom Schindern« zu erholen. Das Ziel der Exkursion war zwar nur die Kneipe an der Ecke, in der Gläser mit Soleiern, mit Rollmöpsen und mit sauren Gurken neben einem Glassturz mit Buletten auf der Theke standen, von dichtem Tabaksqualm umweht. Hier fühlte man sich als Stammgast, kannte die anderen Gäste, blieb unter sich und seinesgleichen und genoß die Gesellschaft.

Hatten genügend »Mollen mit Pfiff« den Stimmungspegel angehoben, dann patschte er mit seiner riesigen Hand herzlich auf ihre »Prachtschinken« und raunte ihr ins Ohr, daß es natürlich alle hören konnten: »Los, Mutter, komm die Bettkarte stempeln! Adolf braucht Soldaten!«

Sie schmiegte sich jedesmal zärtlich in seinen Arm und trat mit ihm den Heimweg an. Ein Bild ehelichen Friedens und Einvernehmens.

In diesem Haushalt blieb für Tüte kein Pfennig Taschengeld, auch wenn er die Schuhe der ganzen Familie fünfmal am Tage auf Hochglanz gebracht hätte. Das Geld konnte nur von außen kommen.

Aber Geld brauchte Olle Schraube, wenn er aus Einzelteilen wieder eine Klingel basteln wollte.

»Mensch, nun laßt euch doch ooch mal wat einfall'n, wie wir det mit den Moneten deichseln könn'n! Habt ihr denn bloß Luft in der Birne?« hielt er uns vor. Das war leichter gesagt als getan! Uns fiel nichts, aber auch gar nichts ein.

»Det is' alles zu machen! Der neue Laden am Alex hat die janzen Teile für 'ne Klingel, und teuer is' det ooch nich'! Na ja, ick weeß, wenn du keen Geld hast – schon«, gab Schraube zu, weil Risse schon den Mund aufmachte und lästern wollte. »Aber ick find' schon wat, wie wir det hinkriegen, det sage ick euch!«

Allein, bei diesem tröstlichen Versprechen blieb es.

Den anderen unser Clique ging es wie Tüte Müller oder noch schlechter, was die Wohnung und das Geld anbelangte.

Über uns – wir wohnten im Parterre – bestand das Stockwerk aus sieben Wohnräumen mit vier Küchen, in die sich sieben Haushalte mit Kindern und Untermietern teilten, insgesamt zwanzig Personen. Toiletten oder gar Badezimmer in der Wohnung gab es nicht. Dafür hatte der Hauswirt in der zweiten Etage den mittleren Wohnraum an der Treppe in ein Zentralklo mit fünf oder sechs Kabinen umgewandelt. Eine ideale Klatschbörse für die etwa siebzig Bewohner der ersten bis vierten Etage! Wir blieben davon ausgeschlossen, denn wir hatten das Klo auf dem Hof.

Wer hier wohnte, der ging sparsam mit dem Geld um. Das wußte auch Schraube, obwohl er besser gestellt war. Es sprach für seinen praktischen Sinn, daß er endlich doch eine Lösung fand, dem finanziellen Notstand abzuhelfen, um dem Bebel wieder eins auswischen zu können.

Dieser Kerl war nach der Klingeltragödie vollends ungenießbar geworden. Er vermutete in allem einen neuen Angriff auf seine Person und schlug noch erbarmungsloser auf die Schüler ein.

»Der muß wieder eins vor den Nüschel bekomm'n!« brach es aus Kralle heraus, als wir auf dem Heimweg von der Schule die Strausberger Straße querten.

Uns brannten die Schläge auf der Haut, mit denen uns Bebel wieder eingedeckt hatte, weil wir seiner Meinung nach nicht laut genug gesungen hatten. Pille hatte den schlimmsten Teil abbekommen, weil dieser Dussel ausgerechnet an einem Tage mit Musikunterricht nur mit einer dünnen Turnhose bekleidet zur Schule gekommen war. Während bei Tüte in der Hose ein Puppenkissen seiner kleinen Schwester die Wucht der Schläge abfing, schlugen sie bei Pille voll durch.

»Und wenn wir dem Mistkerl det Fahrrad morgen in tausend Teile zerlegen! – Mensch – Fahrrad! Warum bin ick bloß nich' früher druff gekomm'n?« Schraube sprang umher und schrie immer wieder: »Ick hab's! Ick hab's! Die Klingel is' gesichert!«

Er mußte einen echten Stich haben, so verrückt führte er sich auf. Tüte hielt ihn fest und schüttelte ihn. »Wach uff, du Eierkopp! Sag endlich, wat du meinst!«

Der wurde tatsächlich normal und sprudelte heraus: »Fahrräder, Mensch! Bei EPA in der Großen Frankfurter Straße, Mensch, da passen wir uff! Verstehste? Nee?«

Wir sahen ihn verständnislos an. Große Frankfurter Straße? EPA, das Kaufhaus? Was meinte der bloß?

Bei uns war »der Groschen noch immer nicht gefallen«, man hörte ihn noch nicht einmal klappern.

Schraube sah erwartungsvoll von einem zum anderen. »Kapiert denn keener? Morgen is' Freitag, da gibt es Geld, Mensch! Da is' bei EPA Hochbetrieb! Da gehn wir hin und passen uff die Fahrräder uff! Kapiert, ihr lahmen Enten?«

Das war die Idee, um zu Geld zu kommen. In der Großen Frankfurter Straße befand sich unter anderen großen Geschäften auch ein EPA-Kaufhaus, in dem Einheitspreise für die meisten Waren galten. Billig und gut sortiert, erfreute es sich regen Zuspruchs, besonders an Zahltagen.

Neben EPA hatte sich die »Bierglocke«, eine typische Berliner Stehbierhalle, etabliert, ein riesiges Lokal. Man stand an hohen runden Tischen, auf die man sich gemütlich aufstützen konnte, wenn man genüßlich seine Molle zischte. Freitags war das Lokal voll. Wie Ölsardinen in einer Büchse drängten sich die Arbeiter um die weißgescheuerten Tische, »pfiffen« eine Molle und einen »Koks« ein, einen Schnaps mit einem Stück Würfelzucker, und genossen das kurze Glück, einmal Geld in der Tasche zu haben, und man fand Spaß an der Sache und trank, bis »es in der Birne schön zeckte«. Der Katzenjammer kam dann zu Hause.

Deshalb kamen die Ehefrauen häufig mit in die Kneipe; denn wenn der »Olle« das ganze Geld »uff'n Kopp wichste«, was oft genug vorkam, dann sah es in der Woche für die Familie bitter aus.

Viele machten erst den Weg zu EPA, kauften ein und gingen dann auf einen Sprung in die »Bierglocke«, um sich dort die ausgedörrte Kehle anzufeuchten. Die vollen Einkaufstaschen stellte man auf den Boden und klemmte sie zwischen den Füßen fest. Und die Fahrräder? Die waren bei einer solchen Einkaufstour am Freitag mehr als nur hinderlich. Das Abstellen vor den beiden Zentren der Betriebsamkeit erwies sich oft genug als bodenloser Leichtsinn; da halfen auch Schlösser nichts. Es wurde geklaut, was nicht niet- und nagelfest war. Man war froh, wenn sich Kinder anboten, auf den wertvollen Drahtesel aufzupassen. Das meinte Schraube, als er in seinen Veitstanz ausbrach.

Merkwürdigerweise hatte die Polizei etwas gegen diese Form der Eigentumssicherung einzuwenden. Man mußte aufpassen, daß man nicht geschnappt wurde. Das gab nämlich Ärger auf der Wache, zu Hause und – was noch gemeiner war – auch in der Schule.

»Leute, da passen wir morgen uff de Räder uff! Det is' zwar Kuttes Revier, aber det möcht' ick seh'n, det der uns da verjagt! 'n Knüppel sollte sich jeder ruhig mitbringen. Det beruhigt beede Seiten!« erläuterte uns Schraube seinen

Operationsplan. »Ick werde det mal mit Kutte in aller Ruhe absprechen. Det wird er schon versteh'n! Schließlich lass'n wir'n ja ooch im Winter öfter uff der Eisbahn im Friedrichshain Schnee schieb'n, damit er Freikarten kassieren kann, wa?«

Kutte, Chef der Clique aus der Frankfurter- und Lebuserstraße hatte zu Schraube ein gutes Verhältnis, deshalb machten wir uns auch gar keine Sorgen. Aber gefragt werden mußte er der Form halber schon. Kutte stimmte zu. Vermutlich stand er wieder einmal mit der Polizei auf Kriegsfuß und zog sich deshalb vorsichtshalber für einige Zeit von seiner Geldquelle zurück. Wie es auch gewesen sein mochte, am nächsten Nachmittag kam uns von seiner Clique niemand in die Quere. Wir sahnten ab, obwohl mehrmals Polizisten auftauchten und uns zur Rede stellten. Auch darauf hatte uns Schraube vorbereitet. »Da setzte dir einfach uff det Rad und sagst, du wartest uff dein'n Vater, Bruder oder Freund. Denn kann dir keena, klar?«

Und das funktionierte wirklich! Als wir abends um sieben Uhr unseren Wachtdienst beendeten, hatte ich über fünf Mark zusammen, alles in Groschen und Sechsern. Die anderen brachten ähnliche Summen zum Vorschein.

Schraube holte Papier und Bleistift aus seiner Hosentasche. »Det Kleingeld«, erklärte er, »tausche ick bei meiner Mutter gegen großes Geld ein, die kann det immer gebrauchen. Damit det keen Theater gibt, schreib'n wir alles genau uff. Ick besorge morgen die Teile für die Klingel, denn rechnen wir ab, wa?«

»Ick bin dafür, det du ooch det Material ...«, Tüte brachte das Fremdwort ohne Schwierigkeiten über die Zunge, »für deine eigene Klingel koofst, damit dein Schaden ausgeglichen wird und so.«

»Mensch, Tüte, det is' echt edel! Aber, wat sagt ihr denn dazu?« Schraube lispelte vor Rührung.

»Klar, wir ham det ja jetz'; mach det man!« stimmte ich zu. Die anderen nickten.

»Na, det muß belohnt werd'n! Ihr seid dufte Kumpels! Dafür laß ick meine Töle wieder mal wat vorführ'n. Kommt, geh'n wir zu mir.« Schraube wußte, was sich gehörte, selbst als sich herausstellte, daß seine Mutter überraschend »über das Wochenende mit Onkel Heini nach Werder gefahren« war, wie ihm Annemarie freudig berichtete.

Seine Mutter mußte es sehr eilig gehabt haben, denn sie war Punkt 19 Uhr aus dem Hause gegangen und mit dem sogenannten Onkel Heini in seinem nagelneuen DKW unter Reifenquietschen abgedonnert. Nun aber hatte es Annemarie sehr, sehr eilig. Madame hatte ihr aufgetragen, sie solle darauf achten, daß Werner auch ja sein Bad nähme. Ihre Augen glitzerten erregt. Am liebsten hätte sie uns alle sofort zum Teufel gejagt.

»Wat is' denn bloß mit dir los, Annemarie?« Risse sprach geziert fast reines Hochdeutsch. »Das Wasser läuft doch nicht weg; heute ist doch erst Freitag!«

»Ich muß die Mutter an Werner vertreten, das verstehst du nicht!«

»Doch, doch, liebe Mama, det versteht er schon! Ick muß bloß erst meine Schuld'n abtrag'n, denn komm' ich bei dir an die Brust, mein Mütterlein!« Schraube lachte wie ein Roß und schlug sich vor Vergnügen auf die Schenkel.

Annemarie lief dunkelrot an und verschwand im Dunkel des Ladens, aus dem bedächtig die Wundertöle gestelzt kam.

»Komm, Bruderherz, setz dir nich' erst uff deine Keul'n! Du mußt mir ehrlich machen, weeßte, det sind nämlich ganz dufte Kerle!«

Die Töle spitzte die Ohren. Es sah aus, als verstünde sie genau, was ihr Herr und Gebieter da für ein Anliegen hatte.

»So, nun los! Geh und gieß die Palmen!«

Der Hund, der aufmerksam seine Worte verfolgt hatte, befolgte das Kommando so exakt, als habe er den ganzen

Tag nur darauf gewartet. Der Beifall ließ ihn aufheulen, dann kam er zurück.

»So«, redete Schraube auf ihn ein. »Det haste jut gemacht!«

Die Töle hörte andächtig zu und wedelte mit dem Schwanz. Annemarie erschien mahnend in der Tür und sah nach, wie weit denn die Vorstellung gediehen sei.

»So, Leute, nun werde ich mich meinen häuslichen Verpflichtungen widmen!« Schraube sagte wirklich »widmen«. Wir starrten ihn völlig verdonnert an.

»Bis morgen dann, meine Lieben, so lebt denn wohl!«

Vornehm wedelte er mit der Hand durch die Luft – weiß der Teufel, in welchem Film er das gesehen hatte – und trat in den dunklen Laden, aus dem Annemaries Gesicht nur noch als heller Fleck zu uns herausleuchtete. Seine Töle zockelte hinter ihm her.

Die Tür schlug zu, die Riegel rasselten, der Schlüssel drehte sich im Schloß. Für einen unbeteiligten Zuschauer machten wir vermutlich recht dämliche Gesichter.

»Mann, jetzt badet der mit Annemarie! Det möcht' ick ooch mal!«

Risse sprach aus, was alle mehr oder weniger dachten. Was mochte sich dort hinter der Tür tatsächlich abspielen?

Pille, das Würstchen, leckte sich erregt die Lippen. »Ob die beede wirklich und so? – Ganz ohne wat und so? – Und dann ins Bett?«

»Pille, du hast 'ne Phantasie wie 'n toter Maulwurf! So eene doofe Frage! – Wirklich und so – ohne wat und so«, Tüte äffte Pille nach, »und denn ins Bett? Mensch, die ziehn sich ihre Wintermäntel an, wenn se in die Wanne steigen! Det is' so üblich!« Er schüttelte den Kopf. »Haste keene anderen Sorgen, du Engerling?«

Am nächsten Morgen fehlte Olle Schraube in der Schule.

In der ersten großen Pause standen Tüte, Mücke, Pille, Risse, Schulle, Kralle, Knolle und ich – kurz, die ganze Clique – in einer Ecke des Schulhofes zusammen. Von den Lehrern hatte der dicke Schramm die Hofaufsicht. Dem war es egal, ob wir umherliefen oder irgendwo ruhig in einer Ecke standen und uns unterhielten. Bebel hätte uns mit Sicherheit mit seinem Rohrstock auseinandergetrieben.

»Det hat er ja noch nie gemacht«, stellte Risse fest. »Wo seine Mutter nich' da is'!«

»Den hat Annemarie total ausgenomm'n!« Kralle lachte anzüglich. »Der is' heute bloß 'ne hohle Nuß!«

»Quatsch!« behauptete Tüte. »Die gibt dem so ville Eier zu futtern, det er sofort wieder in Hochform is'. Hat er mir selbst erzählt! Ei gibt wieder Ei!«

»Wat is' det? Ei gibt wieder Ei? Da brauchste bloß Eier zu fressen, und schon geht det wieder?«

Pille, wer anders konnte solche blöden Fragen stellen. Bei Schulle lief er damit heute glatt auf. »Weeßte, Pille, bei dir weeß man nie, bist du so doof oder tust du nur so?«

»Und weeßt du wat, Schulle, ick hau' dir 'n paar uff dein dämliches Maul, wenn du noch mal sagst, det ick doof bin! Verstehste!« Pille warf sich in seine Hühnerbrust, nahm die Fäuste hoch und machte eine drohende Miene. Er meinte es offenbar ernst.

»Na na, nun reg dir man ab, Pille, der hat ja nich' behauptet, det du doof bist! Du bist ja ooch gar nich' doof, wa.« Tüte klopfte dem aufgeblähten Pille auf die knochige Schulter. »Laß'n man, der weeß eben nich', det du bloß nich' laut genug ›hier‹ gebrüllt hast, als der liebe Gott den Grips verteilt hat. Wenn du nun ab und zu mal deine paar Gramm uffmöbeln willst, is' det nur jut! Frage man, wenn du wat nich' kapierst!«

Pille sah den versöhnlich lächelnden Freund mißtrauisch an. Was meinte der wirklich? War das mit dem Gehirn am Ende nicht auch wieder eine Niedertracht? Er sah sich in unserem Kreis nur feixenden Gesichtern gegenüber. Zweifelnd ließ er die Fäuste sinken und grinste unsicher zurück.

»Det mit den Eiern stimmt«, nahm Risse wieder den Faden auf. »Wenn mein Oller von Montage kommt, haut ihm Mutter ooch erst mal fünf Eier in die Pfanne! Denn werd'n wir ins Kino geschickt oder uff'n Rummel. Später pfeift er denn nochmals fünf bis sechs Eier ein und zum Frühstück ooch.«

Über die Eierdiskussion ging die Pause zu Ende. Wir latschten betont lässig über den Hof, schließlich waren wir der älteste Jahrgang, da hatte man gewisse Verpflichtungen.

Schraube sahen wir erst nach der Schule. Er saß vor Mutters Laden in der Sonne und las die *Berliner Morgenpost*. Die Wundertöle hockte zu seinen Füßen.

»Nun kiek sich eener det an! Schraube, du faule Sau, warum warste heute nich' in der Schule?« Kralles Ton entsprach eigentlich nicht dem, was Schraube erwartet hatte. »Und wir doofen Köppe dachten, der liegt flach!«

Schraube ließ langsam die Zeitung sinken, fixierte Kralle eine Weile und sah uns der Reihe nach prüfend an. »Und warum, wenn ick mal fragen darf?«

Pille schnatterte aufgeregt los. »Kralle hat gesacht, du bist 'ne hohle Nuß heute! Annemarie hat dir total ausgelutscht!«

Kralle bekam einen roten Kopf und wollte etwas erklären, aber Schraube winkte mit der Hand lässig ab. »Det stimmt, Kralle, det siehste genau richtig! Aber jetzt nich' mehr, jetzt bin ick wieder voll uffgeladen! Det versteht se nämlich ooch, die Annemarie!« Er lehnte sich mit einem überlegenen Lächeln zurück und weidete sich an unserer Verblüffung.

Was war denn heute bloß mit ihm los? Wir sahen ihn völlig irritiert an. Der machte heute einen vollkommen veränderten Eindruck, so gelöst und irgendwie älter. Und dann diese Reden!

Pille hatte wie immer für die Situation kein Gespür. Sein Übereifer ließ ihn mit beiden Beinen in das nächste Fettnäpfchen springen. »Hat se dir ooch Eier zu futtern gegeben? – Ei gibt wieder Ei!« Er hielt den Kopf schief, wartete aber die Antwort nicht ab. »Risse hat gesagt, sein Oller frißt vorher und hinterher . . .«

»Halt's Maul, Pille, du dämlicher Hund! Wen interessieren meinem Ollen seine Eier, wat? Warum Olle Schraube nich' in der Schule war, det woll'n wir wissen, Mensch!«

Pille zog den Kopf ein und spielte »scheues Kaninchen«, seine Lieblingspose; dann sah er wie ein überalterter Säugling aus.

»Ja, warum? Ick war unpäßlich, wenn du det genau wissen willst. Da, det is' mein Entschuldigungszettel, kannste lesen!« Er holte ein Stück Papier aus der Tasche, entfaltete es und reichte es Risse.

»Werner konnte heute nicht kommen. Er war unpäßlich, weil ihn ein Wespenstich dazu machte.

Mit aller Hochachtung
Annemarie Bäsicke«

las dieser laut vor.

»So, so! Bäsicke heißt se also. Klingt besser als Risse!« Er gab das Schreiben zurück.

Schraube kniffte den Zettel wieder und ließ ihn in seiner unergründlichen Hosentasche verschwinden. »Reicht det nun, oder wollt ihr den Wespenstich ooch noch seh'n?« Ohne unsere Antwort abzuwarten, riß er sich das Hemd am Halse auf und klappte die Ecken zurück.

»Mein Gott, is' det een Knutschfleck!« entfuhr es Mücke bewundernd.

Wir anderen starrten ehrfurchtsvoll das Liebesmal an, das blaurot und riesengroß in der Halsgrube leuchtete. »Wat'n Ding!«

»Da staunt ihr, ihr Säcke, wat? Nun müßt ihr erst mal Annemarie seh'n, da gehn euch de Oogen über! Wat richtige Männer sind . . .!«

»Ach ja, Annemarie würd' ick mir mal janz gerne bekieken!« fuhr es Risse heraus. Schnell trat er ein paar Schritte zurück. Vielleicht nahm Schraube das krumm? Aber der nahm nicht, der war viel zu stolz.

»Da kannste Ruth mal erzähl'n, wat ihr alles entgeht!« Schraube kam in seinem Triumph gar nicht mehr auf die Erde zurück.

»Aber sicher, det kannste haben! Und *ob* ick ihr det erzähl'n werde! Wir woll'n denn ooch gar nich' weiter stör'n, Herr Graf!« entgegnete Tüte aufgebracht und drehte sich zu uns um. »Kommt, lass'n wir den Poussierstengel in Ruhe; der hat für uns keene Zeit!«

Den sonst so ruhigen Tüte stach es ja heute tüchtig! Aber auch in uns regte sich eine gewisse Auflehnung gegen diesen Weiberhelden.

Zögernd setzte sich die Clique in Bewegung und ließ den entgeisterten Schraube vor dem Laden stehen.

»Halt, Leute! Wat soll det denn? Wat habt ihr denn uff eenmal? Halt! Nun hört doch mal zu! Ick hab' doch die janze Zeit bloß uff euch gewartet! Beede Klingeln sind fertig! Det hab' ick heute früh alles geholt und zusamm'ngebaut!«

Abrupt blieben wir stehen und sahen ihn mißtrauisch an.

»Wat haste?« fragte Tüte. »Alles besorgt und schon zusamm'ngebaut?«

»Na klar!« Er trat erregt von der Ladentür weg. »Kommt mal nach hinten auf den Hof!«

Jetzt fiel er auch noch ins Hochdeutsche.

»Ich habe noch mehr besorgt; müßt ihr alles seh'n. Aber hier ist zuviel Betrieb! Und det Geld müss'n wir ooch noch teil'n!«

Geld war gut, darauf reagierten wir immer. Und recht hatte er auch, vor dem Laden herrschte wirklich ein reger Betrieb. Die Kasse klingelte, die Kunden gaben sich die Tür in die Hand. Annemarie schien den Laden zu schmeißen und keinen schlechten Einfluß auf das Geschäft zu haben.

Gesehen hätten wir die sagenhafte Liebeskünstlerin

schon ganz gerne, die Schraube in Gefilde geführt hatte, von denen wir nur träumten. Irgendwie mußte man ihr diese tolle Orgie doch ansehen und so. Angesichts der vielen Kunden mußten wir uns zurückhalten mit unserer Neugier.

Lustlos schlenderten wir durch den Torbogen zum Hof; ebenso gemächlich stakste die Wundertöle hinter uns her.

»Du bleibst da und paßt uff!« fuhr sie ihr Herr an. »Setz dir vor'n Laden! Ab!«

Die Töle machte zögernd noch zwei, drei Schritte, wedelte mit dem Schwanz und sah ihren Meister mit schiefem Kopf von unten an, so daß man das Weiße in den Augen sehen konnte.

Schraube ließ sich nicht erweichen, sondern machte eine eindeutige Kopfbewegung zur Straße hin. Gehorsam machte die Töle kehrt und quetschte sich so in die Ladentür, daß die Kunden noch bequem ein und aus gehen konnten. Beleidigt würdigte sie uns keines weiteren Blikkes.

Tatsächlich, Schraube hatte nicht nur alle Einzelteile besorgt, sondern die Klingeln fix und fertig auf die beiden Grundplatten montiert und jeweils an die flache Batterie angeschlossen. Der mußte den ganzen Morgen vollauf beschäftigt gewesen sein. »Na, wißt ihr nun, warum ick heute in der Schule gefehlt habe?« Er sah uns der Reihe nach beifallheischend an; aber von uns kam nichts.

»Ick hab' ooch noch 'n Paspatu besorgt und für Kutte 'n Päckchen Krumme Hunde«, fügte er eifrig hinzu.

Krumme Hunde, die kannte ein jeder von uns. Es war eine Zigarillosorte, ein grauenhaftes Kraut, das Kutte heimlich rauchte.

»Een Paspa – wat haste besorgt?« Knolle stolperte über das unbekannte Fremdwort.

»Een Paspatu!«

»Wat is'n det, een Pas-pa-tu? Für wat soll'n so wat jut sein?« hakte Knolle nach.

»Een Paspatu is' een Schlüssel, der in alle Schlösser paßt«, erklärte Schraube bereitwillig.

»Ach, een Dietrich! Det Geld hätt'ste sparen könn'n; so wat hat mein Oller ooch zu Hause!« protestierte der sparsame Mücke, der an unser schönes Geld dachte.

»Hätt' ick nich'! Det is keen Dietrich! Kiek doch selber!« Er zog einen Schlüssel mit glattem Bart aus der Tasche.

So einen hatte bisher noch keiner von uns gesehen.

»Der paßt in der Schule in jede Tür! Damit kann ick ooch die Aula uffschließen!«

Richtig, die Klingel nutzte überhaupt nichts, wenn wir nicht rechtzeitig in die Aula hineinkamen. Und die wurde auf Bebels Anweisung immer erst kurz vor der Musikstunde aufgeschlossen. Schraube dachte wirklich an alles, das mußte ihm der Neid lassen. Was immer er in der Nacht auch getrieben haben mochte, seinem Gehirn hatte das mit Sicherheit nicht geschadet. Trotz dieser Tatsache schwiegen wir verstockt.

»Na schön; aber ick muß jetz' nach Hause. Mein Oller kommt von Montage, da gibt es für uns um halberzwee Mittag!«

Risses Worte erinnerten mich daran, daß ich und – wie sich zeigte – auch die anderen nach Hause mußten.

Schraubes enttäuschtes Gesicht sprach Bände, als er uns abziehen ließ. Vermutlich hätte er uns am liebsten der Reihe nach verdroschen; denn ihm war die Stimmung in der Clique keineswegs entgangen. Da hatten sich Anzeichen von Aufmüpfigkeit gezeigt. Angefangen bei Tütes Reaktion bis hin zu dem gemeinsamen Aufbruch und dem ausgebliebenen Beifall für seine Vorausplanung. Er mußte die ganze Bande wieder fest in die Hand bekommen, sonst schwang sich ein anderer zu ihrem Führer auf. Eins hatte er uns trotz unserer bockbeinigen Haltung doch noch abgerungen, nämlich ein Treffen am Nachmittag, bei dem der Schlachtplan gegen Bebel festgelegt werden sollte. Allerdings hatte er auch hierbei sanften Druck anwenden müssen. Er hatte ja noch den Rest unseres gemeinsamen Geldes, und das sollte am Nachmittag aufgeteilt werden.

Er sah uns abziehen – mißmutig und trotzig – und knobelte, was er tun mußte, damit er der alleinige Meister blieb. Er wußte ganz genau, daß in diesem Falle die Wundertöle ihre Zugkraft verloren hatte.

Für die Clique gab es mehrere feste Treffpunkte. Einer davon war Schraubes Laden; der zweite lag im Friedrichshain am kleinen Teich.

Schraube kam schon lange vor der Zeit zum Treff am Teich und wartete dort auf einer Bank, umringt von spielenden Kleinkindern. Ein blöder Platz, den er auch bald räumte. Er bot ihn den Erwachsenen an, die das schöne Wetter in den Park gelockt hatte.

In ihm kochte und brodelte es, wenn er an uns dachte. Das steigerte sich noch, als einer nach dem anderen mit betonter Langsamkeit und entsprechender Verspätung angetrödelt kam. Und das geschah nicht einmal auf Verabredung! Aber das wiederum wußte er nicht.

Mühsam schluckte er seine Wut herunter; sein Tag der Rache kam noch, das war gewiß!

»So, ick hab' scharf kalkuliert und alles gerecht uffgeteilt. Jeder von uns zahlt eene Mark in die Cliquenkasse; damit is' alles erledigt!«

Er sah uns erwartungsvoll an, blickte aber nur in gleichgültig nickende Gesichter, obwohl in unserem Innern ein Freudensturm tobte. Da blieb ja für einen jeden von uns noch ein tüchtiger Batzen Geld übrig!

Betont gelangweilt hielten wir die Hände wortlos auf und ließen uns unseren Anteil auszahlen. Das war eine ausgemachte Gemeinheit, die er zähneknirschend hinnahm.

Unser Treffpunkt erwies sich als ausgesprochen blöd gewählt. Einer der Parkaufseher, ausgerechnet »Pupe Ast«, wie wir ihn wegen seines krummen Rückens nannten, kam auf unsere Gruppe zu, angelockt allein durch unseren Anblick.

Ihr Lümmels führt doch da wieder etwas im Schilde, verkündete uns sein Blick. »Wat macht ihr denn da? Heh?«

Schraube sah gelangweilt zu ihm auf, leckte den Bleistift an und strich gewissenhaft einen Namen nach dem anderen in seiner Liste. »Nischt, Herr Oberparkuffseher, reineweg gar nischt!« Schraube spielte die Unschuld in Person und war ganz der sichere Chef.

»Nischt? – Ihr habt doch da was uffgeteilt, Geld oder was?! – Los, zeigt mal her!« Pupe Ast fühlte sich durch die respektvolle Anrede offensichtlich in seiner Autorität gestärkt. Wer weiß, was der Kerl bei uns vermutete.

Schraube zerriß zunächst einmal seinen Zettel in aller Ruhe in winzig kleine Stücke und tat diese übertrieben sorgfältig in einen der zahlreichen Abfallkörbe. Dann grinste er den Parkwächter ganz freundlich an. »Haben Sie denn een Durchsuchungsbefehl oder so wat, Herr Oberparkuffseher? Ohne so wat geht doch det gar nich', wat Se da von uns woll'n, nich'! Det weeß ick von mein'm Onkel, der is Kriminalrat am Alex!«

Was war das? Seit wann hatte denn Schraube einen Onkel bei der Polizei? Wir kannten nur den sogenannten Onkel Heini, den Tabakwaren-Vertreter.

Pupe Ast sah ihn völlig verdutzt an; sein Gehirn arbeitete sichtlich. Ihm war gar nicht wohl in seiner Haut, denn inzwischen hatte sich das Interesse der Erwachsenen auf den nahen Parkbänken auf uns gerichtet. Was wollte denn der alte Angeber da von den höflichen Jungen, besagten deren Blicke mehr als deutlich. Der Parkwächter spürte förmlich, daß sich auch dort etwas gegen ihn zusammenbraute. Wenn er bloß wüßte, wie er aus dieser dämlichen Situation ohne Verlust an Prestige herauskam!

Schraube ließ nicht locker. »Aber als Parteigenosse sage ich Ihnen ja nischt Neues, wa? Das wissen Sie ja alles besser als ick.«

Wir schwiegen, getreu dem Grundsatz: »Wer nichts sagt, sagt auch nichts Falsches!«

Der Parkwächter stutzte. Woher wußte dieser Lümmel, daß er Parteigenosse war? In seiner Bedrängnis vergaß er ganz und gar, daß er das Parteiabzeichen, den Bonbon, deutlich sichtbar an der Jacke trug. »Sag mal, dich kenne ich doch?«

Natürlich mußte er Schraube kennen, und den nicht nur allein. Oft genug hatte er uns seinen Krückstock nachgeworfen, wenn wir vor ihm ausrissen.

»Na, das will ich meinen!« Schraube kam ihm hochdeutsch und warf sich dabei in die Brust. »Ich bin der Sohn von Amtsleiter Bruseberg!«

»Stimmt das auch wirklich?« fragte Pupe Ast unsicher. Wenn das stimmte, dann hatte er sich in seinem Überschwang in eine Lage manövriert, aus der er sich schleunigst zurückziehen mußte, wollte er nicht mit einem Donnerschlag auf dem Bauch landen. Unruhig und irritiert flackerte sein Blick zwischen uns hin und her.

Risse bekam plötzlich einen Rappel und mischte sich ein. »Wenn Sie das nicht glauben, dann fragen Sie doch meinen Vater, den Sturmbannführer Leiphold! Wollen Sie meine Adresse haben?«

So eine Unverschämtheit! Bruseberg kaufte seine Rauchwaren und die Zeitungen bei Schraubes, und Risse wohnte lediglich im gleichen Haus mit Leiphold. Nichts stimmte, aber beide waren stadtbekannte Nazis, scharf, hart und mit den besten Beziehungen.

Pupe Ast nahm vor so viel Prominenz innerlich Haltung an. Er hätte sich ohrfeigen mögen. Verdammt, wie kam er bloß aus dieser verfluchten Zwickmühle heraus?

»Dürfen wir Ihnen noch einen schönen Nachmittag und einen geruhsamen Sonntag wünschen, Herr Oberparkaufseher?« fragte Schraube überaus höflich und bedachte den von ihm »beförderten« Aufseher, dieses erbärmliche Würstchen, mit einem freundlichen Lächeln.

»Wie? Was? – Ja, danke! – Und noch viel Spaß auch!« Pupe Ast lächelte gequält und zog sich schleunigst mit einem Aufatmen in den Park zurück.

Wir verfolgten schweigend seinen Abmarsch, bis er außer Hörweite war. Er bot das Bild einer vollendeten Niederlage.

»Mann, Schraube! Du bist ja 'n richtiger Hirsch! – Mensch, det war gekonnt! Alle Achtung!« brach es aus Tüte hervor, als wir vor fremden Zuhörern sicher sein konnten. »Und Risse! – Ick dachte, mir taucht eener ins Planschbecken!«

Junge, Junge, das war wirklich gekonnt, diesen alten Stinkstiefel so abzuschmettern!

Schraube nahm unseren Beifall stillschweigend hin. Vermutlich dankte er dem unterlegenen Pupe Ast still und heimlich in seinem Inneren für das Erscheinen und die prächtige Gelegenheit, sich vor uns in seiner alten Größe zu produzieren. Er gönnte Risse sogar den Ruhm, an dieser Komödie aktiv mitgewirkt zu haben. Für ihn zählte nur eins; *er* hatte uns aus dem Handgelenk bewiesen, wie man mit solchen Typen umspringen konnte, wenn man das nötige Köpfchen und den entsprechenden Mut dazu hatte.

So kurz diese Episode auch war, sie hatte genügt, um seine alte Stellung als Chef der Clique zu festigen.

Es war für ihn geradezu ein Kinderspiel, nunmehr den Schlachtplan für Montag mit uns festzulegen, mit dem wir dem Bebel wieder eine unruhige Chorstunde bereiten wollten.

»Wißt ihr wat, morgen fahr'n wir alle nach Rahnsdorf zum Baden. Det Wetter bleibt bestimmt so schön«, schlug er am Ende der Besprechung vor. »Genug Geld hat ja jeder von uns, wa?«

Na klar, das stimmte! Wir waren ja reich! Wir konnten uns die Bahnfahrt leisten, und die paar Pfennige für den Eintritt schüttelten wir nur so aus dem Ärmel.

Pille geriet ganz aus dem Häuschen. »Bringste Annemarie ooch mit?« Er leckte sich in Vorfreude mit der Zunge erregt über die Lippen.

Weiß der Teufel, was er sich von Annemaries Anwesenheit versprach.

»Det weeß ick noch nich'. Möglich is' es schon. – Aber, weeßte, Tüte, bring doch deine Schwester Ruth mit; ick bezahl' ooch det Fahrgeld und 'n Eintritt. – Vielleicht sollt'n wir Inge und Anita ooch dazu einlad'n? Im Wasser mach'n die doch alles mit, det wißt ihr doch selber.« Er lachte anzüglich und machte ein paar bezeichnende Handbewegungen.

Natürlich wußte jeder, was er meinte.

»Du bringst doch deine Schwester ooch mit, Kralle, oder hat Edith keene Zeit?«

Mir schlug das Herz höher, denn Edith war mein stiller Schwarm. Auch wenn Kralle seine Schwester doof und langweilig fand, für mich war sie ein außerordentlich hübsches und begehrenswertes Mädel, das genau meinen Vorstellungen entsprach. Dunkelblond, sportlich schlank und an den richtigen Stellen wohlgerundet ... Meine Gedanken hoben ab.

Edith ahnte von meinen Gefühlen für sie vermutlich nichts. Ein wenig merkwürdig erschien es allerdings selbst mir in meiner Einfallslosigkeit, daß sie immer dann ebenfalls zugegen war, wenn ich Kralle zu Hause besuchte. Aber sicher bildete ich mir das nur ein.

»He, du!« Risse holte mich aus den Wolken zurück. »Haste gehört? Wir legen zusamm'n und bezahl'n für alle Mieken det Fahrgeld und 'n Eintritt. Machste mit?«

Das war doch völlig klar! Ich nickte.

»Gut, denn is' det so beschlossen und verkündet! Morgen früh treffen wir uns um 7.30 Uhr an der Haltestelle am Landsberger Platz!«

Schraube gab wieder den Ton an; dann machten wir uns auf den Heimweg, gemeinsam natürlich.

Pille hatte noch ein Anliegen. Er blieb stehen und hielt

Olle Schraube am Ärmel fest. »Weeßte, wissen möcht' ick doch janz gern, wat du mit Annemarie gestern alles so angestellt hast. – Man lernt ja nie aus! Vielleicht kenn' ick wat noch nich', wa?«

Das war ja nicht zu fassen! Pille, ausgerechnet Pille, dieser Hering, spielte den erfahrenen Casanova! Uns verschlug es die Sprache.

Schraube war gar nicht böse über diese Frage, im Gegenteil. Es wurmte ihn ohnehin schon den ganzen Tag, daß er mit seinen nächtlichen Abenteuern bisher nicht hatte aufwarten können. Nun ergab sich endlich die Gelegenheit dazu. Unschlüssig blickte er den Fragesteller an und wiegte den Kopf hin und her. »Na, ick weeß nich', Pille!«

Der, eine Hand in der Hosentasche, wurde nervös und trat von einem Bein auf das andere. Schraube ließ ihn einfach stehen und ging weiter. Die Clique trabte hinter ihm her.

»Wat weeßte nich'? Nu' warte doch, Mensch!« Pille machte eine beleidigte Miene und stellte sich in den Weg.

»Also gut, Pille, setz'n wir uns uffs Denkmal. Een bißchen Zeit hab' ick noch.«

Wir steuerten auf das Kriegerdenkmal am Landsberger Platz zu und hockten uns auf die Stufen.

»Nimm die Hand aus die Tasche, Pille! Spielste wieder Taschenbillard, wat?« Schraube sah ihn durchdringend an. Die Hand flog aus der Tasche.

»Ick mach' doch gar nischt! Wat ihr immer von mir denkt! Hier is' doch meine Hand.«

Schraube jedoch tat uninteressiert und spielte weiter den Unschlüssigen. »Weeßte, Pille, wenn ick dir so seh', denn hab' ick gar keen jutes Gefühl. Ich denk' immer, ick verderbe dir am Ende noch, wenn ick dir alles erzähle! Und det möchte ick nich'; ick bin ja keen schlechter Mensch, nich'?«

Pille schüttelte enttäuscht den Kopf und machte eine Schnute.

»Siehste, wenn du mir so ankiekst, denn is' es am schlimmsten.«

Wir hörten wortlos zu. In seiner Gier merkte Pille gar nicht, welches Spiel da mit ihm getrieben wurde, denn Schraube zog ein regelrechtes Schauspiel ab und ließ ihn »am steifen Arm verhungern«.

»Mensch, klär den Gartenzwerg bloß uff! Der kann sonst heute nacht nich' schlafen und kratzt am Ende bei euch an der Tür«, mischte sich Risse ein.

»Mach' ick, aber nur, wenn du mir nich' ankiekst, Pille. Los, dreh' dir um und kiek nach de Schule!«

Der drehte sich doch tatsächlich gehorsam um und kehrte uns seinen Rücken zu. Ein komisches Bild! Alles feixte und zog die unmöglichsten Grimassen. Nur mit Mühe unterdrückten wir ein höllisches Gelächter.

»Also – det war gestern so. Erst sind wir beede in die Wanne gestiegen; ick sollte ja baden, hatte meine Mutter angeordnet. Annemarie weeß, wat jut is', und Ideen hat se ooch. Da biste einfach hin! Abgeseift ham wir uns denn gegenseitig. Mann, det gloobt ihr nich', wat det für 'n Spaß macht und für 'n dolles Gefühl is', wenn du mit deine Seifenpfoten so über den nackten Körper glitschst und so! Junge, Junge, da kommste in Fahrt!« Schraube versank vollkommen in der Erinnerung und wurde unruhig. »Det kann man nich' beschreib'n, det muß man erleb'n!« Er stockte.

»Weiter, Mensch! Du hast gesagt, du willst alles erzähl'n!« Pille schrie es fast heraus; am liebsten hätte er sich zu uns umgedreht.

»Nischt habe ick gesagt! – Ick hab' nich' gewußt, det det im Wasser ooch geht. Aber es geht, sage ick euch! Denn hab'n wir uns gegenseitig abfrottiert. Det hat Annemarie janz wild gemacht. Die war überhaupt nich' zu bremsen. – Denn mußte ick aber erst mal wat essen. Vier Eier hab' ick eingeatmet! Die müssen gleich durchgerutscht sein, wo se ooch hingehörten. Und denn sind wir ins Bett gegangen!

Mensch, det war wat! Jetz' weeß ick erst richtig, wie det is', 'ne janze Nacht und so. Ville geschlafen ham wir jedenfalls nich'. Aber schön war det . . .!« Er blickte versonnen über den Landsberger Platz.

Pille drehte sich um. Er fummelte mit der einen Hand wieder in seiner Hosentasche herum. »Mann, Schraube, nun sag doch mal, wie ihr det gemacht habt!«

Der wachte auf, warf ihm einen kurzen Blick zu und stand auf. »Siehste, det hab' ick gemeint! Ick hab' *doch* det Gefühl, ick verderbe dir, wenn ick dir alles erzähle. Genug! Heute nich' und überhaupt nich' mehr! Warte ab, bis du ooch soweit bist. Det wird da ja bei deine vielen Weiber sicher nich' schwerfall'n! – Ick hau' ab, Annemarie wartet!«

Das klang endgültig, blieb es aber sicher nicht. Hören würden wir das eine oder andere schon noch, bloß nicht heute. Das war auch gut so; denn jedem von uns hatte er genug Stoff geliefert, um die Phantasie auf Hochtouren zu bringen. Und die spielte bei uns anderen noch immer die Hauptrolle, auch wenn Pille so angab.

Wir lebten überhaupt in einer merkwürdigen Zeit. Sexualaufklärung gab es für die Jugend weder in der Schule noch im Elternhaus. Trotz ihrer eigenartigen Praktiken zur Anhebung der Geburtenziffer zeigten sich die Nazis nach außen hin außerordentlich prüde. In der öffentlichen Propaganda spielte die »hehre deutsche Frau« als Mutter künftiger »Sippen und Geschlechter« die dominierende Rolle. Folglich gab es in der Presse keine Bilder, die dieser Version entgegenstanden oder gar die sexuelle Vorstellung angeregt hätten. Darstellungen dieser Art fielen unter den Begriff Pornographie und waren somit verboten. Also blieb nur die Phantasie, bis man sie durch praktische Erfahrung ersetzen konnte.

Was Wunder, wenn wir begierig waren, unsere sexuelle Neugier zu befriedigen. Was Schraube da erlebte, war eine seltene Gelegenheit, um die er verständlicherweise glühend beneidet wurde. Natürlich gab es auch Mädchen in unserer Umwelt, bloß nicht in der Schule. Da trennte man noch immer die Geschlechter, und zwar in Jungen- und Mädchenschulen oder aber zumindest in Jungen- und Mädchenklassen in den Oberschulen.

Wir freuten uns daher, wenn sich Mädchen unserer Clique anschlossen.

Der Sonntagsausflug zum Müggelsee fand begeisterte Zustimmung. Tüte brachte tatsächlich seine Schwester Ruth mit, die seit Ostern in einer Großschlächterei in der Koppenstraße als Lehrling hinter dem Ladentisch stand. Sie lernte »auf kalte Mamsell«, ein Beruf, über den wir unsere Witze rissen, weil die Bezeichnung so absonderlich klang.

Inge und Anita, die mit mir im gleichen Haus wohnten, folgten der Einladung nach Rahnsdorf mit Begeisterung, war es doch für sie ein kostenloses Vergnügen, bei dem sich sicher auch ein bißchen an verbotenen Früchten naschen ließ. Kinder von Traurigkeit waren beide nicht.

Gespannt warteten wir auf Olle Schraube. Hoffentlich brachte er Annemarie mit, von der für uns alle ein Hauch von Verruchtheit ausging, der das Blut und so manches andere in Wallung brachte und die Phantasie anheizte.

Mich bewegte natürlich nur der eine Gedanke, ob Kralle seiner Schwester Edith unsere Einladung nach Rahnsdorf wirklich übermittelt hatte. Ich hütete mich allerdings davor, der Clique gegenüber auch nur die geringste Andeutung über meine Gedanken zu machen, und sei es auch nur in Form einer Frage.

So standen wir an der Haltestelle der Straßenbahn im Frühlicht dieses Sonntags und warteten auf den Rest der Clique.

Risse war der erste, der Schraube in der Ferne entdeckte. »Kiekt mal, Olle Schraube kommt doch nich' alleene! Der bringt se tatsächlich mit!«

Pille renkte sich fast seinen Hals aus.

»Wat ihr bloß immer mit die Annemarie habt! Wat die

hat, det hab' ick ooch. Und wat die kann, det kann ick ooch!« behauptete Inge in einem Anflug von Eifersucht.

Wir lächelten nur darüber. Im Prinzip stimmte das schon, aber ansonsten?

Auch Anita verzog geringschätzig das Gesicht. »Bloß weil se zwee Jahre älter is', machen die so 'n Affenzeck, die Pfeifen!«

Na, na; sicher war auch das bedingt richtig. Wir grinsten wissend. Von wegen! Der Unterschied lag im Detail.

Inge und Anita, beides ansehnliche, kesse und flotte Käfer, schreckten da letztlich zurück, wo Annemarie – wie wir von unserem Cliquenchef wußten – kräftig und mit Freuden einstieg.

»So, da habt ihr Annemarie!« Er verzog sein Gesicht zu einer albernen Grimasse und stellte sie mit einer übertriebenen Verbeugung vor. »Ick hab' ihr heute Ausgang gegeben, damit se uff mir uffpass'n kann, weil doch meine liebe Mama nich' da is'!«

Pille vergaß seine Umwelt. Er fraß Annemarie buchstäblich mit seinen vorstehenden Augen auf.

Sie aber, ansonsten von männlichen Wesen nicht gerade leicht zu erschrecken, blickte ihn völlig irritiert an und schüttelte den Kopf.

»Mensch, Pille, zieh deine Glotzoogen ein, bevor se dir aus der Birne fallen! Det is' ja richtig erschreckend!« Tüte schlug ihm mit der flachen Hand auf die schmale Schulter, so daß er zusammenzuckte und ein paar Schritte zurücksprang. Er bekam einen knallroten Kopf.

Mein Gott, hat der Schraube ein Glück, fuhr es mir durch den Sinn. Gut sah sie aus, ein ausgemacht hübsches Mädchen! Durch die beiden Nächte ohne Madame Schraubes Aufsicht noch anziehender und aufregender angehaucht.

Ihr leicht verschleierter Blick glitt über die Versammlung hinweg und musterte die mögliche Konkurrenz. Daß Ruth die einzige war, die ihr ernstlich in die Quere kommen konnte, ging ihr sehr schnell auf. Auch Ruth begutachtete Schraubes Favoritin.

Wenn sie Schraube auch nicht im Bett haben wollte, wie Tüte behauptete, so enthielt ihr Blick doch eine Herausforderung, die Annemarie nicht übersehen konnte.

Das versprach ja spannend zu werden!

Risse, der noch immer den Ausguck spielte, zog unsere Aufmerksamkeit von dem stummen Gefecht ab. »Na endlich! Da kommt ja ooch Kralle, der olle Sack, mit seiner Schwester. Wenn se sich 'n bißchen beeilen, könn'n wir de nächste Elektrische nehm'n und abzwitschern.«

Als hätten es beide gehört, rannten sie los, denn die Bahn bog gerade um die Ecke und überholte sie.

Edith kam mit! Mir schlug das Herz bis zum Halse. Der Landsberger Platz, die Straßenbahn, die grauen Mietskasernen – ich sah plötzlich alles mit anderen Augen. War das ein schöner Sonntag!

»Hööőhööö! Kiekt mal, jetzt is' nach Pille noch der Ete völlig weggetreten! Die müss'n wir an 'ne Leine legen, sonst komm'n se noch unter die Räder!« flachste Schulle im Hintergrund, zog aber sofort den Kopf ein, als er meinen Blick spürte. »Ick meine ja man bloß, wa?«

Pille sah und hörte nichts. Nein, er sah schon, aber nur Annemarie, der er auch in die Bahn half, ehe Schraube es tun konnte. Dieser war irgendwie zwischen Annemarie und Ruth geraten und half nun seinerseits Ruth beim Einsteigen.

Geschickt griff er ihr unter den Arm und streifte dabei – wie unabsichtlich – ihren vollen Busen. Ruth durchzuckte es wie ein elektrischer Schlag, aber sie sagte und tat nichts.

Pille starrte fasziniert auf ihre Bluse, unter der sich deutlich sichtbar die Brustwarzen abzuheben begannen. Er leckte sich nervös seine Lippen. Sein Blick flog zwischen den beiden Mädchen hin und her und stellte Vergleiche an. Eindeutig, Ruth bot mehr! Auch Schraube blickte ihr auf die wohlgefüllte Bluse, unter der sich steil und hart die

Warzen abhoben. Kühl und gelassen schaute ihm Ruth in die Augen und drehte sich dann mit einer aufreizenden Bewegung weg. Das fing ja gut an!

»Einsteigen, bitte!«

Der Schaffner lenkte unsere Aufmerksamkeit wieder auf Edith und Kralle, die winkend auf die haltende Bahn zu liefen. Er klingelte trotzdem ab; ein Ruck, und die Bahn setzte sich langsam in Bewegung. Hatte der Kerl denn keine Augen? Am liebsten wäre ich abgesprungen. Aber Edith hatte schon den Einstieg erreicht und zog sich mit meiner Hilfe am Griff empor.

»Puh! Das war knapp!« Sie war völlig außer Atem und wirkte dadurch eigenartigerweise noch anziehender.

Kralle hatte den hinteren Einstieg genommen und kam zu uns nach vorn geschlendert.

Auf ging es nach Rahnsdorf; eine Fahrt von mehr als zwei Stunden, wenn wir mit den Anschlüssen Pech hatten. Aber, was machte das schon?

Wir lebten nur dem Augenblick und sahen nur die Sonne und den freien Tag, während die Straßenbahn durch die Häuserschluchten Berlins und später durch die Vororte, Felder und Wälder ratterte und schließlich vor dem Strandbad Rahnsdorf die Fahrgäste ausspuckte.

Ich wäre gern noch stundenlang so weitergefahren; denn während der Fahrt hatte ich gewagt, Edith – genau wie Olle Schraube seine Annemarie – um die Taille zu fassen. Und siehe da, sie hatte sich deutlich spürbar an mich gelehnt und in meinen Arm geschmiegt. Wie ein Blitz durchzuckte mich die Erkenntnis, daß Edith entweder gar nicht so ahnungslos war oder aber mir gegenüber die gleichen Gefühle hegte, wie ich sie empfand.

Und das tat gut, der Gedanke!

Inge und Anita hatten sich mit Risse und Tüte zusammengetan und alberten miteinander herum, während Ruth zwischen den Lagern stand, den aufgeregten Pille wie einen Wächter an ihrer Seite. Dieser sprang auch als erster aus der haltenden Bahn und spielte den aufmerksamen Kavalier den Mädchen gegenüber.

»Los, Leute! Wir suchen uns erst mal 'ne dufte Stelle am Strand und denn seh'n wir weiter!« Schraube brachte in Erinnerung, wer bei uns den Ton angab, obwohl oder gerade weil wir Gäste dabei hatten. Er ahnte nicht, daß ihm noch eine harte Prüfung bevorstand. Annemarie und Ruth zusammen, das konnte nicht gutgehen!

Pille, die halbe Portion, sonst am Ende der Clique angesiedelt, schien entschlossen, uns allen zu beweisen, was für ein erfolgreicher Herzensbrecher in ihm bisher geschlummert hatte. Er warb um Ruth, deren verlockende Formen seiner blühenden Phantasie neue Nahrung geliefert und möglicherweise auch noch in ihm falsche Hoffnungen geweckt hatten.

Er schleppte ihre Badetasche und bezahlte für beide den Eintritt. Ruth, die ihn als harmlose Null eingestuft hatte, heizte dem armen Gockel noch kräftig ein, so daß Pille Zeit, Raum und Realität vergaß und ernstlich begann, den »Acker« – zumindest gedanklich – »unter den Pflug zu nehmen«, den Schraube seinem fachmännischen Können vorbehalten glaubte.

Dieser schleuderte strafende Blicke auf den erbärmlichen Hänfling, der ihm da plötzlich als Nebenbuhler durch das ansehnliche Spargelbeet hopste. Jeder andere hätte sich sofort wie ein Strohhaufen in Flammen aufgelöst, nicht so Pille. Der tirilierte und scharmutzierte munter weiter und verwandelte sich vor Schraubes eifersüchtigen Augen in eine überdimensionale Saatkrähe, die sich allen Ernstes anschickte, ihm den besten Happen vor der Nase wegzuschnappen.

Armer Pille!

Er ahnte nicht, welchen gefährlichen Gestaden sein gebrechliches Schifflein entgegensteuerte. Im Augenblick furchte es durch den märkischen Sand am Ufer des Müggelsees, und der Kapitän, diese nautische Null, folgte blind dem Gesang der Berliner Lorelei, die ihn geschickt in die Klippen lockte.

So standen die Dinge, als wir endlich den Platz am Ufer gefunden hatten, der unseren Vorstellungen entsprach.

Pille navigierte unbeirrt durch die gefährlichen Kreuzseen, die von Schraube aufgeworfen, von Annemarie geglättet und von Ruth mit Vorbedacht wieder aufgetürmt wurden.

Blind für alles andere, verlor er das Gespür für das, was sich da still und heimlich zusammenbraute. Alle hörten die Brecher rauschen, nur er nicht.

Will man genau sein, dann bekamen es auch Kralle, Schulle und Mücke nicht mit. Die spielten Skat und waren somit ihrer Umwelt weit entrückt, kaum daß wir uns im warmen Sand niedergelassen hatten. So entging ihnen auch das Gefecht, das Ruth eröffnete, indem sie sich auszog und in ihrem schicken Badeanzug Schraube vor Augen führte, was Pille in seiner Einfalt als Hafen seiner Träume anzusteuern versuchte.

Oh, die Ruth war trotz ihrer Jugend schon ein echtes »As auf der Baßgeige«, wie der Berliner sagt. Schon beim Kleiderwechseln fielen ihr im rechten Augenblick die Hüllen so geschickt aus den flinken Fingern, daß man genügend sah und dennoch meinte, es sei ein Mißgeschick.

Inge und Anita konnten von ihr einiges lernen. Sie hatten sich wie gute märkische Kartoffeln aus ihrer Pelle geschält und hockten in den von ihnen selbst oder ihren Müttern gestrickten Badeanzügen auf der ausgebreiteten Decke.

Ruths Anzug entsprach dagegen den neuesten modischen Vorstellungen. Kein Wunder, sie hatte ihn unlängst von ihrer Vergütung als Lehrling erstanden. Er sah nicht nur sehr schick, sondern außerdem sündhaft teuer aus. Allerdings war er im Bereich der üppigen Brust etwas sparsamer gehalten, was ihn noch wirkungsvoller machte. Ruth konnte sich der Aufmerksamkeit aller männlichen Wesen im Umkreis sicher sein; sie stach damit alle handgestrickten »Murmelbeutel« weit und breit aus.

Schraube und Pille boten den gleichen Anblick. Verloren für die übrige Welt, fraßen sie mit gierigen Augen auf, was ihnen Ruth geschickt und mit ausgemachter Raffinesse präsentierte. Annemarie erbleichte vor Wut. So hatte sie sich diesen Sonntag mit uns nicht vorgestellt. An unser allseitiges Interesse gewöhnt, kam sie sich plötzlich verlassen vor. Selbst Pille war abtrünnig!

Rachedurstig wartete sie ab, bis Ruth ihre Vorführung beendet hatte. Dann begann sie, sich ihrer Hüllen zu entledigen. Junge, Junge, die stand der anderen in nichts nach! Wer Augen hatte, der konnte einiges sehen! Selbst die Skatspieler ließen die Karten sinken. Schraube war ohne jeden Zweifel ein Idiot, ein Vollidiot sogar! Bei Annemarie stimmte alles, und der Blödmann spitzte sich auf die Ruth! Am Ende der gelungenen Vorstellung saßen beide zwar in wunderschönen Badeanzügen auf den Decken im Sand und lächelten sich scheinheilig an, aber das unterdrückte Knurren in ihrem Inneren konnten alle hören – außer Schraube und Pille natürlich.

Die anderen Mädchen sahen dem Wettstreit der beiden Rivalinnen mit unverhohlenem Interesse zu. Was sollten sie auch sonst tun? Gegen die schicken Badeanzüge der beiden kamen sie ohnehin nicht an. Auch Edith steckte in ihrem braven Anzug aus roter Wolle, den sie seit drei Jahren trug und der den Vorteil hatte, daß er mit der Trägerin – wenn auch nicht überall – mitwuchs. Er war, wie sollte es anders sein, natürlich selbstgestrickt. Besonders aufregend sahen die drei in diesen Dingern bei solch einer Konkurrenz wirklich nicht aus, und das wußten sie.

Unsere Badehosen waren auch nicht viel besser. Uns störte das zwar wenig, obwohl wir mit sehnsüchtigen Augen den Männern nachblickten, die in knappen Dreieckhosen in die Fluten stiegen oder über den Strand stolzierten.

Schraube, von dem Gellert einmal gesagt hatte, er sei mit

einer Robbe verwandt, gab in dieser gespannten Situation das Signal zum Sprung in das kühle Naß. Vermutlich mußte er sein aufgepeitschtes Blut ein wenig abkühlen.

Man mußte hier in Rahnsdorf allerdings ein guter Springer sein; denn etwa tausend Meter waren zu überwinden, ehe einem das Wasser des Müggelsees bis an die Brust reichte. Das erwies sich nicht nur als Nachteil, obwohl es zunächst so scheinen muß. Auf dem Weg ins tiefe Wasser konnte man allerlei Späße treiben und hatte so Gelegenheit, willige Partnerinnen unter diesem Deckmantel tüchtig zu begrapschen. Aus diesem Grunde tobten die meisten ausgiebig in dem seichteren Abschnitt herum und füllten die Luft mit Lärm und aufspritzendem Wasser.

Schulle, Knolle und Mücke wollten an Land bleiben. »Nee, Mensch, wir mach'n gerade 'n Schieberramsch und denn 'ne Bockrunde! Wir passen uff de Sachen uff und geh'n denn später!«

Anfangs rannten wir gemeinsam in das Wasser und hielten uns an den Händen, bis die ersten – mit oder ohne Absicht – stolperten und unter lautem Kreischen ins Wasser plumpsten. Mit steigendem Wasserstand wurde der Drang zu weitgespannter Gemeinsamkeit geringer, man separierte sich in Pärchen. Nur Ruth entglitt Pilles vorwitzigem Klammergriff und schwamm mit kräftigen Zügen auf die Rettungsstation zu, die als schwimmende Insel auf dem See hinter der Bojenreihe verankert lag. Pille, der seine Fähigkeiten als Schwimmer und seine Kräfte sehr genau kannte, blieb im Grundkontakt, das Wasser reichte ihm bis zum Kinn.

»Nun los, Pille, du lahme Ente! Fang dir doch Ruth ein!« hetzte Schraube, den Annemarie wie eine Schlingpflanze umschlungen hielt.

»Ach, Mensch, weeßte, mir liegt det Frühstück noch immer wie Blei im Magen. Ick bleibe lieber hier.«

Pille taktierte klug, das war auch gut so, denn jeder wußte aus dem Schwimmunterricht, warum.

Schraube ließ ihm jedoch keine Ruhe. War er rachsüchtig? »Na, denn bleib man im Nichtschwimmer, sonst säufst du noch ab, du bleierne Ente!«

Ein Wort ergab das andere. Mitten in dem Geplänkel strampelte Pille plötzlich los und paddelte auf Ruth zu, die an einer Leiter der Rettungsstation hing und munter mit den Rettungsschwimmern flirtete.

Von alledem sahen Edith und ich nur wenig. Edith hatte überraschenderweise ebenfalls keinen Grund mehr unter ihren Füßen gefunden und sich deshalb hilfesuchend an mich gehängt. Ich müßte lügen, wollte ich behaupten, es sei mir unangenehm gewesen, im Gegenteil. Das war eine völlig neue Situation, die wir beide genossen. Was interessierte uns daher Pille?

Ebenso zeigten Risse und Tüte wenig Neigung, die Finger da wegzulassen, wo Inge und Anita so schön kitzlig waren und deshalb so herrlich juchzten.

So hatte jeder von uns hinreichend zu tun. Pille ging unter, ohne daß einer davon Kenntnis nahm. Er soff ab, wie er ansonsten in Erscheinung trat, von keinem beachtet!

Olle Schraube, die eifersüchtige Robbe, merkte zuerst, daß etwas nicht mehr stimmte. Der Nebenbuhler war weg. »Wo is Pille?« brüllte er über das Wasser, so daß selbst Ruth herumfuhr.

Pille blieb von der Bildfläche verschwunden. Schraube stieß Annemarie weg, die ihn nur widerwillig fahrenließ, und kraulte mit gewaltigen Schlägen auf die Stelle zu, wo er Pille zuletzt gesehen hatte. In diesem Augenblick kam der keine zehn Meter vor ihm gurgelnd und nach Luft schnappend hoch. Hilflos schlug er um sich. Edith ließ mich sofort los; wir schwammen beide auf ihn zu. Schraube jedoch war schneller bei ihm. Er erwischte ihn gerade noch bei den Haaren, bevor er wieder unterging, und hielt seinen Kopf über Wasser. Zwei der Rettungsschwimmer kamen ihm zu Hilfe.

Pille war gerettet, aber keineswegs außer Gefahr.

Wir schleppten ihn zur Rettungsinsel, wo man ihn jener Behandlung unterzog, die wir jeden Mittwoch bei Gellert und Bammel im Schwimmunterricht zur Vorbereitung auf den Grundschein der DLRG übten. Auch diese Prozedur überlebte er, und zwar deshalb, weil er gezwungen wurde, die Wassermassen, die er in seiner Gier geschluckt hatte, an den Müggelsee zurückzugeben. Schraube behauptete später, der See sei danach deutlich sichtbar um zwanzig Zentimeter angestiegen. Im Grunde genommen klang durch diese frivole Frotzelei ganz einfach nur die Erleichterung hindurch, daß uns unsere »bleierne Ente« erhalten geblieben war.

Sein Badevergnügen an diesem Sonntag war damit gelaufen. Für den Rest des Tages saß Pille am Ufer und genoß Ruths gelegentliche Nähe. Die fühlte sich nämlich merkwürdigerweise schuldig und leistete darum dem Superschwimmer von Zeit zu Zeit Gesellschaft. Sah man von Pille selbst ab, so hatte sein Tauchversuch die fröhliche Stimmung der Clique keineswegs gedämpft; das zeigte sich schon kurze Zeit nach vollbrachter Rettung.

Während er sich von den ausgestandenen Gefahren an Deck der Rettungsinsel erholte, bis man ihn mit dem Boot an Land brachte, konzentrierte sich das Interesse auf weit angenehmere Dinge. Inge, Anita, Tüte und Risse hatten ihre Wasserspiele anstandshalber während der Rettung unterbrochen, setzten sie aber jetzt, als sei ihnen etwas entgangen, mit doppelter Begeisterung fort. Verständlich war das schon; denn die beiden Mädchen - an Land recht spröde - setzten den forschenden Händen der Jungen alles andere als Widerstand entgegen, im Gegenteil. Sie scheuten sich durchaus nicht, selbst einmal kräftig zuzugreifen, um Vergleiche anstellen zu können. Dank ihrer Aktivitäten wußten die beiden sehr genau, wie die einzelnen Mitglieder der Clique unterhalb der Wasserlinie beschaffen waren. Während also Annemarie, Ruth, Edith, Schraube und ich spritzend dem Ufer zustrebten, trieben die anderen vier ihre Spiele munter weiter. Ihnen entging daher die Fortsetzung des Duells zwischen Annemarie und Ruth.

Diesmal war Annemarie am Zuge. Obwohl sie sich vermutlich am liebsten von Olle Schraube hätte abrubbeln lassen, das ging wegen der aufmerksamen Zuschauer nun doch nicht, mußte er ihr das große Handtuch halten. Sie entledigte sich darunter ihres Badeanzuges so geschickt, daß es immer genau dann auseinanderklappte, wenn besonders interessante Körperteile ins Blickfeld geraten sollten. Er hatte gestern durchaus nicht übertrieben; die großen Knutschflecke saßen wirklich an sehr delikaten Stellen ihres reizvollen Körpers.

Annemarie zog eine vollendete Vorstellung ab, bei der alle Zuschauer auf ihre Kosten kamen. Und das sollten sie ja wohl auch, damit die Rivalin ausgeschaltet und Schraubes Eifersucht aufgestachelt wurde.

»Nun haben se alle geseh'n, wat du zu bieten hast! Jetz' kannste dir wieder anziehen!« lautete sein trockener Kommentar. Schmollend über seine Dickfelligkeit, kam sie in einem einteiligen Luftanzug unter dem Handtuch zum Vorschein. Trotz seines Namens ließ der brave und biedere Anzug nicht viel Luft an den Körper.

Wenn Annemarie geglaubt hatte, ihre Konkurrentin damit aus dem Felde schlagen zu können, so sah sie sich kurze Zeit später bitter enttäuscht. Ruth wechselte die Kleidung ohne großes Theater, was allseits bedauert wurde, stellte sich aber dann ebenfalls in einem Luftanzug den kritischen Blicken. Und was sie darin zeigte, brauchte den Vergleich nicht zu scheuen. Im Schatten dieser Ereignisse fand Edith in ihrem handgestrickten Badeanzug aus einfacher Wolle nicht die geringste Beachtung; das war ihr nicht einmal unangenehm. Sie mußte das Ding schleunigst wechseln; denn sobald wir aus dem See kamen, wurde der Anzug unter dem Gewicht des aufgesogenen Wassers mit jeder Sekunde noch formloser und länger. Es mußten mehrere Kilo sein, die die Maschen nach unten zogen.

Deshalb lief ihr Umkleideakt unter dem vorgehaltenen Handtuch zur gleichen Zeit ab, als Annemarie ihre gekonnte Vorstellung gab. In ihrem Luftanzug konnte sie sich sehen lassen, der war das genaue Gegenteil zu ihrem Badeanzug und ein echtes Prachtstück aus der Maßschneiderei ihrer Mutter. Aber, wie gesagt, das Interesse galt anderen Objekten.

Die Skatspieler nahmen ungerührt ihr Spiel da wieder auf, wo sie es des Duells wegen unterbrochen hatten. Sie ließen sich darin auch nicht mehr stören, als Inge und Anita endlich aus dem Wasser kamen und aus ihren formlosen Strickanzügen in nicht minder formloses Turnzeug umstiegen.

»Und nu hab' ick Hunger!« verkündete Tüte, nachdem er seinen bibbernden Körper trockengerieben hatte. Die ausgedehnten Wasserspiele schienen ihm doch einiges abverlangt zu haben. Er holte ein riesiges Glas mit Kartoffelsalat aus seiner Tasche und wickelte ein Paket mit Buletten aus.

»Wat denn, Tüte, haste ooch Salat mit?« Schraube interessierte sich für Tütes Glas. Er hätte sich ohne Zweifel auch auf andere Dinge gestürzt, Hauptsache, er konnte seinen streitbaren Damen entkommen. Noch hörte man die Spannung knistern, obwohl sich beide gleichgültig gaben. Er fürchtete, daß es jeden Augenblick Krach geben könnte.

Von alledem nahm Tüte keine Kenntnis; er dachte auch nur ganz entfernt an seine Schwester. Sein Löffel tauchte in das Glas und kam mit einem gewaltigen Happen zum Vorschein. »Na klar! Für Ruth ooch, den Topp teil'n wir uns!« Er stopfte sich die Fuhre in den Mund. »Wat besseres – gibt es – beim Baden – nich'!« Kauend und schluckend tat er dem versammelten Volk seine Weisheiten kund. »Sauer macht lustig! Wa, Inge?« Eine halbe Bulette verschwand hinter seinen Zähnen. Der Löffel kam erneut mit einer riesigen Portion aus dem Salatglas. Wenn Ruth nicht aufpaßte, dann hatte sie einen ziemlich ungleichen Anteil an der gemeinsamen Verpflegung zu erwarten.

Als Pille von den Rettungsschwimmern an Land gesetzt wurde und wieder zu uns stieß, lehnte sich Mücke, der Dauerskater, gerade zufrieden zurück, schlug sich auf seinen Bauch. »Ick bin satt!« verkündete er. »Jetz' brauch' ick Bewegung, damit ick heute ooch ins Wasser gehn kann! – Seid ihr mit von der Partie, ihr beeden? Jetz' und ooch nachher?« Er grinste Inge und Anita anzüglich an, blickte sich jedoch vorsichtshalber nach Risse und Tüte um, was die wohl zu seinem forschen Angebot sagten.

Die nahmen davon überhaupt keine Notiz.

Die beiden Mädchen sprangen auf. »Von uns aus gerne! Wir bring'n dir gern in Bewegung, hier draußen und ooch im Wasser!«

Ein Tennisring kam aus dem Gepäck zum Vorschein und flog durch die Luft. Der ganze Verein fühlte sich angesprochen. Nur Pille blieb trübsinnig auf der Decke sitzen und sah dem Spiel zu.

Hatten wir geglaubt, der Sonntag werde nie enden, so belehrte uns die große Uhr am Strand sehr bald eines Besseren. Die Zeit verrann wie im Fluge.

Schraube und Annemarie mußten zurück, falls Madame früher als erwartet ihre Werdertour beenden sollte. Auch die übrigen packten zusammen.

Ehe wir uns versahen, lagen nur noch Edith und ich auf unserer sandigen Decke. Merkwürdig, die ganze Unbefangenheit im Umgang miteinander war mit einmal futsch, verschwunden mit der Clique. Unser großspuriges Getue fiel zusammen wie ein Luftballon, dem die Luft ausgeht, je näher der Augenblick des Aufbruchs kam. Die Stunde der Wahrheit begann. Wir hatten nämlich den anderen gegenüber laut getönt, wir wollten noch ein bißchen durch den Wald bummeln, ehe wir mit der S-Bahn nach Hause führen. Pille hatte uns dabei lüstern angegrinst. Jetzt wagte keiner von uns beiden, das Signal zum Aufbruch zu geben.

Edith kamen die ersten Bedenken. »Weißte, wir sollten uns auch auf die Socken machen. Es gibt bestimmt Ärger, wenn ick später als mein Bruder nach Hause komme. Du kennst doch mein'n Vater!«

Ich nickte. Ihr Vater verstand auch ansonsten keinen Spaß, wenn sein Mißtrauen geweckt wurde.

Schnell hatten wir unsere Sachen zusammengepackt und zogen los. Unsere anfängliche Scheu verlor sich im Wald sehr schnell. Schraube, der abgeklärte Casanova, hätte vermutlich eine Augenbraue amüsiert emporgezogen und gefragt: »Wat denn, is' det alles?«

Wir beide kamen uns auch so reichlich verwegen und irrsinnig leidenschaftlich vor.

Für den Waldweg brauchten wir mehr als die doppelte Zeit, trafen jedoch erstaunlicherweise Inge, Anita, Risse und Tüte auf dem Bahnhof, die dort auf dem Bahnsteig herumalberten.

Es wurde eine fröhliche Heimfahrt nach Berlin. Wir gakkerten und lachten bis in die Palisadenstraße hinein. Dort kam die Ernüchterung.

Vor der Haustür stand Ediths Vater und starrte uns finster und wortlos entgegen, wie es so seine Art war. Bei seinem Anblick verflog alle Fröhlichkeit. Vor einer saftigen Tracht Prügel bewahrte Edith nur die Tatsache, daß sie in Begleitung von Inge und Anita nach Hause kam und auch die übrige Clique lärmend um die nächste Ecke bog, darunter Kralle, Ediths Bruder. Welch ein Glück!

Am nächsten Morgen lief Bebels Niederlage schon um 7.45 Uhr an. Tüte und ich klingelten beim Hausmeister.

»Wat wollt ihr beeden hier, wat?«

»Guten Morgen, Herr Natorp! Ich habe am Sonnabend meine Turnhose im Umkleideraum vergessen – äh – und da dachte ich – äh – ich – äh – könnten wir vielleicht?« Ich stotterte und trat von einem Bein sichtlich nervös auf das andere, als habe ich vor ihm Angst.

Natorp sah uns beide abschätzend an, als sei er der Schulleiter, blickte auf seine Uhr und entschied dann:

»Kommt in der ersten großen Pause wieder, dann habe ich mehr Zeit! Jetzt geht es nicht.«

Genauso hatten wir es haben wollen! Wir bedankten uns überhöflich und verschwanden. In der großen Pause ging Natorp mit uns in den Raum für die Fundsachen in den Keller. Wir wühlten in den nach Schweiß stinkenden Sachen und trödelten, bis das Klingelzeichen die Pause beendete. Natürlich fanden wir meine Turnhose nicht. Es wäre auch ein echtes Wunder gewesen, denn sie steckte, wo sie hingehörte, nämlich zu Hause im Turnbeutel.

Aber den Nachttopp hatten wir in dieser Pause festgenagelt. Schraube und die anderen hatten genügend Zeit, um die Klingel in der Aula zu montieren.

»Nichts, Herr Natorp!« Fast hätte ich mich versprochen und zu ihm »Nachttopp« gesagt. »Dann muß einer meine neue Hose mitgenommen haben! Trotzdem vielen Dank für Ihre Mühe!«

Der Hausmeister brubbelte etwas vor sich hin, während er hinter uns wieder gewissenhaft alle Kellertüren verschloß.

So, nun mußte bloß bei Schraube alles glattgegangen sein, während wir den Hausmeister abgelenkt hatten!

»Hat alles prima geklappt! Det Paspatu is' einfach 'ne Wucht! De Klingel sitzt jetzt unter der Bühne, den Zwirnsfaden hab' ick einfach durch een Astloch gezogen. Da kann Bebel keen'n von uns bei erwischen, det olle Aas!« berichtete Schraube mir flüsternd, denn der Rest der Klasse sollte davon nichts erfahren.

Die Bühne – für gelegentliche Feiern und Aufführungen mit allem Drum und Dran ausgestattet – hatte eine Klappe im Bühnenboden, durch die man unter die Bühne gelangen konnte. Dort hatte Schraube die Klingel angebracht. Wenn wir es geschickt anstellten, blieb die Klingel unentdeckt; wir konnten das Spielchen dann mehrfach wiederholen.

»Ick muß bloß uffpassen, det mir keena uff den Faden

trampelt. Und abschirm'n müßt ihr mir ooch, damit mir der Bebel nich' sieht, klar?«

»Und wat machste, wenn er in deine Nähe kommt und den Faden entdeckt?« fragte Kralle.

»Den sieht er nich', det hab' ick kontrolliert! Außerdem hab' ick 'n Schießgummi mit eingeknotet. Wenn der uff Zug ist, brauch' ick bloß den Faden loslass'n, und ab geht det Ding durch det Astloch!«

Phantastisch! Was Schraube machte, hatte eben Hand und Fuß. Nun mußte bloß noch alles wie geplant funktionieren! Die Zeichen standen jedenfalls günstig.

Als es zur Chorstunde klingelte, waren wir natürlich bemüht, schnellstens in die Aula zu gelangen, um die richtigen Plätze zu erwischen, sonst waren alle unsere Mühen für die Katz.

Schraube holte sich den Faden so raffiniert heran, daß niemand etwas davon merkte, weil jeder dachte, seine Mappe sei ihm aus der Hand gefallen. Beim Einsammeln der Utensilien war es ein Kinderspiel, den Faden unauffällig in die Hand zu bekommen. Nun saß er damit in der Brummerecke gut abgeschirmt auf seinem Platz und wartete.

Mit dem Stundenbeginn trat Bebel in die Aula und eilte in der ihm eigenen Art an uns vorbei zur Bühne, vor der der Flügel stand. Eine ruckartige Körperdrehung zu uns herum – und sein Dompteurblick glitt drohend über die schweigende Schülerschar.

Alles schien in Ordnung!

»Heil Hitler!«

»Heil – Hit-ler, Herr Be-bel!« kam die Antwort im Takt.

»Setzen!«

Wir ließen uns auf die Sitze fallen und starrten ihn regungslos an.

Ich hob zaghaft den Finger.

»Was willst du?«

»Herr Gellert macht mit uns eine Klassenfahrt nach Ützdorf. Er läßt fragen, ob Sie mit uns hier diese Wanderlieder üben könnten?«

Bei seiner Frage war ich aufgesprungen und hielt ihm die vervielfältigten Blätter mit den Texten hin, ganz das Bild des beflissenen Schülers. Ich sollte ihn zwar erst am Mittwoch in der Musikstunde darum bitten, es ging aber darum, ihn von unserer Klasse abzulenken, wenn die Klingelei begann. Er würde mit Sicherheit nicht annehmen, daß wir dahintersteckten. Wir wollten ja etwas von ihm!

Widerwillig nahm er die Blätter in die Hand und las: »*Märkische Heide* – Hm! – *Wenn die bunten Fahnen weh'n* – *Ein Heller und ein Batzen* – *Frisch auf, die Luft weht* – *Die blauen Dragoner* – *Und die Morgenfrühe.* Na ja, gut. Habt ihr denn alle die Texte?«

Natürlich, die hatten wir ja vorsichtshalber an alle verteilt.

Er trat an den Flügel und intonierte *Ein Heller und ein Batzen.* »Singen! – Drei – vier!«

Wir brüllten in der gewohnten Weise lauthals los.

Bei Bebels erstem Pedaltritt zog Schraube an dem Faden, die Klingel rappelte los! Etwas gedämpfter zwar, aber unüberhörbar.

Wie von einer Tarantel gestochen sprang Bebel beim ersten Ton in die Höhe und schrie: »Hach – also wieder eine Klingel!« Er ergriff seinen Rohrstock, der auf dem Flügel lag, und holte aus der ersten Reihe einen Schüler am Kragen nach vorn. »So, mein Freundchen! Nun hole mal ganz schnell die Klingel da vor, wo ihr sie versteckt habt! Aber dalli, sonst setzt es was!«

Der arme Kerl brachte schreckerstarrt kein Wort heraus. Er hatte nicht die geringste Ahnung; wie sollte er auch!

Bebel zog ihm einen seiner fürchterlichen Jagdhiebe über, schüttelte ihn am Kragen hin und her, daß ihm bald der Kopf abflog, und brüllte ihn wütend an: »Los, habe ich gesagt, dalli! Oder soll ich erst nachhelfen?«

Der Schüler rieb sich den schmerzenden Hintern, zog den Kopf ein und brüllte hemmungslos in die Aula: »Waaaaaa! Ick war det nich'! Waaaaaaaaaa!!!«

Sein Waaa-Geheul war so fürchterlich – es schnitt regelrecht in das Trommelfell –, daß es selbst Bebel auf die Nerven ging.

»Halt die Klappe, du Memme! Im Flügel sollst du suchen, los!« Er stieß sein unschuldiges Opfer zum Flügel.

Da konnte der arme Kerl lange suchen! Bebel wollte es einfach nicht glauben, daß die Suche vergeblich sein sollte; er half mit. Als er sich endlich überzeugt hatte, daß der Flügel »sauber« war, ließ er seinen Prügelknaben laufen.

»Na, wartet! Wir werden sehen! Die finde ich schon, und dann gnade euch Gott!« Er ließ ein paar Schläge durch die Luft zischen, ein widerliches Geräusch! »Los, singen! – Drei – vier!« Kaum hatte er die Melodie mit dem Flügel aufgenommen, rappelte bei jedem Pedaltritt die Klingel. Der Musikgermane spielte ungerührt weiter. Er wollte die Klingel orten.

Im Flügel saß sie nicht, aber das Pedal hatte etwas damit zu tun, kombinierte er. Also ein Faden!

Er sprang auf und suchte hinter dem Flügel den Boden ab. Das sah vielleicht komisch aus! Es wagte jedoch niemand, darüber zu lachen. Die Suche ergab nichts!

Unser Gesang schlief ein. Jeder wartete gespannt, was nun kam. Schraube hielt den Faden auf Zug, bereit, ihn jeden Augenblick wegschnellen zu lassen, falls der wütende Pauker gefährlich in seine Nähe kam. Noch machten der geölte Fußboden und das dunkle Paneel den Faden auf die Entfernung für Bebel unsichtbar.

»Warum singt ihr nicht weiter? – Erste Strophe! – Drei – vier!« Er schwang den Rohrstock im Takt des Liedes.

Schraube ritt der Teufel. Die Stunde war bald um – warum sollte er nicht im Takt klingeln? Unser Dirigent traute seinen Ohren nicht, als bei jedem Abwärtsschlag die Klingel ertönte. Er brauchte eine Zeit, bis er die Situation erfaßt hatte und einhielt. Wir sangen, und Schraube klingelte weiter.

Bebel raste den Gang entlang und suchte herauszufinden, woher diese verfluchte Klingelei kam. Irgendwer mußte das Ding doch bedienen!

Vergeblich! Das Lied war zu Ende; wir begannen einfach wieder mit der ersten Strophe. Und Schraube klingelte munter mit! Auf seiner vergeblichen Suche jagte der verzweifelte Musikus die Fensterseite der Aula entlang. In diesem Augenblick ließ Schraube den gespannten Faden los. Er schnellte weg, die Klingel verstummte.

»Aha, also hier sitzt der Klingelbruder! Heraus damit, wer war es! – Du!« Er wies auf einen der Schüler vor sich.

»Nein, Herr Bebel! Ich war es nicht!« Das blanke Entsetzen klang aus seiner Stimme.

»Du!« Der Finger stieß auf den nächsten zu, der ebenfalls aufschrie. Aber Bebel jagte schon wieder einer neuen Idee nach und suchte Stück für Stück den Boden nach einem verräterischen Faden ab. Schraube saß an der Wandseite, die ganze Aula zwischen sich und seinem Opfer, und sah gelassen und unbeteiligt zu.

Alles Suchen wäre auch auf unserer Seite vergeblich gewesen. Die Sicherheitsvorrichtung hatte bestens funktioniert und den leichten Faden durch das Astloch im Dunkel unter der Bühne verschwinden lassen.

Längst war die Musikstunde vorbei, doch Bebel nahm es nicht zur Kenntnis. Sein Blick glitt forschend über den Boden. Still und stumm sahen wir zu, niemand wollte auffallen. Dann besann Bebel sich und scheuchte uns mit einer Armbewegung aus der Aula, damit er unbeobachtet und in Ruhe weitersuchen konnte.

Unser Triumph war vollkommen, wir hüteten uns natürlich, darüber auch nur ein Wort zu verlieren. Aber innerlich schlugen die Wogen der Freude hoch.

Die Klingel wurde bei Bebel zu einer fixen Idee. Er stöberte am nächsten und übernächsten Nachmittag die Aula durch, immer von der Hoffnung beseelt, irgendwann den Faden und damit die verdammte Klingel zu finden. In den Pausen sah man ihn in der Nähe der Aula herumlungern. Er mußte sogar seine Aufsichten getauscht haben, weil er hoffte, jemanden zu erwischen, der an die Klingel zu kommen versuchte.

Wir mieden deshalb die Aula wie die Pest. Die Klingel lief uns nicht weg; sie konnte nur durch einen Zufall entdeckt werden, und der blieb unwahrscheinlich. Wer sollte schon ausgerechnet unter die Bühne krauchen?

»Die lass'n wir da unten, bis der Bebel sich beruhigt hat. Aber dann kann er wieder wat erleben!«

Schraubes Worte entsprachen unserer Meinung. Wir hatten Zeit.

Wir hatten jedenfalls eine ganze Woche vor Bebel Ruhe. Eine Woche im knapp fünfzig Kilometer entfernten Ützdorf, das war ein Aufenthalt, wie ihn sich ein Berliner Junge wünschte, der nur Mietskasernen, baumlose Straßenzeilen und den Großstadtmief kannte.

Dabei war die Jugendherberge alles andere als eine komfortable Unterkunft. Sie wurde nur im Sommer benutzt und befand sich in einem alten Fachwerk-Bauernhaus, dessen Dachboden als riesiger Schlafsaal diente. Es war wildromantisch unter den Dachschrägen. Betten gab es dort nicht; geschlafen wurde auf Strohsäcken, die auf dem Fußboden lagen. Bei der Ankunft mußte man diese Säcke zudem noch selbst stopfen, eine staubige, aber lustige Angelegenheit. Die Schlafstellen lagen rechts und links eines Mittelganges unter dem schrägen Dach. Am Kopfende stand eine flache Regalreihe mit winzigen Fächern, in die gerade das Waschzeug paßte. Ansonsten lebten wir aus dem Rucksack, der am Fußende stand.

Hier übernachtete man unter dem Motto: »Gelobt sei,

was hart macht!« Wir konnten in den dünnen Leinenschlafsäcken und unter den fadenscheinigen Herbergsdekken gar nicht so schnell zittern, wie wir gegen Morgen froren.

Ein Spaßvogel hatte an die weiße Stirnwand die Worte geschrieben: »Morgenstund hat Gold im Mund und Blei im Arsch!«

Das war unwahrscheinlich zutreffend!

Die hygienischen Einrichtungen entsprachen den Schlafgelegenheiten. Das Freiluft-Klo stand abseits auf einer Wiese; den Waschraum bildete der am Haus entlangfließende Bach.

Küche und Eßraum waren geradezu spartanisch eingerichtet. Das Essen paßte in jeder Beziehung in diesen Rahmen. Die Frühstücksbrote bogen sich an den Rändern nach oben, weil die am Abend zuvor aufgestrichene Marmelade völlig in das Schwarzbrot eingezogen war. Zu Hause hätte das sicher niemand von uns angerührt, obwohl die meisten nicht gerade im Hinblick auf das Essen verwöhnt wurden. Das Mittagessen und das Abendbrot standen dem Frühstück in nichts nach. Dennoch blieb nie etwas übrig. Der Hunger trieb alles hinein. Da es auf dem Dachboden kein Licht gab, krochen wir mit den Hühnern in das Stroh und standen zu abenteuerlich frühen Zeiten auf.

Wir lebten eben auf dem Lande, und das ließ uns vermutlich diese urige Unterkunft in einem anderen Licht erscheinen; wir fanden Ützdorf trotz allem herrlich.

Gellert lebte in diesem »Jugendhotel« unter den gleichen Bedingungen wie wir, ständig von Lärm eingehüllt, der Tote ins Leben zurückrufen konnte. Und dazu dann die Verantwortung für den übermütigen Haufen! Jeder andere hätte unter diesen Umständen seine Ruhe verloren, er nicht. Auf nimmermüden Beinen erwanderte er mit uns die schöne Umgebung und brachte uns Großstadtkindern Tiere und Pflanzen nahe. Zur Ruhe kamen wir bei ihm nicht oder nur selten, auch wenn es zwischen großen Wanderungen sogenannte Ruhetage gab. An diesen Tagen veranstaltete er dann ein Geländespiel mit uns, das nicht weniger strapaziös war, weil es sich über den ganzen Tag hinzog. Für ihn bedeutete es jedoch, daß er die Rasselbande wenigstens für ein paar Stunden vom Hals hatte. Er blieb als Schiedsrichter in der Jugendherberge und genoß die Zeit relativer Ruhe.

Die Organisation dieses Spiels übernahm Olle Schraube. Gab man unserem Hallodri, dem die Lehrer sonst nicht über den Weg trauten, eine Aufgabe, bei der er seine Führungsrolle voll ausspielen konnte, dann liefen die Dinge, und zwar bestens. Gellert hatte deshalb Vertrauen zu diesem »Schlitzohr«, wie er Schraube gelegentlich nannte, blieb jedoch immer wachsam. Besonders mißtrauisch wurde er, wenn dieser sein lautstarkes Organ zum Flüstern herabschraubte; dann war Gefahr im Verzuge.

»Ick hab' wat entdeckt, Leute! Kommt mal alle her!«

Gellert wurde aufmerksam, ließ sich aber nichts anmerken. Alles hockte sich um Schraube in den warmen Sand. Gellert schlenderte in Hörweite vorbei.

»Ick hab' festgestellt, det wir unser Geländespiel lieber hier auf unserer Seite machen. Uff der anderen Seite vom See is' der Arbeitsdienst zugange; die legen det Sumpfgelände trocken. Da bleib'n wir besser von weg!«

Schraube spielte den genialen Feldherrn. Er teilte die Klasse auf, setzte Sammelpunkte fest und erläuterte die Regeln.

Gellert schmunzelte, sein Verdacht schien unbegründet; er hatte einen ruhigen Tag vor sich.

Die rote Truppe zog los. Die blaue Partei, in der Hauptsache unsere Clique und zuverlässige Sympathisanten, brach in die entgegengesetzte Richtung auf und verschwand im Wald. Gellert atmete zufrieden auf und ging in das Haus.

Auf unserem Weg ließen wir in Abständen Posten zurück, die den Gegner beobachten sollten und sich zum

Sammelpunkt zurückzuziehen hatten, sobald die Lage kritisch wurde. Die Aufteilung sorgte dafür, daß zum Schluß nur noch der harte Kern der Clique beisammenblieb. Schraube hatte ganz offensichtlich etwas vor, was nichts mit dem Geländespiel zu tun hatte, auch wenn wir die »Konterbande«, die uns der Gegner abjagen mußte, noch immer bei uns hatten.

»So, Pille und Schulle, ihr bleibt jetzt hier und verkrümelt euch ins Gebüsch. Wir nehm'n janz rechts den Weg und mach'n alle fuffzig Schritte een Zeichen. Soo!« Er zog als Beispiel einen kurzen Strich durch den Sand. »Kommt ihr hinter uns her und findet zwee Striche, denn biegt ihr in den nächsten Querweg nach rechts ab, bis zur Kiesgrube, det is' unser neuer Treffpunkt. Verstanden?«

Die beiden nickten.

»Und die andern soll'n wir mitbring'n?« fragte Schulle.

»Genau, aber nich' sagen, wat die Striche bedeuten!«

Auch das war klar. Die beiden sicherten uns gegen eventuelle Späher und Verfolger und hielten uns den Rücken für andere Aktionen frei.

Wir zickzackten eine ziemliche Strecke durch den dichten Wald, bis Schraube plötzlich stoppte. »Ruhe mal! – – – Hört ihr det?«

Stimmen klangen durch den dichten Baumbestand.

»Det hab' ick entdeckt, Leute!«

Wir ließen uns auf den Bauch nieder und robbten durch das Unterholz vorwärts. Plötzlich lagen wir am Rande einer Lichtung, auf der zehn, nein fünfzehn große Zelte standen; eine Fahne flatterte darüber im Winde.

»Een HJ-Lager«, flüsterte Tüte. »Mensch, is' det alles?« Er sah Schraube enttäuscht an.

»Warte mal ab!« Er wies nach links. Wasser schimmerte von dort durch die Bäume. »Kiekt mal zum Wasser!«

»Na und? Da badet 'n ganzer Verein. Wat soll 'n det?« wollte Risse wissen.

»Wirste schon seh'n! Abwarten!«

Stimmengewirr, Gelächter und Juchzen klangen vom Wasser herüber.

Schraube feixte vor sich hin. »Na?«

»Sind det Mieken?« fragte Risse unsicher und erhob sich auf die Knie.

Die Antwort kam lärmend den Uferhang empor und lief zwischen den Bäumen hindurch auf das Lager zu.

»Ick gloobe, ick hab' wat an den Augen! Sind die wirklich nackig?« Knolle traute seinen Augen nicht; uns anderen erging es ähnlich. Aber die waren tatsächlich splitterfasernackt!

»Det sind ja ganz neue Sitten beim BDM!«

Immer mehr Nackedeis kamen zum Lager; sie holten sich ihre Handtücher aus den Zelten und rubbelten sich davor in der Sonne ab. Aber – das waren ja gar keine Mädchen in unserem Alter! Das waren fast schon junge Frauen, die bar jeder Hülle ungezwungen in der Sonne standen und nicht ahnten, daß sie beobachtet wurden.

»Mann, det is' ja een Ding! So ville Titten uff eenmal! Da weeß ick gar nich', wo ick hinkieken soll! Mensch, hat die Kleene da een paar Dinger, Junge, Junge!« Kralle war fassungslos.

Das Lager lag völlig einsam am Rande des Sees. Kein Wunder, daß sich die Mädchen unbeobachtet glaubten und sich mit dem Anziehen Zeit ließen.

»Jetz' erlebe ick mal mit, wat so alles unter eener BDM-Uniform steckt!« flüsterte mir Knolle in das Ohr und grinste mich an. Viel zogen die sich allerdings nicht an, wenn er das meinte.

»So! Leute, nun werd'n wir denen mal een'n Besuch abstatten. Die werd'n froh sein, det wir erst jetz' kommen!«

»Muß denn det sein?« fragte Tüte.

»Klar, ick will mir det Lager genau anseh'n. Ick hab' nämlich 'ne Idee!« gab Schraube zur Antwort und kroch in den dichten Wald zurück.

Außerhalb der Sichtweite schlugen wir einen Haken zum See und zockelten dann laut redend auf das versteckte Lager zu.

Am Rande der Lichtung blieben wir abrupt stehen und taten so, als hätten wir das Lager soeben erst entdeckt.

»Wat is' denn det?« tönte Olle Schraube laut los und lenkte damit die Aufmerksamkeit des ganzen Vereins auf uns. »Kiekt mal, der BDM macht Sommerlager!«

»Det is' wohl mehr een Kochkurs für det gehobene Personal!« ließ sich Kralle vernehmen und musterte frech die dickbusige Maid, die ihm vorhin so imponiert hatte. »Die sind aber alle jut im Futter!«

Den Mädchen stieg die Röte ins Gesicht. War es der freche Blick, das lose Mundwerk oder die Erkenntnis, daß wir nur ein paar Minuten früher hätten zu erscheinen brauchen, um sie in einer pikanten Situation zu überraschen?

»Die sind aber wirklich alle jut gebaut, wat, Risse?« Schraube wurde keß. Seine flinken Augen musterten den Zeltplatz; er prägte sich die Einzelheiten ein. Dann trat er ein paar Schritte auf die nächste BDM-Führerin zu. »Heil Hitler und juten Tag! Wir hab'n uns verloofen. Könnt ihr uns helfen? Wir woll'n zur Jugendherberge nach Wandlitz?«

Nach Wandlitz? Was sollten wir denn da?

Der BDM-Maid erschien die Frage durchaus plausibel; sie beschrieb uns den Weg durch den Wald. Es waren demnach gut acht Kilometer bis nach Wandlitz. Schraube hörte aufmerksam zu, wiederholte gewissenhaft die wichtigsten Punkte, dankte und schlug dann die angegebene Richtung ein. Wir wie die Idioten hinterher.

»Wat soll denn det? Biste krank?« fragte Kralle besorgt.

»Nee! Aber vielleicht denkste mal een bißchen zur Abwechslung, ooch wenn det große Mühe macht und in deiner Birne det Wasser uffwühlt!«

Unbekümmert schwenkte er in den Wald vom See weg, sobald man uns vom Lager aus nicht mehr sehen konnte.

»Na, is der Groschen noch immer nich' gefall'n? Ick sehe schon, du hast keen Kleengeld, wat? Mensch, wir müssen uff de andere Seite von det Lager, damit uns Pille und Schulle find'n. Sollte ick die Mieken det uff de Neese bind'n, wo wir hingehör'n?« Er schüttelte über so viel Dummheit den Kopf. Dann setzte er sich in Trab und eilte vor uns her. Nach geraumer Zeit fiel er wieder in einen gemütlichen Schritt; wir hatten das Lager weit genug hinter uns.

Plötzlich tauchte unser Klassenleiter zwischen den Bäumen auf.

»Nanu, Herr Gellert, hab'n Sie sich verirrt?«

Schraube war doch wirklich ein freches Luder.

Unser Lehrer lachte. »Nee, nee! Ich habe mich bloß gewundert, warum Pille und Schulle dahinten im Gebüsch hocken, und dachte mir fast, ihr könntet euch verlaufen haben.«

Das ging nun wieder gegen unsere Ehre.

»Verloofen? Nee, det is' nich'! Wir mach'n det wie de Indianer; erst 'ne Spur gelegt und denn dadruff zurück. Jetz' hol'n wir Pille und den Rest ab und legen eenen Hinterhalt!«

Gellert nickte verständnisvoll. »Dann muß ich wohl auf meinen Schiedsrichterposten zurück, was? Übrigens – ich verstehe dich auch, wenn du hochdeutsch mit mir sprichst!« Er winkte mit der Hand und verschwand wieder zwischen den Bäumen. Schraube hatte einen knallroten Kopf, wie immer, wenn Gellert eine Rüge auf ihn abschoß. Das schadete unserem Häuptling gar nichts!

»Schleichen kann der Gellert! Hat wohl unsere Zeichen gefunden und richtig gedeutet!« Völlig durcheinander, sprach unser »Führer« mit uns hochdeutsch!

»Ob der die nackten Mieken ooch geseh'n hat?« fragte Risse.

»Denn hätt' er wat gesagt«, wehrte Schraube ab. »Dekkung! Da kommt een Trampeltier!«

Wir verschwanden in den Büschen. Pille und Schulle kamen mit den anderen Posten den Pfad entlang.

»Hinter uns schleicht een ganzer Trupp von der anderen Partei durch 'n Wald«, meldete Pille.

»Los, dann ab nach Ützdorf, aber so, det se euch ooch seh'n! Laßt euch nich' fang'n, sondern macht selbst Gefangene, wenn es möglich is'. Genug seid ihr ja!« wies Schraube sie an.

Die anderen liefen los; wir blieben in der Deckung liegen.

In der Ferne setzte plötzlich Gebrüll und ein wildes Getrampel ein; der Gegner machte sich an die Verfolgung. Wir verhielten uns still, als die Meute an unserem Versteck vorübertobte.

»Die ganze Bande is' hinter Pilles Truppe her. Diese Idioten, keene Ahnung von Taktik!« brummte Schraube. »Haste die Konterbande noch?«

Natürlich hatte ich das Päckchen noch. Es lag wohlverwahrt in meinem Brotbeutel.

Wir schlugen uns in die Büsche und schlichen in einem weiten Bogen auf Ützdorf zu.

Pille und der Trupp machten ihre Sache gut. Wir erreichten unangefochten die Herberge und lieferten das Päckchen bei Gellert ab. Das Spiel war aus! Wir hatten gewonnen, auch wenn Pille und seine Mannen als Gefangene eingeschleppt wurden.

Der Rest des Tages war Freizeit. Gellert ging in das Dorf, um ein Bier zu trinken.

Kaum war er außer Hörweite, legte uns Schraube seine Idee dar. »Habt ihr det geseh'n, durch det Lager fließt 'n Bach!«

Darauf hatte von uns niemand sonderlich geachtet, wir hatten die Augen anderswo gehabt.

»Wenn wir uns Wäscheblau koofen, könn'n wir den Mieken 'ne Überraschung bereiten.«

Was sollte denn das? Wozu Wäscheblau? Das nahm

man doch nur wohldosiert zum Wäschespülen, wenn vergraute Weißwäsche aufgehellt werden sollte.

»Die BDM-Mieken waschen sich in dem Bach wie wir. Machen wir da morgens ordentlich Farbe rin, werden die ganz blau davon. Die merken det erst, wenn es zu spät is'. Det gibt een Bild!«

Nicht übel, wenn es wirklich so einfach zu machen war.

Wäscheblau gab es im Dorf bei dem Krämer; es kostete nur Pfennige. Wir legten zusammen und kauften den ganzen Bestand auf. Die Krämersfrau freute sich darüber so, daß sie jedem von uns einen Bonbon gab.

Aber wie sollte die Sache ablaufen, ohne daß wir Gellert einweihen mußten? Schraube hatte auch in diesem Fall einen Plan.

Als Gellert von seinem Bier zurückkam, spielten wir Handball. Unser Cliquenchef stand am Rand und feuerte uns mit seinem gewaltigen Mundwerk an. »Ihr seid alles lahme Enten! Viel zu langsam! Legt mal den Ball ab und kommt mit!«

Er sprach hochdeutsch, welch ein Wunder! Wie ein guter Trainer trabte er vor uns her und drehte in Gellerts Sicht- und Hörweite mit uns Runde um Runde. Verabredungsgemäß fiel einer nach dem anderen schnaufend aus.

»Da hilft nur Training! Könn'n wa – äh, Verzeihung! – können *wir* nicht morgens ein bißchen Frühsport machen, Herr Gellert?« Er sah unseren Lehrer voller Eifer an.

»Um Gottes willen, auch das noch! Ich bin froh, wenn ich morgens in aller Ruhe aufstehen kann. Frühsport! Von mir aus; aber dann mußt du das übernehmen. Natürlich ist die Teilnahme absolut freiwillig. Lauft man morgens eure Runden; Waldlauf soll ja gesund sein!«

Gellert ahnte nichts.

Am nächsten Morgen machten wir uns weit vor der Zeit auf zum Frühsport, natürlich nur unsere Clique; der übrige Verein schlief noch tief und fest.

Den Karton mit dem Wäscheblau hatten wir noch am Abend zuvor in einem alten Heuschober versteckt.

Im Wald wurden wir langsam und schlichen zum Schluß auf das Lager zu. Wir warteten, bis der erste Weckruf ertönte; dann machten sich Schraube und Tüte mit dem Karton bachaufwärts auf den Weg. Die ersten Mädchen kamen aus den Zelten und gingen mit ihrem Waschzeug zu dem langsam fließenden Bach. Eine große Wäsche wurde das nicht gerade! Sie wuschen sich Gesicht und Hände und machten eigentlich mehr Theater als alles andere. Plötzlich gab es ein gewaltiges Gelächter.

»Wie sieht denn Marlies aus?«

Marlies schien Mittelpunkt der Heiterkeit zu sein.

»Na und du erst! Guck dich mal selbst an!«

Immer mehr Mädchen zeigten auf sich gegenseitig und lachten. »Du meine Güte! Das Wasser ist ja ganz blau! Was ist das denn?« schrie eines der Mädchen und stieg aus dem Wasser, die anderen hinterher. Das sah vielleicht aus! Man konnte sehen, wie weit sie im Wasser gestanden hatten. Sie hatten alle blaue Strümpfe an. Die Turnhemden hatten blaue Flecken, und auch Hände und Gesichter waren blau.

»Wo kommt denn die Farbe her?« Der Verein schnatterte wild durcheinander und sah ziemlich ratlos aus.

Schraube und Tüte kamen angekrochen. »Det hat geklappt, wat? Sieht jut aus, wa?«

Wir amüsierten uns köstlich.

Eine der Führerinnen ergriff die Initiative und brachte Zug in die Schar. »Das kommt den Bach herunter! Los, nachsehen!« Einige der Mädchen liefen los und kamen nach wenigen Minuten mit dem Karton in der Hand zurück.

»Wäscheblau!« rief eine. »Ein ganzer Karton voller leerer Tüten!«

Die Führerin schrie auf. »Wäscheblau? Schnell, alles bachaufwärts! So frisch geht das mit Seife runter und aus den Sachen! Sofort ausziehen und waschen!«

Der Haufen verschwand zwischen den Büschen.

»Jut, wat?« Schraube feixte. »Doof kannste sein, bloß Ideen mußte hab'n!«

Wir grinsten ebenfalls. Schade, daß wir den Rest der Angelegenheit nicht sehen, sondern nur hören konnten. Die holden Weibsen fluchten auf die Urheber der Farborgie.

»Jetz' nischt wie weg, sonst erwischen die uns noch, wütend, wie se sind! Schön außer Puste sein, wenn wir ankomm'n, damit Gellert nischt merkt!«

Gellert merkte nichts; er kam gar nicht auf die Idee, wir könnten schon am frühen Morgen etwas angestellt haben.

Leider hat im Leben alles sein Ende, mal früher, mal später. So war es auch mit Ützdorf, die Zeit verging wie im Fluge. Nach einer Woche hatte uns Berlin, hatten uns der Alex und der Landsberger Kietz wieder.

Bebel begrüßte uns wie lange vermißte Freunde und widmete uns besondere Aufmerksamkeit.

»Ihr habt doch auf der Klassenfahrt jeden Tag gesungen, da seid ihr doch in Übung. Oder? Na, dann wollen wir doch einmal sehen!« Die anderen Klassen hörten zu, wie wir vergeblich versuchten, diesen widerlichen Tyrannen zufriedenzustellen. Es war vergebliche Liebesmüh! Er holte die Prügel nach, die er sich eine Woche für uns aufgespart hatte.

Schraube kam am nächsten Tag mit seinem Drahtesel zur Schule und stellte ihn neben dem Bebels ein. Für den Hausmeister und unbefangene Beobachter sah es aus, als schließe er sein Eigentum zum Schutz gegen Diebstahl an. In Wirklichkeit zog er die dicke Kette durch Bebels Rahmen und schloß diesen mit einem mächtigen Vorhängeschloß ältester Bauart an dem Ständer fest. Während wir nach Hause gingen, bemühte sich Bebel vergeblich, sein Rad von dem Ständer zu lösen.

Schraube, den Schlüssel in der Tasche, besaß sogar die Unverschämtheit, ihm seine Hilfe anzubieten, als er sein Rad holte, um nach Hause zu fahren.

Bebel befand sich in einem Zustand rasender Wut und stauchte den Hausmeister in Schraubes Gegenwart in übler Weise zusammen, weil er nicht genügend aufgepaßt hatte. Was der »Nachttopp« dachte, sah man seinem Gesicht an; er ließ den tobenden Bebel einfach stehen und zog sich in das Gebäude zurück.

Auch am folgenden Montag hing das Rad noch an der Kette; der Hausmeister war jedoch dabei, die Kettenglieder mit einer Eisensäge aufzuschneiden. Wir beobachteten die Arbeit aus der Ferne, denn Bebel behielt die Schüler im Auge, in der Hoffnung, daß sich jemand durch seine Schadenfreude verrate.

Wir hätten die Klingel noch eine weitere Woche in Ruhe lassen sollen, denn die Sterne standen an diesem Montag für unser Unternehmen nicht günstig. Es fing schon mit der Panne an, daß Schraube ohne das Passepartout in die Schule kam. Das hätte uns warnen müssen. Wir kamen somit nicht in der großen Pause in die Aula. Die zweite Panne verdankten wir unserem Naturkundelehrer, dem Falter-Willi, der kein Ende fand und die Stunde zu spät schloß. Alle anderen Schüler saßen schon in der Aula, als wir eintrafen. Unter diesen Umständen noch etwas zu unternehmen, war absoluter Wahnwitz.

Aber Schraube war regelrecht besessen. »Komm mit, Ete! Wir zieh'n schnell noch den Faden!« heuerte er mich an, und ich Idiot machte ohne Überlegung mit.

Vor allen Augen verschwanden wir hinter dem Bühnenvorhang, hoben die Klappe hoch und tauchten in den Unterboden. Damit begann unser Unglück, denn Bebel kam mit dem Klingeln in die Aula geschossen, und das war die dritte Panne. Wir saßen im Unterboden fest.

Das fiel zunächst überhaupt nicht auf. Bebel schenkte auch dem schadenfrohen Gelächter der Mitschüler keine Beachtung. Deshalb spielte sich die Chorstunde in der gewohnten Weise ab. Eins brachte Bebel allerdings zunehmend in Weißglut, nämlich dieses alberne Gekicher, sobald er den Rücken drehte. Die Ursache blieb ihm jedoch verborgen.

Alles hätte noch ein gutes Ende genommen, wäre Schraube nicht auf eine Wahnsinnsidee gekommen. Durch sein Astloch konnte er Bebel wunderbar am Flügel beobachten. Anfangs hielt er sich zurück. Als Bebel aber das Pedal trat, zog er an dem Faden, den er noch in der Hand hielt, und hinter uns schepperte die Klingel ohrenbetäubend los.

Die Reaktion draußen war anders als sonst. Der Gesang endete schlagartig mit einem infernalischen Geheul, etwa so wie im Zirkus, wenn die Clowns in die Manege kommen.

Mein Gott, betete ich, laß diese Idioten da draußen am eigenen Gebrüll ersticken und halte diesen wahnsinnigen Kerl davon ab, noch einmal zu klingeln!

Mein Gebet wurde nicht erhört, alles war vergeblich.

Bebel reagierte auch ganz anders. Er fuhr vom Hocker hoch und griff sich einen der Schreier, bevor der den Mund schließen konnte. »Warum brüllst du so, du Lauseangel?« Er schüttelte ihn voller Wut hin und her.

»Det hat geklingelt, Herr Bebel!«

Ich hörte bis zu mir die Zähne klappern.

»Und warum singst du nicht, sondern brüllst? Was? Antworte, du Lümmel!«

Der brachte vor Schreck kein Wort heraus. Bebel zog ihm zwei Hiebe über. In der Aula herrschte angstvolle Stille.

»Los, singen! – Drei – vier!« Er stieß sein Opfer grob in die Bankreihe und gab mit dem Stock den Takt an.

Ich kroch zu Schraube hinüber. »Du blöder Hund, laß

die Finger von der Klingel!« zischte ich ihm zu. »Willste uns beede verraten? Die Bande weeß doch, det wir hier unten sind, und Bebel findet uns beim nächsten Klingeln! Kapierste denn det nich'?«

Schraube grinste; ein unheimlicher Anblick in dem Licht, das durch die Astlöcher fiel. Er sah nach draußen und zog mehrmals an dem Faden, ehe ich es verhindern konnte. So ein Irrsinn!

Bei dem ersten Ton hörte das Singen auf, Bebel fuhr zur Bühne herum. Das höllische Gebrüll hinter seinem Rücken übertönte, was er sagte. Er wußte jetzt, woher das Klingeln kam. Es konnte nur noch eine Frage der Zeit sein, und er hatte uns beide. Und dann gnade uns Gott!

Er drehte sich blitzschnell zu den schadenfroh grinsenden Gesichtern um. Der Blick genügte; schlagartig wurden sie ernst, die aufgerissenen Münder klappten zu.

Wie ein Kater auf Mäusejagd tappte Bebel auf die erste Bankreihe zu und fixierte einen Schüler. »Na, was weißt du denn über die Klingel, mein Herzchen? Haaa?« Ein falsches Lächeln verzerrte sein Gesicht. »Komm her und erzähle! Los, wird's bald?«

Dem Knaben wurde sichtlich heiß und kalt, aber er stand auf und trat tapfer vor.

»Naaaaa – soll ich dem Gedächtnis nachhelfen?«

Der Rohrstock bog sich vor den Augen des Opfers zwischen den Händen hin und her. Längst wußte unser Peiniger, daß die Klingel etwas mit der Bühne zu tun hatte. Noch konnten wir entkommen, wenn wir unter dem Schutz der Bühnenvorhänge schnellstens aus der Klappe krabbelten. Schraube jedoch war wie verhext; er starrte durch das Astloch nach draußen und achtete nicht mehr auf meine Zeichen. So kam es denn, wie es kommen mußte.

Bebel schlug auf den schlotternden Knaben ein. »Jetzt rede! Oder es wird dir leid tun!«

Der schrie unter den fürchterlichen Hieben schmerzvoll auf. »In der . . .!«

»Halt's Maul, du Petze!« Tüte unterbrach ihn, weil er glaubte, Bebel könne ihn nicht ausmachen.

Der aber fuhr auf ihn los und riß ihn nach vorn. »So, so! Das Maul soll er halten? Hältst du es denn?« Ein paar saftige Hiebe fuhren auf Tütes Rücken nieder.

Der nahm sie ungerührt hin und zuckte nicht einmal zusammen; die Freude wollte er diesem Prügelpädagogen nicht machen. Er grinste ihm ausgesprochen höhnisch in das hochrote Gesicht. »Warum sollte ich, Herr Bebel?«

Der verlor vollkommen die Fassung. Das hatte es ja noch nie gegeben! »Na, warte, mein Lieber! Wir werden schon sehen, warum!« Damit ließ er Tüte stehen und schrie den anderen an: »Zieh die Vorhänge auf!«

Froh, dem Stock zu entkommen, rannte der die Treppe empor und suchte die Schnüre.

Aus, zu spät! Jetzt hatte uns Bebel, denn die Klappe stand weit offen. Auch das hatten wir in der Eile vergessen; Panne Nummer vier!

»Ach, unter der Bühne sitzen die Klingelbrüder! Schau, schau!« Genüßlich schlug er sich gegen das Bein; wir hörten den Stock unheilvoll klatschen. »Muß ich euch erst eine Einladung schicken? – Rauskommen!«

Schraube winkte ab und kroch in den tiefen Schatten des Bühnenunterbaus; ich ebenfalls.

Bebels Kopf erschien in der Bodenöffnung; wir hätten ihn mit der Hand erreichen können. Er sah in der Dunkelheit nichts! »Rauskommen! Aber sofort, sonst mache ich euch Beine!«

Der bluffte! Wir rührten uns nicht. Der Kopf verschwand.

»Du da, geh den Hausmeister holen! Er soll eine Lampe mitbringen!«

Eilige Schritte entfernten sich.

»Schön, schön! Wir werden gleich sehen, wer da so musikalisch war und auf der Klingel musiziert hat! Den Takt schlage ich dazu!« Er kicherte bei dem Gedanken vor sich hin und lief über uns auf und ab. Seine Schritte dröhnten uns wie Paukenschläge in den Ohren. So eine Scheiße, der würde uns heute windelweich prügeln und dann sicher zum Rex schleppen!

Schritte näherten sich der Bühne. »Wat is' denn, Herr Bebel? Hier is' die Lampe.« Nachttopps Stimme klang durch die Luke bis in unsere Ecke.

»Herr Natorp, leuchten Sie doch mal bitte unter die Bühne, da haben sich wohl Schüler verirrt«, bat er ausgemacht höflich und lachte dann höhnisch auf.

Nachttopps Kopf erschien in dem Loch, dann die Taschenlampe; ihr Strahl fiel direkt auf uns. »Da sitzen zwei in der Ecke.« Er leuchtete auch die anderen Seiten aus. »Nichts, nur die zwei!«

»Los, rauskommen!« brüllte Bebel, um dem Hausmeister zu imponieren.

Ergeben krochen wir zur Luke; es hatte ja alles doch keinen Zweck mehr.

»Aha, aha! Der dicke Schraube und der Musterschüler, Gellerts Lieblinge. Na, meine Freunde, was hat euch denn da in die Tiefe geführt? Naaaa?«

»Die Klingel, genau wie Sie gesagt haben, die Klingel, Herr Bebel!« antwortete Schraube frech. »Und wir hab'n sie ja ooch gefunden! Aber det hab'n Sie bestimmt gehört, nich?«

Dem Pauker verschlug es die Sprache. So eine Unverschämtheit! Die Adern auf seiner Stirn schwollen an.

»Uns hat det einfach keene Ruhe gelassen, det da eener mit die Klingel immer die Chorstunde stört. Die werd'n wir suchen, hab'n wir uns gesagt; denn freut sich der Herr Bebel bestimmt.« Er berlinerte immer schlimmer und strahlte den wütenden Lehrer harmlos an.

Nachttopp stand daneben und verstand überhaupt nichts mehr. »Eene Klingel soll da unten sein?« Er sah Schraube zweifelnd an, stieg dann in das Loch und verschwand unter dem Boden. »Tatsächlich!« tönte seine

Stimme dumpf von unten. Sein Kopf erschien nach einer Weile in der Luke. »Hier ist das Ding; es hing an einem der Balken.«

Bebel besah sich die Klingel; Nachttopp begutachtete die Konstruktion. »Ein uraltes Modell, vollkommen eingestaubt. Die muß ja Jahrzehnte schon da unten hängen! So etwas gibt es im Handel gar nicht mehr zu kaufen.«

Der Hausmeister ahnte nicht, wie sehr er uns damit zu Hilfe kam.

»Sooo? Meinen Sie?« Bebel blieb mißtrauisch. »Und warum habt ihr mir das nicht sofort gemeldet, was? Ihr habt doch geklingelt damit! Oder bin ich vielleicht blöd?«

»Wir haben doch nich' gemerkt, det Sie schon in der Aula war'n, Herr Bebel. Durch det Klingeln hab'n wir det Ding erst gefund'n, weil der Fad'n an meine Stiefel häng'ngeblieb'n is'; dadurch, wa!«

Schraube konnte man nur bewundern, der blieb um keine Ausrede verlegen.

»Und dann hab' ick an 'n Faden gezogen, weil ick . . .«

»Schluß mit dem Quatsch! Das langt!« Bebel vergaß den Hausmeister, griff Schraube an den Haaren und riß ihn nach unten. Gleichzeitig sausten vier fürchterliche Hiebe auf das pralle Hinterteil nieder.

Nachttopp fuhr entsetzt zurück und starrte den wütenden Lehrer entgeistert an. Ihm ging nicht auf, warum der auf uns einschlug.

Ich flitzte die Bühnentreppe hinunter, um den Schlägen zu entkommen; aber unser Peiniger war schneller.

»Hiergeblieben!« Er erwischte mich am Kragen. »Das hier zum Dank für eure selbstlose Hilfe!«

Er riß mich am Kragen nach unten, daß mir die Luft abgeschnürt wurde, klemmte meinen Kopf zwischen seine feisten Schenkel und zog mir vier gewaltige Hiebe über den straffgespannten Hosenboden. Der Schmerz durchzuckte mich wie ein Feuerstrahl, er brannte wie die Hölle.

Ich verbiß mir jeden Laut und funkelte den gemeinen Kerl mit Tränen in den Augen wütend an. Aber der war in seinem Element; er sah und hörte nichts, sondern griff sich den überraschten Tüte und zerrte ihn mit dem Kopf nach unten. »Mal sehen, ob du jetzt das Maul hältst, du vorlauter Lümmel!«

Tüte klemmte ebenfalls zwischen Bebels Beinen, so daß er den herabsausenden Hieben nicht entkommen konnte. Dieser holte besonders weit aus und knallte den Rohrstock auf den mageren Schülerhintern.

Es sah entsetzlich aus; ich vergaß darüber meinen eigenen Schmerz! Nachttopp stand mit bleicher Miene an der Bühnentreppe und preßte eine Hand auf den Mund. Hatte der denn diesen Prügelpädagogen vorher nie in Aktion gesehen?

Mein Gedanke wurde von einem tierischen Schrei weggefegt.

Bebel ließ Tüte und seinen Stock fahren und griff sich mit beiden Händen zwischen die Beine. Sein Mund schnappte nach Luft, während er zurücktaumelte.

Tüte, endlich frei, sprang die Bühnentreppe hinab, griff seine Schulmappe und jagte zum Ausgang; niemand hinderte ihn daran. Alles starrte den brüllenden Bebel an, der auf seine beiden Hände sah. Blut! Blut färbte seine Finger rot! Ein roter Fleck zeichnete sich auf seinem rechten Innenschenkel ab und wurde immer größer!

Tüte hatte ihn gebissen! Anders konnte es nicht sein!

Das Blut riß Nachttopp aus seiner Starre. »Sie sind verletzt, Herr Bebel! Sie bluten ja!«

Dieser wurde kalkweiß und fiel auf Tütes Stuhl in der ersten Reihe.

»Sie brauchen einen Arzt! Soll ich die Schüler fortschikken?«

Der nickte nur. Schraube und ich warteten gar nicht erst, wir griffen die Mappen und flitzten aus der Aula. Die anderen tobten lärmend hinter uns her.

Auf der Straße blieb Schraube stehen und hielt mich am Ärmel fest. »Mensch, Ete, det is' ja een Ding! Tüte hat dem Aas in 'n Sack gebissen!«

»Quatsch! In den recht'n Oberschenkel, det hab' ick geseh'n!«

»Ooch egal! Aber det hat uns gerettet. Brennt dein Hintern ooch so?«

Jetzt, wo er es sagte, spürte ich es auch wieder. Ich nickte. »Wie Feuer! Als ob meine Hose festklebt, so 'n Gefühl hab' ick!«

Inzwischen hatten uns die anderen eingeholt; aufgeregt schnatterte alles durcheinander.

»Wo is' denn Tüte?« wollte Pille wissen.

Ja, wo war Tüte? Den hatte der Erdboden verschlungen.

»Ick muß in die Pinkelbude, mir is det uff'n Unterleib geschlagen. Mensch, brennt det!« Schraube verzog schmerzhaft das Gesicht und steuerte die Bude an.

Mir erging es ähnlich. Ich ging eiligst hinter ihm her, von der Clique gefolgt.

Schraube ließ seine Hose 'runter. »Wie sieht 'n det aus?«

Du meine Güte! Zwei, nein, vier blutrote Streifen; dick angeschwollen und mindestens drei Zentimeter breit! War das ein Anblick! Schraube konnte unseren Gesichtern entnehmen, was los war.

Auch ich präsentierte der staunenden Menge meinen nackten Hintern.

»Mein Gott, seh' ick ooch so aus?« kam die entsetzte Frage aus Schraubes Mund. Die anderen konnten nur stumm nicken. Er zog die Hose wieder hoch. »Scheiße, verflucht! Und damit is' det bestimmt nich' zu Ende, det fängt jetz' erst richtig an!«

Bebel ließ sich am nächsten Tag nicht bei uns sehen. Kein Lehrer sprach uns auf die Klingel an, obwohl es wie ein Lauffeuer durch die Schule lief, daß der verhaßte Musiklehrer von einem aus unserer Klasse gebissen worden war.

Bebel war jedoch nicht der Mann, der so etwas vergaß. Er ließ nur Gras über die Geschichte wachsen. Das bekamen Schraube, Tüte und ich am nächsten Montag – wenn auch noch versteckt – zu spüren.

Natürlich sangen wir nach seiner Meinung falsch oder nicht laut genug oder brummten – bei jedem von uns fand er einen anderen Grund. Es setzte ein paar mäßige Hiebe, die nur erinnern sollten, mehr nicht! Wir nahmen es hin.

Wie sagte meine Mutter immer? – »Man muß für alles im Leben bezahlen!«

Also zahlten wir, wir hatten unser Vergnügen vorher gehabt.

Andere Dinge wurden wichtiger. Die Sommerferien warfen ihre Schatten voraus. Bis dahin wollten wir die Rettungsschwimmerprüfung, den Grundschein der DLRG, bei Gellert und Bammel ablegen.

Bammel, Schwimmlehrer im Stadtbad Schillingsbrücke, hatte seinen Namen durch seine Redensart bekommen: »Haste Bammel? Nee? Denn spring!«

Bammel, das war sein Lieblingswort, mit dem er den Begriff Angst umschrieb. Er war eine »Ur-Nudel«, ein prima Kerl, mit dem wir blendend auskamen.

Seine eigenwillige Lehrmethode hatte uns anfangs schockiert und Gellert immer wieder zum Lachen gebracht. Bammel sprach als Urberliner vom Alexanderplatz so, wie ihm der Schnabel gewachsen war.

»Also, wenn ihr schwimm'n wollt, dürft ihr keen Bammel hab'n!« dozierte er. »Und damit ihr det gleich begreift, mach' ick – der olle Affe – det vor, und ihr – die kleenen Affen – macht det alles schön nach, klar?«

Gellert stand schmunzelnd daneben, ein Gerstenkorn-Handtuch mit dem Aufdruck »Städt. Badeanstalten Berlin« um die mageren Hüften. Wir sahen ihn nie anders. Ob der keine Badehose hatte?

»So«, fuhr Bammel fort. »Jetz' hol'n wir alle janz tief

Luft!« Er machte es vor. »Die halt'n wir an, legen uns uff'n Grund und blubbern! Sooo!«

Er stieg in das Wasser des Nichtschwimmerteiles, holte tief Luft, tauchte unter und legte sich flach auf den Boden.

Blubb, blubb, blubb – aus seinem Munde stiegen die Luftblasen auf und zerplatzten an der Oberfläche. Nach einer schier endlosen Zeit kam er hoch.

»Kapiert? – Jut! Los, alle rin!«

Wir stiegen die Stufen hinunter, reichlich »belämmert«.

»Habt ihr Bammel, wat? – Aber der vergeht!« Er sah von einem zum anderen.

»Naa, wer von euch hat Mut? – Halt, nich' mehr als fünfe!«

Wer wohl hatte Mut? Natürlich Schraube und die Clique; nur Pille hielt sich zurück.

»Keen Bammel? – Jut! Alle anfassen, Luft holen – runter!«

Wir tauchten unter. War das schwer, sich auf den Boden zu legen! Viel Zeit für das »Blubb, Blubb« blieb nicht, denn wir trieben hoch.

»Seht ihr, ihr schwimmt! So leicht is' det! Aber blubbern müßt ihr; ooch det will gelernt sein. Los – die nächsten!«

Bammel tauchte mit, bis es die ganze Klasse geschafft hatte.

»So, nu' woll'n wir mal jeder für sich alleene. Mal seh'n, wer es am längsten kann. Erst hochkomm'n, wenn die Luft alle is'. Klar?«

Wir tauchten und blubberten, bis wir rot anliefen. Das machte richtig Spaß.

»Prima, det macht ihr jut!« lobte Bammel.

Schraube hockte neben mir auf dem Beckenrand; ich stieß ihn an. »Kann det deine Töle eigentlich ooch, so tauchen und blubbern?«

Er sah mich unsicher an. »Spinnste oder meinste det ernst?«

»Ick denke, du hast 'ne Wundertöle, die alles kann?«

Er grinste bei dem Gedanken an den tauchenden und blubbernden Hund. »Schwimm'n, det kann meine Töle jut; aber tauchen? Recht haste, versuchen muß ick det mal, ob ick ihr det beibringen kann!« Er nickte vor sich hin und überlegte sich vermutlich, wie er es anfangen mußte.

Inzwischen ging Bammel die Klasse durch; Pille hatte sich in die letzte Gruppe verdrückt. Als er an die Reihe kam, machte er es ganz großartig. Er blubberte noch, als die anderen schon alle standen. Plötzlich blieben die Blasen weg, Pille zappelte mit den Händen und Füßen. Bammel griff nach unten und zog ihn an die Oberfläche. »Een so 'n Trottel is' immer dabei! Erst blubbert er richtig, denn holt er Luft unter Wasser und säuft sang- und klanglos ab!« Er schlug dem hustenden und würgenden Pille mit seiner Pranke auf den spillerigen Rücken. »Wie heeßte denn, du Flunder?«

Pille brachte keinen Ton heraus.

»Pille heißt er! Sein'n richtigen Namen kennt er vermutlich schon gar nich' mehr«, antwortete Schraube statt seiner.

»So, so – Pille! Nu' setz dir mal uff'n Rand, oder schwimm zehn Runden unter de Dusche, da kannste nich' ersaufen! Für heute haste genug.«

Pille schob auf wackeligen Beinen ab zum Duschraum.

Auf diese handfeste Art der Wassergewöhnung erlernten wir bei Bammel das Schwimmen. Das ging bei seiner Methode erstaunlich schnell; bald hatten die meisten in der Klasse den Frei- und den Fahrtenschwimmer. Nur Pille krebste im Nichtschwimmerteil herum oder hing an der Angel und kämpfte mit den Fluten.

»Wenn ick dir schwimm'n seh', Pille, denn fehl'n mir neunundneunzig Pfennige an 'ner Mark!« erklärte Bammel seinem Sorgenkind. »Aber laß man, ooch Joethe is' nich' gleich mit'm Kopp zuerst ins Wasser gehüppt!«

Was Goethe und sein Kopfsprung mit unserem

Schwimmunterricht wirklich zu tun hatten, blieb vermutlich selbst Gellert ein tiefes Geheimnis. Wir aber fanden Bammels Reden einfach »dufte« und ihn natürlich auch. Er war ein Kumpel, der durfte solche Rätsel aufgeben.

Jetzt trimmten uns beide Lehrer für die Rettungsschwimmerprüfung. Es war das lockende Ziel.

Bammel hatte unserer Clique den Mund wässerig gemacht. Wenn das Stadtbad in den Sommerferien seine Pforten schloß, dann ging er als Schwimmeister nach Rahnsdorf in das große Freibad am Müggelsee.

Von dieser Aufgabe schwärmte er uns vor. »Wenn ihr Rettungsschwimmer seid, dann nehm' ick euch mit nach Rahnsdorf. Da könnt ihr die ganzen Ferien verbring'n. Wenn ihr Wache uff'n Prahm oder Steg macht, is' der Eintritt frei, und Fahrgeld gibt es ooch!«

Er machte eine Pause und ließ seine Worte wirken. Mit Prahm meinte er vermutlich die schwimmende Rettungsinsel.

»Wenn eure Eltern det erlaub'n, könnt ihr draußen übernachten. Kommt am Sonntag doch mal mit raus und kiekt euch det alles an.«

Das taten wir natürlich. Das Holzhaus mit dem Reetdach hatte zwei Schlafräume, einen Tagesraum, eine winzige Küche und zwei Duschräume.

Wir waren Feuer und Flamme und sahen uns schon als Retter unzähliger Menschen, vornehmlich Mädchen selbstverständlich. So war es wahrhaftig kein Wunder, daß wir mittwochs, an unserem Schwimmtag, mit Begeisterung in die Schule trabten.

Gellert drückte jedem von uns so ein kleines Stück Kernseife, von dem ein leichter Vanille-Duft ausging, in die Hand und kontrollierte im Duschraum, ob wir uns auch ja gründlich genug abseiften. Er selbst marschierte dabei nackend von Dusche zu Dusche. Ein ungewohnter Anblick, denn die wenigsten von uns hatten ihren Vater vorher jemals nackt gesehen.

Jetzt bekamen wir so ganz nebenbei mit, wie erwachsene Männer »untenherum« – wie es zu Hause schamig hieß – ausgestattet waren, und stellten zu unserem nicht geringen Erstaunen fest, daß viele von uns gar nicht mehr weit entfernt davon waren.

Die bevorstehende Prüfung verdrängte alles andere aus unseren Köpfen; selbst Bebel trat in den Hintergrund. Wir wollten eben, folglich mußten wir! Das sahen selbst die Mädchen ein. Denen hatten nun wieder wir die Flöhe in den Kopf gesetzt. Sie hatten ebenfalls Schwimmunterricht von der Schule, allerdings nicht bei Bammel, sondern in der Damenschwimmhalle. So streng waren damals die Bräuche! Auch sie steuerten der Grundscheinprüfung entgegen und waren von unseren Erzählungen und werbenden Worten sehr angetan. Somit wurden die gemeinsamen Ferien zu einem doppelten Antrieb; verreisen durfte nämlich von uns niemand.

Schraube hatte von Bammel ein abgegriffenes Lehrbuch über das Rettungsschwimmen und die Wiederbelebungsmethoden geliehen bekommen. Deshalb trafen wir uns bei Schraube – auch die Mädchen – und kauten alles durch, was wir für bedeutsam hielten.

Annemarie, die nicht mehr zur Schule ging, beobachtete diese Entwicklung mit gemischten Gefühlen. Während die anderen übten, stand sie hinterm Ladentisch, und das tat weh! Trotzdem wollte sie in Rahnsdorf bei Bammel antreten und sich auch prüfen lassen. Einen Trost hatte sie allerdings schon jetzt, Ruth gehörte nicht zu unserer Runde, noch nicht.

Pille, unsere bleierne Ente, wußte, daß er zu seinem Kummer nie würde mit uns mithalten können. Er kreuzte aber trotzdem regelmäßig auf, um wenigstens mitreden zu können.

Die Wundertöle genoß unsere Anwesenheit, lief von einem zum anderen, ließ sich hier streicheln und schnupperte da ein bißchen herum. Besonders Inge hatte es ihr eines Nachmittags angetan; die Töle war reineweg verrückt nach ihr und kroch ihr dauernd unter den Rock. Anita lachte schadenfroh darüber; aber Schraube wurde auf seinen schnuppernden Hund langsam böse. »Laß det, Bastard, hau ab! Setz dir in die Tür und paß uff!« fuhr er ihn an.

Der blickte zu ihm auf, leckte sich das Maul und hielt den Kopf schief, als habe er nicht recht gehört.

»Hau ab! Verschwinde, Bastard!«

Der Hund machte nicht die geringsten Anstalten, seinem Herrn zu gehorchen; er legte lediglich die Ohren an und wedelte mit dem Schwanz.

Das war zuviel. Schraube sprang wutentbrannt auf und ging auf ihn los. »Gehste jetz'? Oder soll ick dir erst det Fell gerben?«

Der Hund kniff den Schwanz ein, drehte sich zögernd um und latschte – ja, der latschte regelrecht – durch den Hausflur auf die Straße. Kein Blick zu uns zurück, nichts; ganz die beleidigte Leberwurst. Sein Herr nahm ohne ein Wort das Buch wieder auf und setzte sich zu uns.

»Sag mal, Schraube, wie nennste det Vieh jetz'? Bastard? Hab ick richtig gehört? Ick dachte, die Töle heißt Töle?« Pille schien echt verunsichert.

Schraube nickte. »Du hast janz richtig gehört, ick nenn' die Töle jetz' Bastard!« Er las weiter.

»Warum denn det? Töle klingt doch jut, oder?«

»Ick nenn' se Bastard, weil se eener is'!« Schraube schlug die Augen zum Himmel und wartete geduldig auf die nächste Frage, die kommen mußte. Und sie kam!

»Weil se eener is'? Wat is'n det, 'n Bastad?«

»Bastarrrrrd, Pille, Bastarrrrrd heißt det! Lesen tuste wohl gar nich', wat? Die Töle is' een Bastard, klar? – Nee? – Een Bastard is' een Senfhund. – Verstehste ooch nich'? Da hat jeder sein'n Senf zugegeben! – Immer noch nich'? Mann, mußt du een kleenet Gehirn hab'n!«

Pille sah ihn unglücklich an. »Sei nich' immer so gemein

zu mir! Ick bin nich' so schlau wie du! Erklär mir det lieber.«

Risse mischte sich ein. »Du mit deine Fremdwörter! Wer soll denn die alle kenn'n? Pille hat janz recht, erklär uns det mal. Ick weeß det ooch nich' und bin ooch nich' doof!«

Schraube setzte sich wie ein Lehrer in Positur. »Ick werde det mal an Pille selber erklär'n. Also, wenn deine Oma mit 'nem Indianer wat gehabt hat und kriegt 'n Kind, denn is' det deine Mutter, wa? Verstehste det?«

Pille blickte ihn verständnislos an. »Mit 'nem Indianer?«

Schraube stieß die Luft aus und verdrehte die Augen. »Mensch, doch nur als Beispiel! – Der kapiert det ja doch nich'!« Er winkte ab.

»Nee, nee! Ich kapier det schon! Weiter mit det Beispiel!«

»Also, wenn nun deine Mutter mit 'nem Chinesen ins Bett geht und det hat Folgen, denn bist du det, Pille, und du bist denn een Bastard. Kapiert?«

Absolute Stille. Pille versuchte, diese Gedankengänge nachzuvollziehen.

Er scheiterte. »Bloß wegen den Chinesen?« sagte er kopfschüttelnd. »Mensch, die Töle hat doch gar keene Schlitzoogen!«

Schraube, sein Lehrer, war der Verzweiflung nahe. »Also, nu' hör zu! Det war een Beispiel. Haste det wenigstens? – Jut! – Alles is' wegen die Rasse.« Er blickte seinen Schüler an.

Totales Unverständnis!

»Ick erklär' dir det mal an een anderes Beispiel. Kiek mal, wenn Töles Großmutter mit 'nem Bernhardiner, wa, wat da rauskommt, det is' denn Töles Mutter. Und wenn die mit 'nem Boxer – den Hund meine ick – wat treibt, denn is' det meine Töle. Und det . . .«

Pille unterbrach ihn. »Du willst mir veräppeln, wa? Een Bernhardiner und een Boxer, Mann, denn wäre doch die Töle größer!«

Schraube brüllte den begriffsstutzigen Pille an. »Det war een Beispiel!!! Für 'n Bastard, du Holzkopp!«

Tüte klopfte ihm beruhigend auf die Schulter. »Laß det man jut sein, Schraube! Hör uff, der kapiert det wirklich nich'! Det Gehirn hat er zu Hause in der großen Wäsche. – Hau ab, Pille, du störst!«

Wohl selten habe ich den kleinen Pille so verzweifelt gesehen. Er stand wortlos auf und machte ein paar unentschlossene Schritte zur Straße hin. Dann drehte er sich zu uns um. »Immer sagt ihr, ick bin doof, ick hab' een zu kleenet Gehirn und so! Und wenn ick mir bilden will und frage euch wat, denn jagt ihr mir weg! Bastard! – – – Wat det is'! Chinesen und Bernhardiner mit 'n Boxer! – – – Schöne Freunde hab' ick!«

Unter solchen Begleiterscheinungen ging unsere Ausbildung zu Rettungsschwimmern ihrem Ende entgegen. Nach den intensiven Vorbereitungen erwies sich die Prüfung als ein Kinderspiel. Eine Woche vor Beginn der Sommerferien verließen Schraube, Risse, Tüte, Mücke und ich das Stadtbad Schillingsbrücke mit stolzgeschwellter Brust als frischgebackene Rettungsschwimmer, bereit, in Rahnsdorf mit dem nassen Tod aufzuräumen.

Es war schon ein denkwürdiger Tag. Den Höhepunkt dieses Tages bildete der Gang zur DLRG, wo uns der Ausweis, die Anstecknadel und das Stoffabzeichen für die Badehose ausgehändigt wurden. Das war wichtig, denn von nun an kamen wir uns in unserer abzeichen- und uniformreichen Umwelt nicht mehr vollkommen nackt vor. Auf dem Heimweg wedelten wir deshalb mit dem grünen Rettungsschwimmerausweis, dem Zeichen unserer neuen Würde, herum, damit auch jeder sah, was da für Prachtkerle durch die engen Häuserschluchten heimwärts strebten.

Bis tief in die Nacht verfolgte uns dieses Hochgefühl. Ich erinnere mich, daß ich nachts zu wiederholten Malen aufstand, um voller Entzücken die neue Badehose mit dem Rettungsschwimmerabzeichen zu betrachten. Ein wundervolles Gefühl!

Die neue Badehose! Ausdruck der Anteilnahme der Familie an unserer bestandenen Prüfung.

Hatten wir geglaubt, die bestandene Prüfung sei eine Sache, die nur uns betreffe, so waren wir erstaunt, welche Bedeutung sie im häuslichen Bereich bekam. Am spektakulärsten lief es bei Müllers ab.

Vater Müller, auch Atze genannt, beendete gerade seinen wohlverdienten Schlaf, als Tüte nach Hause kam und ihm das Zeugnis nebst Ausweis zur Kenntnisnahme vorlegte.

Besondere Leistungen in der Schule wurden bei Müllers mit einer entsprechenden Belohnung ausgezeichnet. Vater Müller, noch schlaftrunken, kramte auf dem Nachttisch nach seinem Portemonnaie. »Wat is' 'n det, Sohn?«

»Ick hab' die Prüfung als Rettungsschwimmer bestanden; det is' det Zeugnis und det der Ausweis, Vater!«

»Hmmm! Det is' wat Besonderes, wa?«

»Ja! Ick hab' een Ausweis, 'ne Anstecknadel und een Abzeichen für die Badehose, damit jeder seh'n kann, det ick ausgebildeter Rettungsschwimmer bin. Und wenn du det erlaubst, Vater, denn werde ick in den Sommerferien in Rahnsdorf ooch als Rettungsschwimmer eingesetzt.«

Atze Müller riß die Augen auf. »In Rahnsdorf? Im Strandbad? – Mensch, Junge, is' det wahr?«

Tüte nickte.

»Aber«, dem Vater blieb vor Staunen der Mund offen. »Wenn denn eener am Ersaufen is', holste den denn janz alleene raus?«

»Wenn es sein muß, hol' ick ihn ooch alleene raus; dafür bin ick ausgebildet!«

»Mensch, det war noch keener bei uns in die Familie! Det is' ja wundervoll! Mein Sohn een ausgebildeter Lebensretter!« Er sprang aus dem Bett und lief im Hemd in die Küche. »Haste det gehört, Hedwig? Det is' unser Sohn, een ausgebildeter Rettungsschwimmer! Ick bin ganz von den Socken, Mensch!« Er schlug sich vor Freude auf die Schenkel und strahlte über das ganze Gesicht.

So hatte Tüte seinen Vater noch nie erlebt.

»Det verdient eene Belohnung, mein Junge!« Er faßte ihn um die Schultern. »Eene große! – Haste 'nen besonderen Wunsch?«

Natürlich, den hatte er.

»Weeßte, Vater, wenn ick so in Rahnsdorf Wache stehe«, er machte eine Pause, »mit meine olle Badehose sieht det nich' jut aus. Die andern hab'n alle so 'ne Rettungsschwimmer-Hose, so 'ne Dreieckshose.«

Vater Müller sah in Gedanken seinen Sohn in der alten Badehose stehen, alle anderen sahen besser aus; das schnitt ihm in das Herz. »Wo gibt 's 'n die?« fragte er und zog sich Hose und Schuhe an.

Tüte, der nie zu hoffen gewagt hatte, sein Vater könnte in die Tasche greifen, überlegte krampfhaft. »Ick gloobe, in der Straußberger Straße im Sporthaus Jochen.«

»Na denn komm! Mutter, ick esse später, det hier geht vor!«

Der Sohn wußte nicht, wie ihm geschah. Sein Vater ging mit ihm einkaufen! Er war der erste von uns, der so eine Dreieckshose bekam, wie wir sie bei Bammel immer bewundert hatten. Damit nicht genug.

Während die übrige Familie aß, nähte Mutter Müller mit feinen Stichen das Abzeichen vorn auf die neue Hose. Viel Platz war da nicht; es füllte fast das ganze Dreieck aus und wirkte dadurch noch größer.

»So, wenn du gegessen hast, ziehste det Ding mal an, damit wir mal seh'n, wie een richtiger Rettungsschwimmer aussieht!«

Tüte verschlang sein Essen mit Riesenhappen; er konnte gar nicht schnell genug in die Hose kommen. Als er dann in seiner neuen Würde vor der Familie stand, waren Vater und Mutter vor Stolz den Tränen nahe. Trotzdem schien Atze nicht zufrieden. »Ick weeß nich', irgend wat fehlt da noch! Da fehlt die Kappe! In der Wochenschau, nich', Mutter, da hatten die Schwimmer Kappen uff. Los, zieh dir an! Die koofen wir ooch gleich! Wär' ja gelacht, mein Sohn bloß een halber Rettungsschwimmer!«

So kam Tüte auch noch zu einer Schwimmkappe aus Stoff, wie sie die Wasserballer trugen. Endlich konnte sich Vater Müller auch von der Wirkung des neuen Ausweises überzeugen. Das Sporthaus verkaufte nämlich DLRG-Abzeichen, aber nur gegen Vorlage des Ausweises. Ein Glück, daß Tüte ihn eingesteckt hatte.

Tüte kollerten die hellen Freudentränen die Wangen herab, als sie den Laden verließen. Sein Vater, der sich Tag für Tag körperlich schwer abrackerte, hatte ihn mit Wasser in den Augen umarmt und vor dem Ladeninhaber gesagt: »Du machst mir stolz, mein Sohn!«

Ein Lob, wie es Tüte noch nie gehört hatte.

Zu Hause hatte die Mutter gerade das Abzeichen auf die Kappe genäht, der Sohn stand in der Badehose zur Vorführung bereit, ein Handtuch elegant um den Hals geschlungen, als es an der Tür rappelte. Die alte Frau Pisecke von gegenüber kam, um sich eine Tasse voll Zucker zu leihen. Das tat sie im ganzen Haus, vergaß aber meist, den Zucker irgendwann zurückzugeben. Vater Müller konnte sie ansonsten nicht besonders leiden; sie klatschte ihm zu viel. Heute aber holte er sie herein. »Seh'n Se mal, Pisecken, det is' mein Sohn, der Rettungsschwimmer!«

Die Pisecke erstarrte vor dem nackten Jüngling in seiner neuen Ausrüstung. »Is' det wahr? Een Rettungsschwimmer? Mann, da gratulier ick ooch schön!« Sie besah sich Tüte von hinten und von vorn mit ihren trüben Augen, las Zeugnis und Ausweis und ließ sich die Abzeichen erklären. Dann verschwand sie. In ihrem Eifer vergaß sie ganz und gar, daß sie eigentlich Zucker hatte pumpen wollen.

Keine zehn Minuten später – Tüte stand vor dem Spiegel

im Schlafzimmer und bewunderte sich nun endlich selbst – klingelte es erneut. Eichelmanns, Hübners und Brösels standen vor der Tür.

»Stimmt det, wat die Pisecken erzählt, Ihr Sohn is' Rettungsschwimmer?«

Atze Müller nickte strahlend und präsentierte stolz seinen Sohn den bewundernden Blicken.

Es war ein regelrechtes kleines Fest für die Familie, an dessen Ende der Vater seine Flasche Korn aus dem Versteck holte und drei Gläser füllte.

»Komm her, mein Junge, stoß mal mit Vater und Mutter an! Jetz' biste een richtiger Mann, da darfste ooch mal 'nen Schnaps zwitschern. Prost!«

Rührung ergriff die beiden Eltern.

»Wat weenste denn, Hedwig? Haste wat?«

»Ach, Atze, ick bin so stolz uff dein Sohn!«

Und Atze nahm sie in seine mächtigen Arme und ließ die Tränen rollen.

Wie gesagt, so spektakulär ging es bei den anderen nicht zu. Ich konnte meine neue Errungenschaft meinem Vater nur mit einer Postkarte vermelden; denn er baute seit Mai am Westwall, der neuen Befestigungsanlage an der westlichen Reichsgrenze. Meine Mutter hatte für meine Wünsche offene Ohren; Vater verdiente jetzt sehr gut. Zur Belohnung bekam ich die ersehnte Badehose und dazu einen blauen Trainingsanzug; natürlich – wie immer – einige Nummern zu groß, ich könnte ja noch wachsen.

Bei Jochens im Sportgeschäft klingelte es in der Kasse. Nacheinander erschienen wie auf Verabredung Risse und Mücke mit ihren Müttern, um die sogenannte Rettungsschwimmerhose zu kaufen. Nur Madame Schraube schickte eine Vertreterin; Annemarie konnte sicher auch besser beurteilen, was ihren »Hausfreund« kleidete.

Bammel konnte mit uns zufrieden sein; wir boten den Anblick einer gelungenen DLRG-Reklame.

Die Schule nahm selbstverständlich ebenfalls von unserer neuen Würde Kenntnis. Gellert schleppte uns am nächsten Tag zum Rektor, um uns vorzustellen. Dieses Aufheben hatten wir nicht erwartet, noch weniger, daß ausgerechnet Bebel miterleben werde, wie der Rex uns mit ein paar lobenden Worten die feuchten Hände drückte und uns aufforderte, so »erfolgreich in der Schule weiterzumachen«.

Das mußte in Bebels Ohren wie blanker Hohn klingen, denn – mit Ausnahme von Risse und Mücke – standen seine speziellen Freunde vor ihm. Dem einen von ihnen verdankte er diese scheußliche Bißwunde am Innenschenkel.

Mit einem süß-sauren Lächeln drückte auch er seine Freude über unseren Erfolg aus, konnte es sich aber nicht verkneifen, den dicken Schraube zu fragen, warum er noch immer nicht der HJ beigetreten sei. Das war eine gefährliche Fangfrage, niederträchtig und provozierend, in einem Augenblick abgeschossen, in dem Schraube nicht vorbereitet sein konnte. Ehe der Rex oder Gellert eingreifen konnten, bekam Bebel mit ausgesuchter Höflichkeit seine Antwort.

»Ick würde schon janz gerne eintreten, Herr Bebel; aber die Uniform ist so teuer! Das Geld dafür hat meine Mutter nicht, noch nicht. Aber wenn mein Vater aus Amerika zurückkommt und bringt 'n Sack voll Geld mit, dann ...! Ist doch Ehrensache, Herr Bebel!« Treuherzig blickte er den verhaßten Pauker an. Die Striemen auf seinem Hintern begannen wieder zu brennen.

Es blieb uns nicht verborgen, daß die Lehrer ganz offensichtlich wußten, was sich an jenem Montag abgespielt hatte, dem wir jede Woche die »Erinnerungsabreibung« verdankten. Eine Andeutung hier, eine Bemerkung dort – Bebels Schmach machte die Runde. Ausgerechnet in der letzten Woche vor den Sommerferien ließ Falter-Willi den entscheidenden Satz fallen, der jeden Zweifel ausräumte.

Falter-Willi, unser Naturkundelehrer, verdankte seinen Namen seiner Liebhaberei. Er jagte zu jeder Tag- und Nachtzeit Schmetterlingen hinterher, bestimmte und präparierte sie und brachte sie als Belohnung für besondere Leistungen mit in die Schule. Ein Hüne von Gestalt, eine Seele von Mensch, so läßt er sich am besten charakterisieren. Ein bißchen weltfremd vielleicht, überaus gutmütig, dazu ein hervorragender Naturkundler, der in uns das Verständnis für die Natur zu wecken verstand. Ein guter Lehrer, der mit uns nie Schwierigkeiten hatte.

Falter-Willi platzte in eine Musikstunde hinein, bei der sich Bebel gerade wieder anschickte, uns vor den Ferien noch eine Abreibung zu verpassen. Wir standen vor dem Katheder aufgereiht, während er uns auseinandersetzte, was ihn dazu bewegte.

Willi kam, weil er angeblich etwas vergessen hatte; vielleicht wollte er auch einfach nur einmal in eine der berühmten Musikstunden hineinsehen. Jedenfalls kam er genau im richtigen Augenblick.

Sein Blick auf den Rohrstock und dessen Opfer war wohl so beredt, daß sich Bebel veranlaßt fühlte, sich zu rechtfertigen. »Die Kerle singen nicht, die brummen und grölen«, sagte er mit seinem falschen Grinsen.

»Vielleicht sind sie im Stimmbruch, Herr Kollege, in der Pubertät soll sich ja so etwas häufiger ergeben?« gab Falter-Willi zu bedenken. »Als Naturwissenschaftler habe ich allerdings noch nie etwas davon gehört, daß sich das mit einer Tracht Prügel ändern ließe. Halten Sie es eigentlich für möglich, daß man mit dem Rohrstock einen unmusikalischen Menschen in einen musikalischen verwandeln kann, verehrter Herr Kollege?«

Wir hörten aufmerksam zu, aber erst viel später wurde mir klar, was hinter den Worten steckte.

Bebel hörte das natürlich sofort heraus und fuhr mit rotem Kopf hoch. »Das zu beurteilen, ist doch wohl meine Sache, Herr Kollege! Ich rede Ihnen in Ihren pädagogischen Bereich schließlich auch nicht hinein, obwohl . . .« Er stockte.

Der Herr Kollege blieb ruhig und sah sich noch immer suchend in der Klasse um. »Sicher, sicher, Herr Kollege! Ich wollte Ihnen da auch keineswegs hineinreden, schließlich sind doch Sie der Fachmann! Es ist aber doch recht – äh – informativ, einen anderen Kollegen in seinem – wie sagten Sie doch? – pädagogischen Bereich wirken zu sehen. Das erklärt manches, Herr Kollege, auch, daß gewisse Schüler – äh – so bissig werden können. – Aber ich muß mich entschuldigen; ich störe – ja, ja – ich störe ganz eindeutig, und meine Brille kann ich auch nicht finden!« Er sah sich um und lächelte den erstarrten Musikus entwaffnend an. »Nichts für ungut, Herr Kollege Bebel! Viel Spaß bei Ihrem pädagogischen Tagewerk!«

Zum ersten Mal sahen wir Bebel fassungslos. Er glotzte offenen Mundes seinem Kollegen hinterher, der aus der Klasse stelzte.

Falter-Willi wußte etwas. Was hätte er sonst mit den »bissigen Schülern« meinen können? Wir – Tüte, Schraube und ich – schoben uns vorsichtig zum Gang hin, bereit, die Flucht zu ergreifen, falls Bebel seine Absichten doch noch in die Tat umsetzen wollte.

Der war jedoch mit seinen Gedanken ganz woanders. Unfähig zu irgendeiner Handlung, stand er wie festgenagelt vor der totenstillen Klasse und kaute auf Falter-Willis Bemerkungen herum.

Erst die Pausenklingel riß ihn aus seiner Starre; er ließ uns stehen, griff seine Mappe und eilte wortlos aus der Klasse.

»Wat war denn det, Mensch? Hat der Falter-Willi den Sauhund hypnotisiert? Oder wat?« Schraube sah dem flüchtenden Musik-Germanen hinterher.

»Wenn ick det wüßte! Schade, det ick nich' Hellseher bin!« gab ich zur Antwort.

»Janz einfach, Falter-Willi weeß, det ick Bebel in 'n

Oberschenkel gebissen habe. Janz klar, Mann!« Tüte warf sich in die Brust. »Wer beißt hier schon die Pauker, wat?«

Irritiert verließen wir die Klasse. Im Unterbewußtsein keimte bei mir schon ein anderer Gedanke, der mir in der Stunde gekommen war. Was würde der Bebel eigentlich tun, wenn wir uns nicht mehr verprügeln ließen, sondern einfach ausrückten?

Tüte holte mich in die Wirklichkeit zurück. »Wat meinste, ob die Mieken die Prüfung ooch bestand'n hab'n?«

Richtig! Heute mußten ja Inge, Anita und Edith ihr Können unter Beweis stellen, wollten sie mit uns in das Rahnsdorfer Paradies einziehen.

Sie hatten bestanden. Sie warteten auf uns an der Straußberger Straße und hätten uns am liebsten vor Freude umarmt; aber das war damals in der Öffentlichkeit absolut unmöglich.

Schraube fand – wie immer – die richtigen Worte. »Bloß gratulier'n, det is' wat für die hohle Hand! Kommt, Bastard gibt als Belohnung 'ne Gratisvorstellung!«

Und dann begannen endlich die Sommerferien! Auf nach Rahnsdorf! Aber – so schnell ging es nun doch nicht. Bammel hatte vorgeschlagen, den Dienst erst am Wochenanfang aufzunehmen, er habe dann mehr Zeit für uns, um uns einzuweisen.

Irgendwie hatten wir alle das Gefühl, wir könnten etwas versäumen, wenn wir da draußen im Strandbad nicht so früh wie möglich aufkreuzten.

Obwohl ich meine Sachen schon am Vorabend gepackt hatte, konnte ich nachts nicht schlafen. Immer wieder schreckte ich hoch und kontrollierte den Wecker, bis er mich endlich morgens erlöste. Das Frühstück schlang ich mit einer geradezu blödsinnigen Eile herunter, obwohl ich genügend Zeit dafür hatte, denn wir wollten uns erst um 6.00 Uhr an der Straßenbahnhaltestelle treffen, die keine drei Minuten von unserer Wohnung entfernt lag. Nun hockte ich herum und schlug die Zeit tot. Kurz nach 5.30 Uhr klopfte es an unserer Wohnungstür; Inge und Anita standen »reisefertig« davor. Denen schien es ähnlich wie mir ergangen zu sein.

Zu unserer größten Überraschung warteten – bis auf Tüte – alle anderen Mitglieder unserer Clique bereits an der Haltestelle, selbst die »bleierne Ente«, die natürlich das Debüt miterleben wollte. Tüte kam erst angetrödelt, als die Straßenbahn schon um die Ecke bog und ihre Fahrt verminderte, um zu halten. Ganz anders als an jenem Sonntag, als Pille absoff, verlief diesmal die Fahrt. Niemand von uns – weder die Mädchen noch die Jungen – war in der Stimmung, mit verträumtem Blick die Fahrt zu genießen. Weiß Gott, was da in uns vorging; es war eine tierisch ernste Angelegenheit!

Die »bleierne Ente« versuchte zwar, die Stimmung anzuheizen, gab es aber bald auf, weil die Resonanz ausblieb. »Mensch«, sagte Pille. »Fahr' ick zum Begräbnis? – Ick hab' heute nich' vor abzusaufen, also könnt ihr 'ne fröhliche Miene machen.«

Die Reaktion entsprach wohl nicht seinen Erwartungen, denn er fügte hinzu: »Und von solchen Totengräbern soll man sich denn rett'n lass'n! Pfui Deibel!«

Über dem Strandbad lag noch morgendliche Stille. Die wenigen Badegäste, die so früh mit uns angekommen waren, verloren sich in der Weite des Strandes. Der Müggelsee schimmerte im rötlichen Morgenlicht wie ein riesiger Spiegel. Kein Windhauch regte sich. Ein langer Schleppzug furchte in der Ferne durch den See und zog eine glitzernde Wellenspur. Ein Dunstschleier schwebte über dem Wasser, hüllte das andere Ufer mit den Müggelbergen ein und ließ die beiden Aussichtstürme nur schemenhaft gegen den wolkenlosen Himmel hervortreten. Bewegungslos trieben hier und da Boote in dieser Schicht. Rötlich stand der Sonnenball im leichten Dunst über dem gewaltigen See und zeichnete lange, weiche Schatten in den Sand. Noch war die Luft frisch und kühl.

Im weichen Licht dieses Sommermorgens schwamm weit draußen der Rettungsprahm an seinen Ankern; wie Perlen an einer Schnur dümpelten davor die Bojen in schier endloser Kette. Die Wellen des Schleppzuges hatten den Ufersaum erreicht, schwappten durch das Röhricht außerhalb des Bades und liefen auf dem Strand aus.

»Mein Gott, ist das schön hier!« entfuhr es Edith. »Ganz anders als ein Morgen bei uns zu Hause.«

Wir standen oberhalb des Strandes auf der Eingangsterrasse an der großen Treppe, die in das weite Rund hinunterführte. Bammel ging unter uns auf dem Holzdamm über den Strand zum Bootssteg hinaus, in seiner weißen Kleidung ein leuchtender Fleck im gelben Sand.

Geklapper von Tellern und Tassen unterbrach die Stille und riß uns aus unserer Betrachtung.

»Los, Leute! Bammel is' schon uff'm Steg! Nischt wie hin!« Tüte gab das Signal zum Aufbruch; wir sprangen die Treppe hinunter, immer zwei Stufen auf einmal nehmend.

»Halt, Mensch, nun rennt doch nich' so!« Knolle protestierte. »Wo woll'n wir uns denn treffen?«

Wir blieben stehen. Ja, wo? Noch wußten wir gar nicht, was auf uns zukam.

»Bleibt doch einfach am Steg, det kann nich' verkehrt sein«, meinte Anita und traf damit den Nagel auf den Kopf.

Bammel erwartete uns schon auf dem Steg. Wir setzten uns um ihn herum und sahen ihn gespannt an.

»Oberstes Gebot für'n Rettungsschwimmer is', det er jeden Ogenblick mit'm Ernstfall rechnet!« dozierte Bammel. »Darum muß man sich darauf vorbereiten.« Er fiel ins Hochdeutsche. »Und trainieren. Aus diesem Grunde müßt ihr hier die Zeit nutzen, wenn noch niemand im Wasser ist. Entweder morgens oder abends!«

Na nu, was war denn mit Bammel los? Warum sprach der so ungewohnt gestelzt? Tüte stieß mich an und zeigte über die Schulter. Über den Steg kam eine flotte Blondine in der weißen Kleidung der Schwimmeister, weiße Polobluse und lange weiße Hose. Nicht übel, da war allerlei dran. Aus der Nähe zeigte sich, daß das noch untertrieben war. Kein Wunder, daß Bammel auf vornehm schaltete, der wollte imponieren und Eindruck schinden. »So, nun möchte ich euch die Kameradin Ursula vorstellen.« Er nickte uns zu.

»Guten Morgen!«

Sie hatte eine etwas rauchige Stimme. Für Bammel waren wir minutenlang nicht vorhanden, er fraß sie fast mit seinen Blicken auf. Ihr schien das gar nicht unangenehm zu sein.

So war das also, Bammel hatte es ganz offensichtlich schwer erwischt!

Nur mit Mühe fand er wieder zu uns zurück. »Wir werden jeden Tag gemeinsam auf Ausdauer schwimmen«, fuhr er fort. »Fahrtenschwimmerzeiten reichen nicht, wenn es einmal ernst wird. Wenn ihr hier übernachtet, könnt ihr abends nach Schluß auch noch genügend oft ins Wasser hüpfen!«

Er machte eine Pause und räusperte sich. »Wir machen im Dienst keinen Unterschied zwischen Männlein und Weiblein, klar?«

Natürlich war uns allen das klar.

»So, dann woll'n wir mal die Wachen einteilen; der Ernst des Lebens beginnt!«

Der Betrieb im Strandbad blieb an diesem Morgen weit hinter unseren Erwartungen zurück; wir hatten daher viel Zeit zum Schwimmen. Natürlich zogen wir dazu unsere alten Hosen an, die neuen mußten ja noch geschont werden. Außerdem hatten die Mädchen ihre selbstgestrickten Murmelbeutel an, da fiel das gar nicht weiter auf.

Was sich Bammel als Trainingsprogramm für den ersten Tag ausgedacht hatte, konnte man beim besten Willen nicht als einen Ferienspaß betrachten. Wir waren heilfroh, als die ersten Badegäste in die Fluten tauchten und somit das Signal für die Besetzung der Wachstationen gaben.

Immer vier bildeten eine Wache, die die Rettungsinsel und ein Ruderboot zu besetzen hatten; die anderen hielten sich bis zur Ablösung oder bis zum Einsatz am Strand auf. Den Steg übernahmen Ursula und Bammel im Wechsel.

Wir zogen uns blitzschnell trockenes Zeug an, jetzt natürlich die neuen Badehosen mit dem Abzeichen. In unserem Eifer merkten wir überhaupt nicht, daß mit unseren Mädchen ebenfalls ein Wandel vorging. Die Überraschung gelang ihnen vollkommen; aus ihren Murmelbeuteln stiegen sie in nagelneue Badeanzüge um und freuten sich über unsere verblüfften Gesichter. Ihre Eltern hatten ganz offensichtlich tief in die Tasche gegriffen. Was man mit einer bestandenen Prüfung doch alles erreichen konnte! Bammel pfiff bei dem Anblick der Mädchen anerkennend, was ihm einen strafenden Blick Ursulas eintrug. Die strahlenden Augen der drei Badenixen glichen das jedoch wieder aus.

Er wurde dienstlich. »Los, Edith, raus mit deinem Männerverein auf das Wasser!«

Wir sprangen in das Boot, mit dem wir Schraube und Mücke auf der Rettungsinsel absetzen sollten, um dann entlang der Bojenreihe zu patrouillieren.

Es geschah an diesem Tage nichts, was uns zum Einsatz gerufen hätte. Trotzdem fanden wir diesen ersten von vielen Tagen ungemein aufregend und interessant.

Waren wir von dem Auftakt in Rahnsdorf begeistert, so war es der Rest der Clique ganz und gar nicht; das bekamen wir auf dem Heimweg mehr als deutlich zu hören.

»Det war een Scheißtag für die Clique!« stellte Pille grollend fest. »Ihr hattet ja bloß eure blöde Wache im Kopp! – Wenn det so weitergeht, kann ick ooch im Friedrichshain ins Planschbecken geh'n; det is' billiger!«

Er kam ganz schön in Fahrt.

»Weeßte, Pille, kapier'n wirste det erst, wenn du selber mit Fernglas und Alarmpfeife uff Wache gehst!« versuchte

Risse zu erklären. »Det is' 'ne ganz schöne Verantwortung. Ick hab' an nischt anderes mehr denken können.«

»Uns haut die Straßenbahn ab, wenn ihr weiter so trödelt«, gab Schraube zu bedenken, der den ganzen Tag über recht schweigsam gewesen war. Irgend etwas ging in ihm vor.

Seine Bemerkung brachte uns in Trab. Die Bahn fuhr jetzt nämlich nur noch alle vierzig Minuten, und der Weg nach Berlin war weit.

Als sich die Bahn in Bewegung setzte und durch die herabsinkende Dunkelheit ratterte, griff Schraube Pilles Vorwurf auf. »Recht haste, Pille, so is' det Mist! Ihr solltet man ooch die Prüfung machen, dann sind wir alle zusamm'n. Ick weeß, Pille, du hast Schiß, aber die andern schaffen det! Morgen red'n wir mit Bammel und üben alle gemeinsam, wa!«

»Verkündet und beschlossen! – Amen!« sagte Tüte.

Damit begann die Ausbildung der »bleiernen Enten« zu Rettungsschwimmern; Bammel und Ursula nahmen sich ihrer an. Nur einer lief am Rande erfolglos mit: Pille. Seine Schwimmkünste reichten nicht einmal zum Fahrtenschwimmer, obwohl es ihm sicher nicht am guten Willen fehlte.

Am Sonntag tauchten mit der ersten Bahn frühmorgens Annemarie und Ruth auf, um sich ebenfalls in die Kunst des Rettens einweihen zu lassen. Um Ruth kümmerte sich vom ersten Tage an einer der jungen Lehrschein-Inhaber, die sonntags die Rettungswache verstärkten.

Ohnehin eine gute Schwimmerin, erschien sie nach knapp zwei Wochen auf der Station mit dem Rettungsschwimmer-Abzeichen und verursachte damit fast eine »Palastrevolte«. Unsere »bleiernen Enten« murrten und fanden Bammels Methode plötzlich gar nicht mehr so gut.

Dabei löste sich das Rätsel auf eine einfache Art. Ruth hatte den langen Weg nach Rahnsdorf eingespart und mit jenem jungen Mann im Schwimmbad Gartenstraße Abend für Abend nach der Arbeit geübt.

Auf Annemarie wirkte dieser Erfolg wie das berühmte rote Tuch auf den Stier; sie sah die vermeintliche Rivalin in einer so günstigen Position, daß es sie vor Eifersucht fast zerriß. Mit der bestandenen Prüfung hatte Ruth nämlich auch das Recht erworben, im Strandbad Dienst zu machen und durfte im Schwimmerheim übernachten – das war des Pudels Kern.

Eine Woche später hatten es auch Annemarie, Kralle, Schulle und Knolle geschafft und die Konkurrenz eingeholt.

Für das Strandbad war der Zuwachs von Rettungsschwimmern dringend notwendig. Die politische Lage in Deutschland hatte dazu geführt, daß ein großer Teil der freiwilligen Helfer im wehrpflichtigen Alter vorzeitig zum Arbeitsdienst oder zur Wehrmacht einrücken mußte. An ihre Stelle traten wir; Bammel war darüber heilfroh. Wie sich bei den Ernstfällen zeigte, hatte er sich einen vollwertigen Ersatz herangezogen.

Einer dieser Ernstfälle trat ausgerechnet ein, als die Familie Müller mit Kind und Kegel dem Strandbad die Ehre gab und erschien, um Ruth und Tüte bei ihrer Tätigkeit für die Sicherheit anderer zu bewundern.

Vorausschicken muß ich noch, daß Ruth durch ihre berufliche Tätigkeit zur Bereicherung des Speiseplanes in Rahnsdorf beitrug. Fleischwaren, die aus irgendeinem Grunde nicht den Weg über den Ladentisch fanden, konnten die Angestellten der Großfleischerei verbilligt erwerben. So brachte sie sonnabends immer ein großes Wurstpaket aus der Stadt mit, dessen Inhalt in der Hauptsache aus Bockwürsten bestand. Zu den Bergen von Kartoffelsalat, von denen wir uns nach wie vor mit Begeisterung ernährten, steuerte sie die fleischerne Beilage gegen geringe Bezahlung bei. Wenn sie mittags mit einem riesigen Kochtopf erschien, in dem die Würstchen im heißen Wasser schwammen, fanden sich nach und nach alle Rettungsschwimmer bei ihr ein; einige davon allerdings nicht nur der Würstchen wegen.

So auch an jenem Sonntag, an dem Müllers den Familienausflug nach Rahnsdorf machten. Wir hatten kaum den ersten Happen im Mund. als das Alarmsignal vom Steg gellte. Müllers wußten nicht, wie ihnen geschah. Sie saßen plötzlich mit dem dampfenden Würstchentopf und zahlreichen Salatgläsern allein im warmen Sand. Das junge Volk stob in wilder Jagd über die aufgeschreckten Badegäste hinweg zum Steg, an dem das Motorboot bereits tuckerte.

Mutter Müller, ganz die tüchtige Hausfrau und fürsorgliche Mutter, sammelte die Würstchen ein, schloß die Gläser und fischte die restlichen Bockwürste aus dem Wasser, damit sie nicht vollkommen auswässerten. Vater sah nur seine beiden Kinder zum Einsatz rennen und verfolgte durch ein Wehrmachtsfernglas, das auf reichlich verschlungenen Pfaden in die Familie gefunden hatte, die Rettungsaktion. Hörte man später seine Erzählung der Ereignisse, so verblaßte alles andere gegenüber dem, was seine Kinder dabei taten. Um gerecht zu sein, er sah durchaus richtig. Die beiden warfen sich an diesem Tage mit allen Kräften in den Einsatz, vermutlich durch die anwesende Familie auch noch beflügelt.

Was war passiert? Wie an jedem Sonntag kreuzte vor dem Strandbad eine Vielzahl von Sportbooten, deren Besatzungen ständig daran erinnert werden mußten, daß sie außerhalb der Bojenreihe zu bleiben hatten. Trotz der wiederholten Warnungen geriet prompt eines dieser Boote in den abgegrenzten Badebereich. Die Segelmanöver, mit denen die Insassen das Boot aus der Sperrzone in das freie Wasser zu bringen versuchten, verliefen so ungeschickt, daß einer von ihnen dabei kopfüber in den See fiel; er ging sofort unter.

Die angeheiterten Segler hielten den Sturz für einen ausgemachten Spaß und wurden erst nüchtern, als ihr Kumpan nicht mehr auftauchte. Da der Unfall im Badebereich eintrat, lösten Schraube und Mücke bereits den Alarm aus, als die Bootsfahrer noch vor Lachen bald erstickten.

So lief die Aktion auf vollen Touren an, wie es Bammels Anweisungen entsprach. Sein Operationsplan brachte den Verunglückten innerhalb kurzer Zeit an die Oberfläche, weil er alle wachfreien Rettungsschwimmer am Unfallort gezielt einsetzte. Der Zufall wollte es, daß ausgerechnet Ruth und Tüte den Segler fanden und mit vereinten Kräften zum Boot schleppten.

Alles das sah Vater Müller dank seines Fernglases mehr oder weniger deutlich. Was er nicht sah, war die Tatsache, daß alle Hilfe zu spät kam. Die Wiederbelebungsversuche blieben ohne Erfolg, was bei Herzversagen nicht verwunderlich war. Hitze und – wie sich später herausstellte – Alkohol hatten den Sturz in die kühlen Fluten zu einem tödlichen Ausgang geführt; er war tot, kaum daß er im Wasser lag.

Niemand merkte, was sich wirklich abgespielt hatte; der Abtransport ließ den Eindruck entstehen, es handele sich nur um einen Verletzten.

Müllers waren so stolz, daß ihnen entging, wie gering inzwischen unser Appetit geworden war. Er war uns bei dem Anblick unseres ersten Toten vergangen.

Alles, was seine beiden Kinder zu Hause erzählt hatten, fand Atze an diesem Sonntag bestätigt; sie flunkerten nicht, sondern opferten Ferien und Freizeit, um andere Menschen vor Gefahren zu bewahren. Hätte Vater Müller mehr Geld gehabt, er hätte mit Freuden es Bammel als Spende für die Station in die Hand gedrückt, als dieser kam, um von den Würstchen für Ursula und sich zu retten, was noch greifbar war.

Aber Bammel war nicht nur der Würstchen wegen erschienen, sondern auch, um einen neugierigen Blick auf Ruths und Tütes Eltern zu werfen und sie zu begrüßen; er hielt da sehr auf die Formen.

Atze hätte an diesem Tag die Welt umarmen mögen; er schüttelte Bammel lange die Hand. Außerdem war er beruhigt; hier konnten seine Kinder ohne Bedenken ihre Freizeit verbringen und sich nützlich machen. Über dieses Lob freute sich Bammel am meisten, das wußten wir. Er sagte den Müllers noch ein paar Nettigkeiten und zog sich dann mit dem Hinweis auf seine Verpflichtungen wieder zurück.

Die Verpflichtung hieß Ursula. Es hatte ihn so gewaltig gepackt, daß er sie nur ungern aus den Augen ließ, wenn anderes Mannsvolk in der Nähe war. Längst hatten wir gemerkt, daß er bei Ursula ebenfalls »angekommen« war; sie band es ihm nur nicht auf die Nase, sondern wartete ganz offensichtlich darauf, daß er sich ein Herz faßte und irgendwann die Gelegenheit beim Schopfe packte. Aber der spürte davon nichts und war sich seiner Sache gar nicht sicher.

Kaum war Bammel verschwunden, wurden Müllers unruhig; Vater drängte zum Aufbruch. Der Himmel sah gar nicht mehr so sonntäglich aus. Schwarzgrau zog eine hohe Wolkenwand über dem südlichen Müggelsee auf, über der Wetterecke. Die Luft über dem See wurde diesig; das andere Ufer verschwamm zu einem konturenlosen Gebilde. Mit einer enormen Geschwindigkeit breitete sich die Wolkenwand über den See aus und ließ die Sonne verschwinden. Das fahle Licht gab dem See ein drohendes Aussehen; bleigraue Wellen liefen auf das Ufer zu. Wir kannten diesen Anblick schon; wenn es so aussah, dann stand ein schweres Unwetter bevor. In heftigen Stößen fegte der Wind über den Strand und trieb den Sand in einer Wolke vor sich her. Bammel zog am Fahnenmast den Sturmball auf, die Warnung für die Wassersportler auf dem See.

Allgemeiner Aufbruch setzte ein, man wollte noch trokken bis zur Bahn kommen; auch die Müllers machten sich auf den Heimweg. Wir brachten unsere Sachen in das Haus und sammelten uns bei Bammel auf dem Steg, der den Tank des Motorbootes auffüllte und auch das zweite Motorboot für einen eventuellen Einsatz klarmachte. Gab es ein Gewitter, und alle Anzeichen sprachen dafür, dann mußten wir auf den See hinaus und in Not geratenen Sportbooten helfen.

»Det wird spät heute«, meinte Schraube und verzog das Gesicht. »Und ick wollte so bald wir möglich nach Hause. Ick muß mir ja mal wieder zeigen, sonst erkennt mir keener mehr!«

Das war sicher gewaltig übertrieben. Er war unruhig, weil Annemarie trotz des schönen Wetters nicht den Weg nach Rahnsdorf eingeschlagen hatte.

Bammel zeigte auf den düsteren See hinaus, auf dem – unbeeindruckt von der dunklen Wolkenwand – die Sportboote kreuzten. »Seht euch diese Idioten an, die sehen weder zum Himmel noch auf die Signale von Land. Heute werden wir wohl einiges zu tun bekommen. Das ist wieder typisch für einen Sonntag!«

Tatsächlich, von uns aus hatte man den Eindruck, daß sich von den Wassersportlern niemand um die Wetterfront kümmerte. Der Wind hatte zugenommen und trieb die Segler mit gewaltiger Fahrt über den aufgewühlten See.

»Nun wird es ganz verrückt! Da gehen doch wirklich noch so ein paar Wahnsinnige ins Wasser!«

Ein paar junge Leute rannten über den menschenleeren Strand auf das Ufer zu. Hinter ihnen brüllten die Strandlautsprecher los: »Achtung! Achtung! Meine Damen und Herren! Bitte verlassen Sie umgehend das Wasser! Es zieht ein schweres Gewitter auf! Das Baden ist lebensgefährlich!«

Wie zur Betonung zuckte auf der anderen Uferseite ein langer Blitz über den nachtschwarzen Himmel, dem nach einiger Zeit ein gewaltiges Grollen folgte.

»Das steht noch ein ganzes Ende von uns weg! Aber lange kann es nicht mehr dauern; der Wind ist schon umgesprungen!«

Bammel beobachtete mit uns das Wetter, er kannte sich hier ja aus. In dem verglasten Turm auf dem Steg war es angenehm warm. Draußen jaulte der Sturm durch die Leinen des Signalmastes, riß an dem Sturmball und ließ auf den Wellen Schaumkronen tanzen. Der ganze Turm wakkelte, wenn eine Bö gegen die Scheiben fuhr.

Ursula kam völlig zerzaust über den Steg gerannt, zwei große Taschen in den Händen. Erst bekamen wir die Tür kaum auf, um sie einzulassen; dann riß sie uns der Wind fast aus den Händen.

»Puh! Das wird heute ein Spaß werden, der alles in den Schatten stellt! Die beiden Rettungsstationen oben und unten am See haben jetzt schon alle Hände voll zu tun; sie sind unterbesetzt und können im Ernstfall hier nicht helfen, haben sie am Telefon gesagt!« Ursula schüttelte ihren Kopf und versuchte, ihre Haare zu ordnen.

»Pille, Helmut braucht einen Helfer, einen Melder. Willst du das übernehmen?«

Ohne Antwort griff Pille seine Sachen, stemmte mit Mühe die Tür auf und torkelte gegen Wind und Sand über den Steg zum Laubengang unter der Terrasse, wo Helmut, der zweite Bademeister, seinen Dienstraum für Erste Hilfe hatte. Das war eine Aufgabe für Pille, Melder beim Bademeister! Wir sahen nur noch seine Hacken.

Draußen auf dem See verschwanden die Boote in einer immer näherrückenden Wasserwand, der Sturm peitschte das Wasser auf und schleuderte den Regen gegen die Scheiben des Turmes.

»Hallo, gleich kommen die Fische vorbei!« lachte Schraube, zog aber schnell den Kopf ein, als ein Blitz in den See fuhr. Der Knall war ohrenbetäubend. Unsere Fenster klirrten, der Steg bebte. Dichter Regen nahm uns die Sicht.

»Wer von euch bleibt als Wache für den Notfall hier?« Bammel sah einen nach dem anderen an. »Ich schlage vor, daß Kralle, Schulle und Knolle hierbleiben, damit *uns* jemand helfen kann, wenn etwas schiefgeht. Die drei sollten eigentlich ausreichen, nicht wahr, Ursula?«

Blitz und Donner übertönten ihre Antwort, aber sie hatte genickt. Bammel war mit seinen Gedanken schon wieder draußen auf dem See. »Sobald wir etwas sehen können, geht es los! Noch ist es zu gefährlich; die Front muß erst über uns weg sein. Regen macht uns nichts, aber Blitze ... Nee!«

Ein Blitz zischte wie zur Bestätigung neben der Rettungsinsel in das Wasser. Blitz und Donner fielen zusammen und brachten Steg und Turm zum Wanken.

»Jetzt steht der Mist direkt über uns!«

Und dann brach die Sintflut über uns herein! Als sei ein Hahn aufgedreht worden, so stürzte der Regen auf uns herunter. Hinter dieser Wasserwand verschwand alles, der See, der Prahm, das Ufer und der Strand. Wir saßen auf einer Insel inmitten tosender Wassermassen unter einem dröhnenden Blechdach, auf das die Tropfen wie kleine Hämmerchen einschlugen. Im Nu beschlugen die Scheiben.

»Ick wette, det wir de Boote erst lenzen müssen! Wenn die überhaupt noch schwimmen!« unkte Tüte.

So sah es wirklich aus.

»Das werden wir gleich sehen!« Bammel sprang auf. »Los, kommt! Vier zu mir ins Boot, die anderen zu Ursula!«

Wir drückten die Tür auf, es ging ganz leicht; denn der Wind hatte wieder gedreht. Das Gewitter tobte über dem Wald. Regen peitschte uns auf dem Steg in das Gesicht und durchnäßte uns innerhalb weniger Sekunden bis auf die Haut.

Wir ließen uns in das Boot fallen, das mit hoher Fahrt auf den See hinausschoß. Der Prahm rauschte vorbei, hinter uns verschwand das Strandbad im dichten Regen.

»Nach allen Seiten aufpassen! Bestimmt hat es einige Boote umgeworfen!«

Bammel steuerte das Boot gegen den Wind an; Spritzwasser nahm uns fast die Sicht. Hinter uns tauchte Ursulas Boot auf und steuerte an der anderen Seite des Bades entlang.

»Stoppen!« schrie Schraube und zeigte nach rechts auf das Wasser hinaus. »Da treibt ein umgeschlagenes Segelboot!«

Hinter dem Bootskörper kam ein Kopf hervor. »Hilfe! Mein Mann ist weg! Hilfe!« rief eine Frauenstimme.

Wie auf Kommando zogen wir uns aus. War das kalt! Bammel fuhr einen Bogen und tuckerte auf die Frau zu. Seine Augen suchten das umgeschlagene Boot ab.

»Da ist einer unter dem Segel. Da – man sieht den Kopf!« behauptete Mücke.

»Los, zwei Mann ins Wasser, sonst säuft uns die Frau noch im letzten Augenblick ab! Paßt auf die Leinen auf!«

Bammel brauchte das gar nicht zu erklären, das wußten wir alles.

Edith und ich sprangen über Bord. War das Wasser warm!

Die Frau ließ das Segelboot los und schwamm auf uns zu. »Mein Mann ist verschwunden! Helfen Sie uns!«

Edith schleppte sie das kurze Stück zum Boot; ich schwamm auf das Segel zu. Segelleinen trieben wie Schlangen im Wasser, gefährliche Fallen, wenn ich nicht aufpaßte.

»Ete, warte!« Edith kam hinter mir her.

Ich tauchte durch die Leinen auf das Segel zu. Beine hingen vor mir im Wasser. Hatte Bammel recht, dann war Luft unter dem Segel!

Ich ließ mich emportreiben. Mein Kopf stieß gegen die Segelfläche. Tatsächlich, Luft! In dem unwirklichen Licht sah ich neben mir einen Kopf und blickte in verängstigte Augen.

»Gott sei Dank! Ich habe Sie gehört! Aber wie kommen wir hier 'raus aus diesem Gefängnis?« fragte mich der Unbekannte.

Durch das Segel hörte ich das Tuckern des Bootes. »Umdrehen und tief Luft holen! So!« Ich machte es vor. »Und jetzt tauchen!«

Ich zog ihn an der Kleidung nach unten und stieß mich vom Bootskörper ab. Er strampelte und schlug um sich. Der konnte nicht tauchen! Ich griff ihn, wie Bammel es uns immer erklärt hatte. Mein Griff ließ ihn ruhiger werden, er schwamm sogar ein paar Stöße mit.

Über uns wurde es wieder dunkler, das helle Segel blieb zurück. Wir tauchten auf. Edith schwamm keine zwei Meter neben uns, dahinter das Boot.

»Herbert!« schrie eine Stimme. Ich schleppte ihn zum Boot und half ihm hinein. Edith hing neben mir an der Bordwand. Wir hatten gerettet! Mein Gott, war das ein schönes Gefühl!

»War noch jemand an Bord?«

Bammel wollte sichergehen und keinen Fehler machen.

»Mein Mann und ich waren allein an Bord!«

»Na, dann rein ins Boot und ab zum nächsten Kahn!«

Schraube und Tüte zogen uns über die Bordwand in den eiskalten Regen. Unser Motor kam auf Touren.

Das Gewitter hatte reiche Ernte unter den Sonntagsseglern gehalten. Bis in die Dunkelheit hinein sicherten wir die gekenterten Boote, richteten sie auf und schleppten sie ab. Wir waren dabei nicht allein; andere Wassersportler, die noch einmal davongekommen waren, halfen uns dabei.

Dennoch, es wurde 23.00 Uhr, ehe wir warm und satt im Tagesraum des Hauses saßen. Was nun? Draußen goß es noch immer in Strömen; es zeigte sich kein Anzeichen für eine Wetterbesserung, wie sonst nach einem Gewitter.

»Ich glaube, ihr bleibt heute besser alle hier«, meinte Ursula und sah Bammel fragend an.

Der nickte. »Pille, bester Melder des zwanzigsten Jahrhunderts, heute darfst du hier übernachten, wenn du willst. Die letzte Straßenbahn dürfte weg sein, und allein durch den Wald zur S-Bahn? Aber, du mußt selbst wissen, was du willst.«

Und ob der wollte! Es würde zwar ein gewaltiges Donnerwetter zu Hause geben, denn die Eltern warteten sicher auf ihn, die Nacht im Heim der Rettungsschwimmer wog das jedoch auf.

»Ihr helft mir doch, wa, wenn meine Eltern toben?« flehte er uns an.

Natürlich, das war doch selbstverständlich! Außerdem gaben uns unsere beiden Bademeister für die Eltern eine Bestätigung mit, daß wir unverschuldet in Rahnsdorf hängengeblieben waren.

So mußte Bammel am Montag allein den Wachdienst »schieben«. Ein Problem ergab sich daraus nicht; bei diesem Dauerregen waren keine Badegäste zu erwarten.

Pille hatte ein unwahrscheinliches Glück mit seinen Eltern.

Als wir am Straußberger Platz aus der Bahn sprangen, kam Mutter Müller gerade vom Einkaufen um die Ecke gebogen. Sie war das richtige Schutzpolster bei Pilles Eltern, um unseren Beteuerungen genügend Nachdruck zu verleihen; bereitwillig kam sie mit.

Wir müssen ziemlich dumme Gesichter gemacht haben, als sich herausstellte, daß alle Sorgen unnötig waren. Pilles Eltern fanden es ganz vernünftig und selbstverständlich, daß ihr Sohn nicht vor Gefahrensituationen auswich, sondern tatkräftig als Retter andere aus dem Wasser zog. Da konnte so etwas schon einmal vorkommen, daß man die letzte Bahn versäumte. Hugh! Mutter Pilkowsky hatte gesprochen!

Uns blieb der Mund offen. Wir blickten Pille an, der zwinkerte flehend zurück. Das war ja ein Ding! Auch hier hatte der Halunke geflunkert!

Selbstverständlich hielten wir den Mund und nickten verständnisinnig. Aber Pille deutete unsere Blicke durchaus richtig; das würde wieder Opfer vielfältiger Art kosten! Er war bereit zu zahlen, koste es, was es wolle.

Mit dem Glorienschein des furchtlosen Rettungsschwimmers blieb er zurück.

Das andere Problem ließ sich ganz bestimmt nicht so leicht lösen. Edith und Kralle hatten zum ersten Mal in Rahnsdorf übernachtet, ohne die Eltern benachrichtigen zu können. Wie sollten sie auch? Obwohl die Mutter in ihrer Souterrainwohnung eine Schneiderei betrieb, mit der sie die Familie ernährte, hatten sie kein Telefon. Nur der Hauswirt besaß einen Apparat, geriet aber in wilde Wut, wenn sich jemand erlaubte, seine Hilfe in Anspruch zu nehmen.

Beide hatten die Nacht mit sehr gemischten Gefühlen verbracht und sahen jetzt der Konfrontation mit dem harten Vater unsicher und mit Angst entgegen. Wir konnten es ihnen nachfühlen, strich doch den meisten von uns ein unangenehmer Schauer über den Rücken, wenn bei einem Besuch in der Kellerwohnung der Vater auftauchte und uns mit seinen kalten Fischaugen mißtrauisch musterte.

Zweierlei blieb für uns an dieser Familie rätselhaft. Zum einen, womit dieser Mann seine Zeit verbrachte, in der die anderen Väter arbeiteten, zum anderen, wie die Mutter an diesen eiskalten Kerl geraten war. Größere Gegensätze konnte es eigentlich schon gar nicht mehr geben!

Sie, eine rundliche, stets freundliche kleine Frau mit warmen Augen, sorgte unermüdlich mit ihrer Nähmaschine und den Schneiderpuppen dafür, daß das Geld in der Kasse klimperte. Nie hörte man von ihr ein lautes Wort.

Anders dieser Mann! Von allen Vätern wußten wir, welchem Beruf sie nachgingen, von diesem nicht. Seine Kinder wichen den Fragen aus, es war ihnen ganz offensichtlich unangenehm.

Von Buchhalter wurde gemunkelt; dafür sprach auch seine Kleidung. Mit Vorliebe trug er dunkle Anzüge, selbst im heißesten Hochsommer, und immer eine Krawatte. Durch diese Aufmachung bekam seine hagere Gestalt mit dem undurchdringlichen Gesicht einen noch düstereren Anstrich. Nie sahen wir ihn ohne seine Zigarette, die er aus einer langen silbernen Spitze rauchte. War die Mutter eine warmherzige Frau, so ging von ihm eine Kälte aus, die uns meist aus der Wohnung vertrieb. Selbst die Katze, die sie sich der Mäuse wegen halten mußten, ging zu jedem anderen, nur nicht zu ihm. Um ihn schlug sie einen Bogen oder verkroch sich unter den Möbeln. Nicht weniger abschreckend für uns wirkte jener »Siebenstriemer«, der deutlich sichtbar für jeden an einem Türrahmen hing und dessen er sich bediente, wenn er Edith oder Kralle eine Tracht Prügel verabreichte. Auf mich wirkte diese Klopfpeitsche wie ein mittelalterliches Folterinstrument, wie die »neunschwänzige Katze« in den Seegeschichten. Sie erfüllte mich und die Clique mit tiefer Abscheu.

Als Kralle es zum Rettungsschwimmer brachte, tauchte automatisch die Frage der Übernachtung in Rahnsdorf auf. Jetzt, wo der Bruder mit von der Partie sein konnte, rückte diese Möglichkeit auch für Edith in greifbare Nähe. Die Versuche Inges und Anitas, den Vater Klatte schon vorher umzustimmen, blieben Versuche am untauglichen Objekt. Nach Kralles Prüfung sprach die Clique – mit Ausnahme Schraubes, den er auf den Tod nicht leiden konnte – als Bittsteller bei Familie Klatte vor. Mutter Klatte, die die flehenden Augen ihrer Kinder sah, wollte spontan zustimmen, allein, die krasse Ablehnung des Vaters kam ihr zuvor. Er behielt sich vor, die Zustimmung erst dann zu geben, wenn er das Gelände inspiziert und den ganzen Betrieb da draußen für gut befunden hatte. Damit wurde jedes weitere Wort abgeschnitten.

So erschien er dann tatsächlich eines Tages in Rahnsdorf, überraschend natürlich. Bammel, der sich die Zeit nahm, ihm alles zu zeigen und zu erklären, meinte nach seinem wortlosen Verschwinden: »Wißt ihr, euer Vater könnte glatt in einem Wild-West-Film mitspielen, so mit seiner Zigarettenspitze, dem dunklen Anzug mit der Weste und dem Pokergesicht. Ihm fehlen bloß noch die Colts und der Stetson!«

Das stimmte, der hätte wirklich in die beliebten Tom-Mix-Filme gepaßt.

Edith und Kralle fühlten sich geschmeichelt, obwohl Bammel nicht gesagt hatte, an welche Rolle er gedacht hatte. Ihr Vater hätte als eiskalter, undurchsichtiger und verschlagener Bösewicht jeden Zuschauer beeindruckt.

Diesen Mann galt es zu überzeugen, daß die Übernachtung ohne seine vorherige Genehmigung nicht eine abgekartete Sache war, sondern sich aus dem gestrigen Unwetter und seinen Folgen ergeben hatte.

Die beiden wurden immer langsamer, je näher wir der Kellerwohnung kamen.

Tüte flüsterte mit seiner Mutter, der die gedrückte Stimmung nicht verborgen blieb. »Keene Sorge, ick komme mit! Ick hab' euch gestern da draußen erlebt; det is' keen Kinderspiel! Wir waren froh, det Ruth und Tüte bei det Sauwetter draußen übernachtet hab'n; det werd' ick eurem Vater ooch erzähl'n. Noch dazu, wo Ursula bei die Mädchen und Bammel bei die Jung's gepennt hab'n!«

Kaum standen wir vor dem Kellereingang bei Klatte, kam der »Eiszapfen« mit einem bitterbösen Gesicht herausgestürzt.

Mutter Müller ließ sich dadurch nicht erschüttern, sie meisterte die Situation. »Ach, juten Tag, Herr Klatte!« lachte sie ihm freundlich und arglos in das wütende Gesicht. »Is' det nich' prima, det unsere Kinder gestern so ville Verunglückte aus det Wasser gezogen hab'n? – Mein Atze und ick hab'n det alles miterlebt. Toll, sag' ick Ihnen, einfach toll! Wir sind janz stolz! – Und denn det Sauwetter! Da mußte det ja spät werd'n! Een Glück, det se da draußen übernacht'n könn'n, wa?«

Der antwortete nicht, sondern sah sie nur abweisend an.

»Bei det unangenehme Wetter ooch noch durch den finster'n Wald zur Bahn loofen! Wir war'n richtig froh, det se det nich' mußten. Sind ja ooch zwee zuverlässige Leute, die Ursula und der Bammel; da sind die Kinder in jute Hände, wa?«

Freundlich lächelnd nahm sie diesem sturen Holzklotz den Wind aus den Segeln: »Wenn se mit der HJ ins Sommerlager gefahr'n wär'n, wär' ick nich' so beruhigt!«

Er stand stumm in der Kellertür und nickte nur, während auf uns der Regen unvermindert herabprasselte.

Mutter Müller fand wohl, daß ihr Einsatz die gewünschte Wirkung erzielt hatte. »Na, denn komm man, Tüte! Du hast doch bestimmt Hunger . . . Uff Wiedersehn, Herr Klatte! Schön'n Gruß ooch an Ihre Frau!« Sie drehte sich zu Edith und Kralle. »Tschüs, ihr beeden Lebensretter!«

Wir grüßten ebenfalls und schlossen uns den beiden Müllers an. Ob der Stockfisch die Hilfsaktion schluckte?

Er schluckte sie! Es gab allerdings kein Wort des Lobes oder gar Stolzes, als die beiden ihren Eltern berichteten. Er kaute nur auf der Zigarettenspitze und hörte mißtrauisch zu. Die Mutter war ganz gerührt und hingerissen. Sie hatte am Zeitungsstand in der *BZ am Mittag* gelesen, was das Unwetter um und in Berlin angerichtet hatte.

Was der Vater wohl gesagt hätte, wenn ihm bekannt gewesen wäre, daß die Badehose und der Badeanzug seiner Kinder nicht der DLRG gehörten, sondern von Mutter Klatte finanziert worden waren? Nach seinem Besuch in Rahnsdorf lebte er in dem Glauben, die gleich aussehende Ausrüstung werde von der DLRG gestellt. Für solch einen »Firlefanz« hätte er keinen Pfennig geopfert.

So löste sich alles in Wohlgefallen auf.

Nur Olle Schraube blieb bedrückt. Das erfuhren wir am Nachmittag, als wir uns bei ihm trafen.

Die Wundertöle hatte ihn zwar an der Ladentür mit Schwanzwedeln begrüßt und beschnuppert, das tat sie übrigens auch bei allen Kunden, als er sich aber herabgebeugt hatte, um sie zu streicheln, hatte sie leise geknurrt, sich beleidigt umgedreht und war in den dunklen Laden verschwunden.

»Weeß der Deibel, wat det Vieh hat? Am liebsten hätt' ick ihm gleich een paar übergezogen! Aber det kommt noch, mein Lieber!«

Er drohte dem Hund, der abseits in abweisender Haltung hockte und ihn glatt übersah. Die Töle stand sogar gelangweilt auf und rückte demonstrativ noch ein Stück weiter von uns, von Schraube ab. Das war ja ein Ding! So etwas hatten wir bei den beiden noch nicht erlebt!

Schraube wußte nicht, ob er sich richtig verhielt. Sollte er ihn vor unser aller Augen ordentlich vertrimmen, damit der sich daran erinnerte, wer hier der Herr noch immer war? Oder sollte er das erst besorgen, wenn wir verschwunden waren, falls die Töle sich aufsässig zeigte?

»Ick laß dem Bastard noch een bißchen Zeit, sich det zu überlegen. Aber heute abend is' Schluß mit dem Theater!«

Der Hund schien erstaunlicherweise verstanden zu haben, was ihm da angekündigt wurde. Er knurrte. Zwar leise, aber unüberhörbar.

»Weeßte«, hob Pille an. »Ick gloobe, der is' beleidigt! Ja, Mensch, weil du ihn vernachlässigt hast! . . . Schüttel nich' deine Birne! Der is' janz einfach traurig, weil du ihn hierläßt, wenn du nach Rahnsdorf fährst. Fast fünf Wochen! Und det alleene mit deine Mutter und Annemarie! Det is' keen Ersatz, hab' ick gelesen! . . . Wo is' denn überhaupt Annemarie?« Er renkte sich fast den Hals aus, um sie im Laden zu entdecken.

»Kannste lange kieken, Pille! Die is' nich' im Laden . . . Se hat wat mit 'm Bauch; deshalb war se beim Arzt. Wat det is', det weeß ick nich; se hat dauernd gekotzt.«

Besonders beeindruckt schien Schraube von Annemaries Erkrankung nicht zu sein, obwohl er allen Grund dazu gehabt hätte.

Madame hatte sich ihrer Haushaltshilfe angenommen, weil sie durch Zufall mitbekam, wie dieser wieder einmal »das Essen aus dem Gesicht fiel«. Eine Frage ergab die andere; so gestand ihr Annemarie ein, daß sie einen Freund habe und daß »ihre Tage« überfällig seien. Der erfahrenen Frau brauchte niemand zu erzählen, was da ins Haus stand. Schraubes Name fiel dabei natürlich nicht; seine Mutter ahnte auch nichts. Sie schickte Annemarie kurz entschlossen zu einem Arzt, der den Frauen im Kietz beistand, wenn sich unerwünschter Kindersegen einzustellen drohte. Und der half, wenn man so will, beiden Frauen. Der einen blieb die Mutterschaft erspart, die andere wurde eben dadurch nicht zur Großmutter.

Unser gleichgültiger Cliquenchef hatte von alledem nicht die geringste Kenntnis. Ihm lag zudem seine widerspenstige Wundertöle schwer im Magen, die weiterhin beleidigt auf Abstand hielt.

»Ick laß mir doch von der Töle nich' an Rahnsdorf hindern! Der hat zu parieren, klar?«

Das Maß war voll! Er warf seinem Hund einen bitterbösen Blick zu, stand auf und holte aus dem Laden einen Lederriemen.

Die Töle ahnte etwas, ganz klar! Sie erhob sich und trödelte schnuppernd langsam, aber stetig vom Laden weg. Schraube sagte kein Wort, sondern verfolgte mit den Augen seine Töle auf ihren Abwegen. Bastard spielte den Harmlosen; er zockelte in Schlangenlinien über den Bürgersteig und pinkelte hingebungsvoll an Hausecken und Bäume. Gelegentlich schielte er zurück, als wolle er die Wirkung seines Verhaltens auf seinen wütenden Herrn prüfen. Und gerade das war der entscheidende Fehler!

Schraube hatte sich wortlos hingehockt und klopfte mit dem Zeigefinger vor sich auf den Boden, als der Hund zurückblickte. Kein Wort, kein Zeichen, nichts, nur mit dem Finger »tock-tock-tock«. Für die Töle schien das ein Signal zu sein. Sie blieb wie angewurzelt stehen und starrte auf den tockenden Finger. Wie unter einem Zwang drehte sie sich widerwillig um und stakste zögernd auf ihren Herrn zu. Blieb sie stehen, klopfte dieser wieder auf den Boden, und der Hund setzte sich – von dem Finger magisch angezogen – in Bewegung.

»Kiek dir det an, det is' ja unheimlich! Der hat seine Töle hypnotisiert, Mensch!« flüsterte Risse.

»Halt's Maul!« zischte Tüte zurück. »Det stört!«

Zwei Meter vor Schraube legte Bastard sich auf den Bauch, leckte sich aufgeregt das Maul und wedelte mit dem Schwanz. Ein Friedensangebot? Sein Herr blieb unerbittlich, er klopfte.

Mit angelegten Ohren kroch der Hund auf dem Bauch zu ihm hin; er machte sich so flach, als wollte er unter die Steinplatten kriechen. Als seine Nase den klopfenden Finger erreicht hatte, blieb er liegen und schielte mit total verdrehten Augen nach oben.

»So, mein Freund. Weeßte, wat det is?«

Der Lederriemen pendelte vor der Hundenase hin und her. Bastard rührte sich nicht, nur sein Schwanz klopfte leicht auf den Boden.

»Hier, riech mal dran! Det is' für Hunde, die taub uff de Ohr'n sind und denken, se könn'n machen, wat se woll'n. Det weeßte, du!« Er sprach ganz ruhig, in seiner Stimme schwang jedoch ein drohender Unterton mit. »Du machst jetz' alles, wat ick sage, du, sonst kannste wat erleben! . . . Und damit de det nich' vergißt, du Bastard!«

Er packte ihn grob am Nackenfell und schüttelte ihn knurrend daran hin und her. Von dem Hund kam kein Laut. Als Schraube ihn endlich losließ, legte er unterwürfig den Kopf auf die Seite. Der hatte seine Lektion gelernt.

Seine Augen folgten seinem Herrn und Meister auf dem Weg zur Ladentür.

»Los, Bastard, komm her!«

Die Töle sprang in die Höhe und schoß zur Ladentür. Schwanzwedelnd wartete sie auf weitere Befehle.

»Fuß!«

Blitzschnell befolgte sie die Anweisung und blickte beifallheischend nach oben.

»Sitz!«

Wumms – der Hund saß. Kein Wort des Lobes, kein Streicheln.

»Los, geh die Palmen gießen!«

Ohne Zögern ging die Wundertöle in den Pfotenstand und marschierte ab zu ihrem Stammbaum.

»Keen Beifall, Leute! Der Lumpenhund muß büßen.«

Bastard pinkelte gekonnt an den Stamm, wartete, bellte kurz auf und tänzelte zur Ladentür zurück.

Vor ihrem unerbittlichen Meister blieb die Töle erwartungsvoll stehen.

»Fuß! . . . Sitz!«

Bastard überschlug sich fast vor Beflissenheit; immer wieder sah er flehend zu Schraube auf.

»Na jut, woll'n wir Frieden schließen . . .« Er beugte sich hinab und kraulte der Töle den Hals. »Aber, Freundchen, vergiß nich', ick bin der Oberhund! – Ick mache, wat ick will, und du nimmst mir det nich' übel, sonst gibt es wat!«

Vier Tage hatte er Zeit, das alte Verhältnis zu seinem Hund zu festigen. Solange machte der Sommer eine Pause. Was am Sonntag als Wettersturz mit Donner, Blitz, Sturm und Dauerregen die Badegäste aus Rahnsdorf vertrieben hatte, hielt uns mit seinen Nachwirkungen vier Tage zu Hause fest. Bastard genoß die trüben, kühlen Tage voller Freude, obwohl ihn sein Herr nicht zur Ruhe kommen ließ.

Auch wir wurden wieder zu den Realitäten zurückgeholt. Es gab plötzlich außer den fröhlichen und unbeschwerten Ferientagen noch etwas anderes.

Unsere Eltern, überhaupt alle Erwachsenen, blickten sorgenvoll in die Zukunft, rissen sich fast die Zeitungen aus den Händen und hingen mit den Ohren am Radio, wenn die Nachrichtensendungen liefen. Hitler steuerte Europa in eine politische Situation hinein, die heute unter dem Namen Sudetenkrise durch die Geschichtsbücher geistert. Er brachte der Welt und unseren Eltern das Fürchten bei; das spürten selbst wir. Die Auswirkungen dieser Krise reichten in zahlreiche Familien hinein. Die Einberufung von Reservisten und Spezialisten zur Wehrmacht – natürlich nur zu Manövern, wie die Propaganda behauptete – riß Väter und Verwandte vom Arbeitsplatz und aus den Familien fort. Aloisius Pilkowsky, Pilles Vater, war einer der ersten, die den Gestellungsbefehl im Postkasten fanden.

Eine allgemeine Hysterie trieb sonderbare Blüten. Während die einen immer wieder voller Verzweiflung behaupteten, es werde Krieg geben, beruhigten sich die anderen mit einem Anflug fast religiöser Gläubigkeit, daß der »Führer« es schon machen und einen Krieg verhindern werde. Und wir standen zwischen diesen Extremen, hatten keine Ahnung, was denn nun wirklich hinter allem steckte.

Was in meiner Familie geäußert wurde, stand im krassen Widerspruch zur öffentlichen Propaganda; ich hütete mich, darüber mit meinen Freunden zu sprechen.

Es gab jedoch auch Lichtblicke in diesem Durcheinander. Völlig unerwartet wurde ich neu eingekleidet. Mutter, sonst sehr, sehr sparsam, schien plötzlich vom Kaufleichtsinn befallen zu sein. Als sie genügend Preisvergleiche angestellt hatte, legte ich lange Strecken mit ihr zurück, um das günstigste Angebot zu nutzen.

Auch im Haushalt nahmen die Einkäufe zu; wir hatten plötzlich enorme Vorräte.

Das auslösende Moment war vermutlich die Rationierung der Butter, das die Erinnerung an die Hungerjahre des 1. Weltkrieges heraufbeschwor. Bei meinen Freunden ging es nämlich ähnlich zu.

Das ganze Drum und Dran dieser Tage ging uns auf die Nerven; wir begrüßten daher mit Jubel den ersten Sonnenstrahl, der uns den Vorwand lieferte, nach Rahnsdorf zu entwischen. Mit dem Optimismus der Jugend sahen wir alles nicht so tragisch; sollten sich doch die Erwachsenen etwas einfallen lassen. Wir hatten ja ohnehin noch nichts zu vermelden.

In das Rahnsdorfer Tagesprogramm hatte Knolle eine neue Note hineingebracht; etwas, woran von uns niemand gedacht hatte.

»Wißt ihr, ick hab' den Kartoffelsalat dicke! Nischt gegen deine Wurst, Ruth, die is' prima, davon kann ick gar nich' genug kriegen. Aber immer Kartoffelsalat oder die Stullen! – Ick möchte mal wat anderes essen. Woll'n wir nich' mal selber kochen? So schwer kann det doch nich' sein? Kutte hat mir erzählt, det se bei der HJ uff Fahrt ooch immer kochen!«

Uff, das war ein Vorschlag! Warum sollte das eigentlich nicht gehen? Was die HJ konnte, brachten auch wir sicher fertig.

»Die Idee is' jut, Knolle, die is' sogar sehr jut! Ick koche det erste Mittagessen, Leute, det kann ick!« behauptete Inge und rieb sich bei dem Gedanken die Hände.

Die erste Köchin hatten wir also schon!

»V'leicht sollt'n wir det so mach'n, det jeder mal kocht? Ick trau' mir det ooch zu«, meldete Risse seine aktive Hilfe an.

»Det is' jut, denn muß nich' immer bloß eener«, setzte Anita hinzu. »Ick kann ooch kochen!«

»Und die Kosten?« Schraube sah die praktische Seite der Angelegenheit. »Legen wir zusammen und koofen ein? Oder streckt eener det vor und wir bezahlen det hinterher?«

Vorstrecken? Wer hatte denn von uns das Geld dafür? Außerdem hatten wir keine rechte Vorstellung, was der erste Einkauf kosten werde. Wir beschlossen, eine Kochkasse zu bilden, in die jeder eine Mark einbrachte; das war der Grundstock, davon wurde eingekauft. Nach jedem Essen sollten die Kosten aufgeteilt und in die Kasse zurückgezahlt werden. Diese Regelung mußte eigentlich glatt ablaufen.

Zum Kassenwart bestimmten wir den Erfinder des neuen Vergnügens, unseren Knolle. Für ihn war diese Ernennung geradezu eine unerwartete Auszeichnung, die erkennen ließ, wie wir seine Fähigkeiten einschätzten. In der Schule gehörte er nämlich zu den armen Kerlen, die mit den schriftlichen Arbeiten ständig auf Kriegsfuß standen. Der Deutschunterricht bescherte ihm einen Mißerfolg nach dem anderen; er wuchs sich zu einem echten Alptraum aus.

Seine mündlichen Leistungen in diesem Fach hatten ihn die Klippen zur nächsten Klassenstufe jedes Jahr gerade noch überwinden lassen; die schriftlichen Arbeiten jedoch endeten regelmäßig mit einer Katastrophe. Ich rätselte lange herum, woran das liegen konnte, bis ich die Ursache handfest vorgeführt bekam. Es lag nicht an Knolle, sondern an seiner Familie.

Knolles Vater, ein biederer Arbeiter im Straßenbau, muskelbepackt und wohlbeleibt, hatte – wie sich das gehörte – in der Familie das alleinige Sagen; sein Wort war Gesetz. Daran zweifelte in der Familie niemand, selbst »Mädel« nicht, wie er seine Frau in Erinnerung an vergangene Zeiten noch immer zärtlich nannte. Sie war an sich die »Seele« der Familie, zu der noch eine jüngere Schwester und ein jüngerer Bruder Knolles gehörten. »Mädel«, eine hübsche, wenn auch sehr voluminöse dunkelhaarige Frau mit einem herzerfrischend fröhlichen Lachen, hielt das Familienleben in Schwung, überwachte die Schularbeiten der Kinder und verwaltete das Geld. Sie wohnten in einer Wohnlaube in einer Kleingartenkolonie, ein billiges und herrlich ungebundenes Leben, immer frische Luft und Sonne vor der Tür.

Kam der Vater nach Hause, nahm er regen Anteil an den Schularbeiten der Kinder. Und da lag der Hase im Pfeffer, wie der Berliner gern sagt. Das Familienoberhaupt sprach ein unverfälschtes Berlinerisch, das von der Grammatik nichts oder nur sehr wenig hielt. Kein Wunder also, daß er die Volksschule mit »Ehrenrunden« durchlief und das Ziel dennoch nicht erreichte. So kehrte er in der vierten Klasse der Schule den Rücken.

Nahm sich der Vater Knolles Hausheft vor, dann gerieten die Schulkenntnisse des Sohnes ins Wanken. Nie werde ich vergessen, was ich als Zuhörer miterlebte, als der Vater einen Hausaufsatz überprüfte, der den häuslichen Tagesablauf zum Thema hatte.

Interessiert las er, was Knolle über das Familienleben zusammengetragen hatte, schüttelte dann aber bekümmert den Kopf und sagte: »Det is' allens sehr schön, aber voll Fehler. – Hier! Det heißt nich': Ich esse mit dem Messer, sondern . . .? Ich esse mit *das* Messer. – – – Warum? – – – Keen Mensch sagt: Det is' *dem* Messer. Det is' *das* Messer! Kapiert? Also heißt det: Ick esse mit *das* Messer. Klar?«

Sein Sohn nickte gehorsam. Vater las weiter.

»Hier is' noch so 'n Ei: Abends gehe ich *in* das Bett. Det is' falsch! Haste denn noch nie wat von de Fälle gehört? Paß uff! Du liegst doch dann im Bett, wa? – Also muß es heißen: Abends gehe ick *im* Bett! – Oder? – Na siehste!«

»Ja, Papa, aber . . .«

»Wat heißt hier aber? Gehst du in de Schule, damit du wat lernst? Oder geh' ick, wat?«

Gegen dieses Argument gab es keinen Widerspruch.

In dieser Weise ging Kolles Vater den ganzen Aufsatz durch. »Ick möchte bloß wissen, von wen du det falsche Deutsch hast? – Det is' wiedermal deine Sippe, von die det kommt, Mädel! Dir hab' ick ja ooch erst richtiget Deutsch beipuhlen müss'n!«

Er gab seinem Sohn das Heft zurück.

»So, Junge, nun mach det man allens schön richtig, und denn wirste schon seh'n!«

Kaum waren wir beiden allein, sagte ich: »Mensch, laß det bloß so, wie du det gehabt hast!«

Knolle schüttelte den Kopf.

»Nee, nee, Vater weeß det besser als ick!«

Die Quittung bekam er einige Tage später in Form einer entsprechenden Zensur.

Knolle nahm also die Kasse in seine Obhut. Nun stand dem Unternehmen nichts mehr im Wege; selbst die Finanzierung bereitete keine Schwierigkeiten mehr. Zum einen konnten wir von zu Hause einen Zuschuß erwarten, zum anderen hatten wir in Rahnsdorf »regelmäßige Einkünfte«. Das Fahrgeld, das wir täglich bekamen, blieb unverbraucht, wenn wir dort übernachteten. Außerdem gab es im Strandbad Geschäfte, die immer Hilfe brauchten, seit die jungen Männer verstärkt eingezogen wurden. Dort halfen wir morgens, abends und auch zwischendurch. Es fiel für uns immer etwas ab, entweder Geld oder Lebensmittel.

Bei unserem Aufbruch nach Rahnsdorf schleppte Tüte Kartoffeln an, die sein Vater der Clique spendiert hatte. Inge hatte eingekauft; was, das blieb ihr Geheimnis. Etwas Gutes mußte es allerdings sein, denn sie verdrehte die ganze Fahrt über schon in Vorfreude die Augen.

Der einzige, der immer kleinlauter wurde, war unser größter Flunkerer aller Zeiten. Anfangs hatte Pille begeistert mitgemischt, doch nun hockte er als Häufchen Unglück in der Bank und hörte mit belämmertem Gesicht zu.

»Wat haste denn? – Du bist ja so stille? – Haste Liebeskummer, Pille?« fragte Schraube und faßte ihn um.

»Liebeskummer? Ick? – Det kann doch wohl nich' dein Ernst sein! Wo sich die Weiber schon um mir prügeln, Mensch!«

Er warf sich in die Brust und verzog geringschätzig seinen Mund; unser Gelächter nahm er einfach nicht zur Kenntnis.

»Nee, det is' es nich'. Bloß, ick muß ja abends wieder nach Hause, und det Fahrgeld zahl' ick ooch noch selber, wenn ihr da draußen uff'n Putz haut und euch die Nacht um die Ohr'n schlagt! – Scheiße, det mir Bammel nich' die Prüfung mach'n läßt!«

Na, na, vergaß der ganz und gar, mit wem er redete?

»Is' det dein Ernst mit der Prüfung, Pille? Is' uns det janz entgangen, det du schon so weit bist?«

Kralle sah ihn zweifelnd von der Seite an.

»Willste wirklich ran? Na, det sagen wir Bammel denn doch janz einfach, und schon is' det geritzt, Mann!«

Pille blickte Kralle unsicher an und versuchte, aus den Gesichtern herauszulesen, was wir dachten. Er kaute an einer Antwort herum; seine eigene Großmäuligkeit wurde ihm vermutlich langsam unheimlich.

Die Bahn hielt vor dem Strandbad. Wir nahmen unseren Kram und stiegen lachend aus. Edith rutschte etwas aus ihrer Tasche, ein dickes Buch.

»Wat liest'n da?« wollte ich wissen und hob es auf.

Sie riß es mir hastig aus der Hand und ließ es blitzschnell wieder in der großen Badetasche verschwinden.

»Ach, nischt besonderes. Hat mir meine Mutter mitgegeben.«

Pille tauchte neben Kralle auf und zupfte ihn an seinem Ärmel. »Weeßte, Kralle, sag mal Bammel noch nischt. Ick will'n überraschen. Ick muß mir ja ooch erst wieder einschwimm'n, wa, sonst geht det am Ende schief ... Vielleicht hat er heute ooch gar keene Zeit!« Er trat mit verlegenem Gesicht den Rückzug an.

»Na, wenn du meinst, Pille, dann laß ick det natürlich!«

Der atmete auf und machte sich schleunigst aus dem Staube, um jeder weiteren Erörterung aus dem Wege zu gehen.

Bammel begrüßte uns wie langentbehrte Freunde. Er war von einer ansteckenden Fröhlichkeit, die wir unserer Rückkehr zuschrieben.

Die Idee mit dem Kochen fand er großartig. Ob sie beide auch mitessen dürften? Ja? Er holte zwei Mark aus dem

Portemonnaie und drückte sie Knolle in die Hand. Das ließ sich ja gut an!

»Und wer kocht heute? – Inge? Na, dann gibt es bestimmt etwas besonders Gutes, was?« Er strahlte unsere Köchin an, daß die bei so vielen Vorschußlorbeeren knallrot wurde.

»Nun woll'n wir erst mal abwarten, wer hier besser kochen kann, wa, Edith?« Bei Anita meldete sich die Eifersucht auf ihre Freundin.

»Kochst du denn auch, Pille? Oder machst du bloß die Fußvolk-Arbeiten, wie Gemüse putzen, Kartoffeln schälen und so?«

Bammel klopfte ihm auf die magere Schulter.

Der nickte nur stumm.

»Pille hat heute seinen trüben Tag«, meinte Schraube, »weil er nicht hier übernachten kann.«

Bammel stutzte.

»Warum denn nicht, wo er doch jetzt bei Helmut Melder ist?! – Da kannste hierbleiben, und Fahrgeld bekommste auch, wenn du im Einsatz bist.«

Typisch Bammel! Das Fahrgeld bezahlte er vermutlich aus der eigenen Tasche, denn verbuchen konnte er das sicher nicht.

In Pilles Ohren klangen die Worte wie die schönste Musik. Mit ihm ging ein Wandel vor; sein Gesicht fing an zu leuchten. Er strahlte unseren Bademeister so freudig an, daß dem das Herz aufging. Pille, das arme Würstchen, konnte sich so herzlich freuen, daß es eigentlich keines besonderen Dankes bedurfte. Er stand aber doch auf und drückte Bammel stumm die Hand; dicke Tränen kullerten ihm die Wangen herunter, die Lippen zuckten, während er seinen Wohltäter anlächelte. Wir schauten stumm zu; zum ersten Male spürten wir, wieviel ihm Anerkennung in unserer Clique bedeutete.

Bammel räusperte sich lautstark und schüttelte seine Ergriffenheit ab. »Aber jetzt los, Melder! Teile mal Ursula in der Erste-Hilfe-Station mit, daß ihr wieder im Lande seid und daß es heute warmes Essen gibt. Ab mit dir!«

Der Melder fegte durch den Strand, daß der Sand nur so flog.

»Und ihr faulen Krücken?«

Wir grinsten ihn an, weil wir ihn in diesem Augenblick durchschauten.

»Bald geht hier der Betrieb wieder los, da woll'n wir vorher noch etwas tun!«

Unser Idol wischte sich verstohlen die Augen; so hart, wie er immer tat, war er letztlich gar nicht.

Es wurde einer der schönsten Tage in Rahnsdorf; sein Schwung beflügelte auch uns. Während wir unseren Wachdienst versahen, kochte Inge das erste Mittagessen.

Was sie auf den Tisch brachte, machte ihr Ehre. Sie hatte einen riesigen Topf schmackhafter Kartoffelsuppe zusammengekocht.

Ursula hatte bei dem Anblick des Eintopfes zunächst die Augenbrauen emporgezogen, sparte später aber nicht mit Beifall, was Inge überglücklich machte. Der Bann war gebrochen, ein Anfang gemacht. Knolles Idee erwies sich als Knüller.

Abends, als das Strandbad einsam und leer im warmen Licht der untergehenden Sonne lag, saßen wir alle auf dem Steg. Bammel klimperte auf der Gitarre, Ursula und die Mädchen kamen mit Tabletts aus der Küche. Das gemeinsame Abendbrot wurde serviert, eine Spende unserer beiden Stationsleiter.

Spät wurde es an diesem Abend, ehe wir in die Betten gingen. Unsere Lieder klangen weit über den stillen See. Die Wellen plätscherten um die Stegpfosten. Im Licht des aufgehenden Mondes schimmerte der Müggelsee wie ein riesiger Tiegel geschmolzenen Silbers; schwarz standen die Berge dahinter. Weit in der Ferne zog hell leuchtend ein Dampfer seinen Kurs auf Köpenick zu. Ein Abend, den wohl keiner von uns so schnell vergaß.

Ob wir es wollten oder nicht, die Sommerferien und damit die fröhlichen und ungebundenen Tage in Rahnsdorf gingen unaufhaltsam dem Ende entgegen. Als ahnte das Wetter, daß der Sommer dem Herbst entgegensteuerte, es zeigte noch einmal, wie schön es auch in Berlin sein konnte. Wir genossen diese Tage und mit uns unzählige Badegäste; es ging ziemlich turbulent zu, entsprechend häufig ertönte das Alarmsignal und rief uns zum Einsatz.

Für das leibliche Wohl sorgten in wechselnder Reihenfolge die Kochkünstler; es kamen oft recht abenteuerliche Gerichte zustande. Daran änderte auch Ediths Kochbuch nichts. Als es ihr damals aus der Tasche fiel, hatte sie sich geniert. Inzwischen hatten wir es zur beliebten Abendlektüre erhoben, aus der Pille besonders gern vorlas. »Mensch, Leute, hört mal zu! Is' det nich' wat für morgen? Wer kocht denn?« ereiferte sich Pille und las das Wunderwerk vor.

Meist waren es allein schon die Zutaten, wie Salm, Hummer, Fasan, Kaviar und so, die seine Zunge kitzelten und seine Sinne wachriefen, weil die Begriffe so schön exotisch klangen. Wer wußte am Alex denn, wie diese Köstlichkeiten schmeckten?

Dieses Kochbuch mit dem schönen Titel: *Ich kann kochen* erwies sich als eine unerschöpfliche Fundgrube für unsere Phantasie.

Wenn Pille vorlas, machten Ursula und Bammel ihren Kontrollgang durch das Strandbad. Kamen sie von dem langen Weg zurück, war das der unwiderrufliche Schluß der Abendrunde, wenn uns die Müdigkeit nicht schon vorher in die Betten getrieben hatte.

Der letzte Feriensonntag wirbelte uns alle noch einmal gründlich durcheinander; es blieb nicht einmal Zeit für das Mittagessen, das uns Pille als Meisterkoch vorsetzen wollte. Er hatte sich hinter Ruth und ihre Beziehungen zu den Fleischtöpfen in der Koppenstraße gesteckt. Sein Gericht sollte viel, viel Fleisch enthalten und ein regelrechtes

Abschiedsessen werden. Wie immer im Leben kam natürlich alles anders.

Pilles großer Auftritt kam erst, als das Strandbad endlich die Pforten schloß. Die letzten Badegäste hatten den Strand verlassen, die Wachstationen waren aufgeräumt, das Material verstaut und gesichert, und nun saßen wir am äußersten Rand des Ufers um ein gewaltiges Lagerfeuer.

Der Koch werkelte schon eine ganze Zeit in der Küche. Ein appetitlicher Duft zog über den Strand; uns lief wieder einmal das Wasser im Munde zusammen.

Bammel setzte sich mit seiner Gitarre zu uns an das Feuer und stimmte die Saiten; der heranwehende Küchendunst stach ihm in die Nase. »Na, wie weit ist es denn mit dem Essen? Ich könnte jetzt eine ordentliche Portion vertragen.«

Seine Zunge fuhr über die Lippen, er schluckte.

Die Antwort kam in Gestalt des Koches persönlich und glich einem festlichen Aufzug. Pille voran mit dem großen Kochtopf, gefolgt von Edith und Ursula, die jede eine Pfanne mit Bratkartoffeln trugen. Bammel intonierte einen Tusch auf der Gitarre.

Einer besonderen Aufforderung zum Zugreifen bedurfte es nicht; wir hielten die Teller hin. Bald türmte sich auf jedem ein Berg appetitlicher Bratkartoffeln, über die Pille mit einer Suppenkelle einen gewaltigen Schwapp Soße und Fleischstückchen goß. Wie das duftete! Herrlich!

»Mann, Pille, wenn det so schmeckt, wie es riecht, denn biste hier eindeutig der Meisterkoch!« lobte Olle Schraube, die Gabel kampfbereit über dem vollen Teller erhoben. »Wat is' 'n det?«

»Erst essen, denn sage ick, wat det is'. Vielleicht merkt ihr det aber ooch von alleene.«

»Na denn – guten Appetit!«

Bammel gab die Auflassung, wir schlugen voll zu. Unser Koch konnte mit seinen Gästen zufrieden sein und wir mit ihm. Was er da zusammengekocht hatte, stellte alles Bisherige in den Schatten; es schmeckte vorzüglich. Ein wahres Festessen nach den labbrigen Keksen und den grünen Äpfeln, die den Hunger tagsüber nur noch gesteigert hatten. Knolle, der Freßsack, hatte seine Portion am schnellsten vertilgt, kein Hauch Soße blieb auf dem Teller.

»Pille, kann man noch een Schlag hab'n? – Mensch, schmeckt det!«

Der Koch strahlte überglücklich. Die Portion, die er Knolle auf den Teller kippte, zirkelte er genau ab, damit auch für das übrige Volk noch ein Nachschlag blieb.

»So, und nun möchte ich gern wissen, wie das phantastische Essen heißt, Meisterkoch. Ein einfaches Gulasch war das jedenfalls nicht, da kenne ich mich aus.«

Bammel lehnte sich zufrieden zurück und strich sich genüßlich über den Magen.

»Und ich möchte das Rezept haben; das ist ja einfach toll!« fügte Ursula hinzu.

»Det Rezept is' aus Ediths Kochbuch und nennt sich österreichisches Gulasch«, erklärte der Koch geschmeichelt. »Aber, da lag noch so viel Gemüse in dem Vorratskasten; det hab' ick ganz kleengeschnippelt und mit angebraten. Leider is' es völlig zerkocht. Nudeln hatte ick keene, da hab' ick Kartoffeln gemacht. Det is' alles!«

»Alle guten Köche wandeln Rezepte ab, Pille, sonst wären es keine«, meinte Ursula sachverständig und hielt den Teller für einen kleinen Nachschlag hin. »Dein Essen war ganz hervorragend, das beste Gulasch, das ich je gegessen habe! Wir sollten ihm einen Namen geben!«

»Det is' doch janz einfach! Det is' det berühmte ›Pilkowsky-Gulasch‹, klar?« schlug Schraube vor und ließ sich eine zweite Portion auf den blanken Teller häufen.

Wir klatschten begeistert in die Hände.

»Pilkowsky-Gulasch« – nie wieder kam es irgendwo auf den Tisch; eine Eintagsfliege, aus dem Augenblick geboren.

Bammel ergriff die Gelegenheit beim Schopf, eine Rede

zu halten. Unter dem allgemeinen Beifall beförderte er Pille zum Stationskoch mit allen Rechten im Strandbad Rahnsdorf und überreichte ihm eine Freikarte für den Rest der Saison; damit gehörte er wie alle Retter zur Station. Vom Melder zum Stationskoch – für unsere »bleierne Ente« ein Aufstieg, wie er ihn sich in seinen kühnsten Träumen nicht vorzustellen gewagt hatte! Von seiner neuen Würde fast betäubt, nahm er die Glückwünsche entgegen und sonnte sich in unserer Anerkennung.

Für uns hatte Bammel ebenfalls Worte des Lobes bereit.

»Euer Lehrer Gellert hatte recht! Ihr seid eine ganz brauchbare Truppe und zuverlässige Kerle, wenn man euch eine richtige Aufgabe stellt. Ich schließe euch Mädchen selbstverständlich mit ein!« Er machte eine Pause, holte tief Luft und fuhr fort: »Wir, Ursula und ich, danken euch für euren Einsatz und eure Hilfe. Wir haben beschlossen, euch für den letzten Ferientag zu einer Dampferfahrt einzuladen; als kleines Dankeschön gewissermaßen... Habt ihr Lust dazu?«

Wir brachen in ein Freudengeheul aus, daß die Bleßhühner und Enten in das nahe Schilf flüchteten. Und ob wir wollten!

»Es geht nach Schmöckwitz. Abfahrt von der Jannowitzbrücke am Dienstag um 7.00 Uhr«, ergänzte Ursula. »Für uns gibt es einen besonderen Grund, aber der wird noch nicht verraten!« Sie blitzte Bammel schelmisch an.

War das eine wunderbare Idee! Schraube versprach, seine Wundertöle mitzubringen, von der die beiden zwar schon viel gehört, die sie aber noch nie gesehen hatten. Ruth wollte einen freien Tag nehmen; der stand ihr zu, weil sie vielfach Überstunden gemacht hatte, und das war für Lehrlinge eigentlich gar nicht zulässig. Bammel betonte, daß auch Annemarie mit eingeladen sei. Die war aber merkwürdigerweise an diesem letzten Feriensonntag nicht gekommen. Das war mehr als ungewöhnlich. Mit diesem Trostpflaster, der Dampferfahrt, verabschiedet, fiel uns das Scheiden nicht mehr so schwer. Die Straßenbahn zuckelte mit einer überaus fröhlichen Clique durch den nachtdunklen Wald heimwärts nach Berlin.

Ahnungslos machte Schraube unterwegs seine Witze. Woher sollte er auch wissen, daß dieser Abend für ihn noch eine deftige Überraschung bereithielt? Sie war übrigens die Ursache dafür, daß Annemarie ausgerechnet an diesem schönen Sommertag den Weg nach Rahnsdorf nicht angetreten hatte.

Wir erfuhren davon natürlich erst am nächsten Tag, als wir uns bei Schraubes trafen. Na, und was die beiden uns nicht erzählten, das erlebten wir als Zaungäste mit, als außerordentlich interessierte, versteht sich.

Schraube hatte wieder einen Vater! Oder sagen wir der Genauigkeit wegen lieber so: Schraube senior hatte wieder in den Schoß der Familie zurückgefunden! Ob mit einigen Millionen Dollar oder nicht, die Sensation war perfekt.

Als sich unsere Überraschung gelegt hatte, folgte die Enttäuschung auf dem Fuße.

Wie wir sehr schnell feststellen konnten, wies Schraube senior nicht die geringste Ähnlichkeit mit Oliver Hardy, dem berühmten Komiker aus der Serie *Dick und Doof*, auf; das hätten wir noch verziehen. Der Kerl war aber nicht nur lang und dünn wie eine Bohnenstange, sondern zu allem Überfluß auch noch blond und blauäugig. Das paßte nun ganz und gar nicht in das liebevoll aufgebaute Bild.

Schraube versuchte, uns das erbbiologische Phänomen mit den Mendelschen Gesetzen zu erklären. Allein auch die sogenannte »verdeckte Dominante« war nicht in der Lage, unser Mißtrauen auch nur halbwegs abzubauen.

Ein merkwürdiger Kontrast, dieser heimgekehrte Vater! Er entsprach auch sonst nicht unseren Vorstellungen von Amerikanern. Der trug nicht einmal einen Cowboyhut, und sein Gang ließ schon gar nicht erkennen, daß er seinen Mustang selbst eingeritten hatte, um über die weite Prärie einsam und kampfbereit mit Revolvergurt und Colt dem fernen Horizont entgegenzutraben.

»Mensch, der sieht ja aus wie eener von die Sozialpfleger, die bei Pankes immer uffkreuzen und die Bude kontrolliern, ob die Wanzen ooch nich' etwa die janze Familie uffgefressen hab'n!« flüsterte mir Pille ins Ohr.

Genau, so sah der wirklich aus! Nur die Kleidung, die irgendwie von fremdländischem Schnitt war, wies auf die Herkunft hin. Da sah ja Kralles und Ediths Vater eher wie ein Amerikaner aus!

Das Objekt unserer Betrachtungen trat aus dem Laden, als wir uns von der ersten Überraschung und der Ernüchterung schon etwas erholt hatten und seine Bewegungen mit neugierigen Augen verfolgten.

»*Hello boys and girls! You are Werner's friends, well? You don't understand me? Oh sorry!* Ihr seid Werners *boy-friends* – wie sagt man in Germany? – Freundinnen und Freunde? – Hahahahaha! – *and* kommt zu besprechen eine – wie sagt man – Ausflug?« radebrechte er und musterte uns der Reihe nach.

Ein Glück, daß Gellert uns für fünf Mark im Monat an drei Tagen in der Woche eine Englischstunde erteilte. Seine Blicke dagegen bedurften keiner Übersetzung, sie waren absolut eindeutig.

Besonders Anita hatte es ihm angetan.

»*What for a wonderfull back-side, my honey!*« säuselte er und bekam ganz lüsterne Augen.

Anita, von Natur aus ein bißchen schwer von Begriff, lächelte zunächst verständnislos und fühlte sich geschmeichelt, zuckte aber erschreckt zusammen, als sie seinen gierigen Blick dann auch noch auf ihrem sprießenden Busen spürte.

»Na, det is' vielleicht 'ne geile Sau!« stellte Mücke leise fest und traf damit den Nagel genau auf den Kopf.

Dem Blick nach mußte Schraubes Vater mindestens zehn Jahre lang frauenlos und einsam in der amerikanischen Wildnis gelebt haben. Selbst der Annemarie, die heute Madame im Laden vertrat, war es nicht ganz geheuer, wenn der amerikanische Heimkehrer seine lüsternen Blicke über ihren wohlgeformten Körper gleiten ließ.

Olle Schraube grinste anzüglich. »Der olle Sack hat die janze Nacht mit meine Mutter im Bett Wiedersehen gefeiert, det die Ratten im Keller dazu die Wacht am Rhein gepfiffen und wir ooch keen Ooge zugemacht hab'n. Mutter liegt flach wie 'n ausgenommener Hering ... Aber, nu kiekt euch mal den Mann an! Is' det een strammer Feger oder nich'? Annemarie hat Schiß, det er se ooch noch vornimmt; aber da passen wa beede uff, Mutter und ick!« Er warf einen Blick in den Laden und verzog das Gesicht. »Ne ulkige Sache, so 'n plötzlicher Vater! Jetz' weeß ick wenigstens, wie det so is'. Ick hab' nach eenem Tag schon det Gefühl, der stört hier bloß. Hoffentlich haut der bald wieder ab!«

Besondere Freude schien die Familie über den Heimkehrer nicht zu empfinden, der da plötzlich und unangemeldet in das Haus geschneit war. Niemand wußte allerdings, daß Schraubes Wunsch schneller als je erwartet in Erfüllung gehen sollte. Die Zeitbombe tickte schon.

Das unerwartete Erscheinen des »Amerikaners« am Sonntag morgen hatte Annemarie eine Gänsehaut über den Rücken gejagt und sie dann davon abgehalten, uns nach Rahnsdorf zu folgen.

Madame Schraube hatte – was wir nicht wußten – am Freitag wieder mit dem sogenannten Onkel Heini eine ihrer Werder-Touren angetreten und Annemarie mit dem Laden und der Wundertöle allein gelassen.

Annemarie hatte gerade mit der gepackten Badetasche einen letzten Blick in den Spiegel getan, als es an der Wohnungstür lange anhaltend klingelte.

Wer konnte das morgens um 7.00 Uhr an einem Sonntag sein?

Die Töle schlich lautlos zur Tür und schnüffelte. Sie

knurrte leise. Also kein Familienmitglied, Freund oder guter Bekannter; nur bei Fremden knurrte Bastard.

Wieder ging die Klingel, diesmal in Intervallen und noch länger und ungeduldiger.

Eingedenk Madames Warnung vor fremden Besuchern – unlängst war in der Nachbarschaft ein Raubmord verübt worden – streifte Annemarie die Schuhe von den Füßen, schlich auf nackten Sohlen zur Tür und spähte vorsichtig durch den Spion. Ein unbekannter Mann, unrasiert und übernächtigt, stand vor der Tür. Sein grellbunter Schlips stach in dem Dämmerlicht des Treppenhauses von seiner dunklen Kleidung auffallend ab. Wer war das denn? Den hatte sie noch nie gesehen.

Wieder drückte er auf die Klingel und brummte etwas vor sich hin. Der Kerl da draußen weckte noch das ganze Haus auf!

Da er sich unbeobachtet fühlte, langte er nach hinten und zog aus seiner Gesäßtasche eine flache Flasche hervor, aus der er einen kräftigen Schluck nahm. Er rülpste, daß es laut durch die Tür tönte, und grinste leer.

Die heimliche Beobachterin schüttelte sich. Alkohol am frühen Morgen! Der Mensch soff! Was sollte sie bloß machen? Bastard knurrte wieder warnend.

Der ungeduldige Fremde hatte sich inzwischen eine Zigarette angesteckt und sah auf die Armbanduhr. Was rauchte der denn da für ein Kraut? Süßlicher Rauch drang durch die Ritzen in die Wohnung. Kopfschüttelnd trat er von der Tür zurück; Annemarie sah zwei Koffer. War das am Ende doch ein Verwandter? Wer spazierte sonst sonntags mit zwei Koffern in fremden Häusern umher? Sie trat zurück, kontrollierte die Sicherheitskette und schloß die Tür auf.

»*Hello,* kleine Frollein, *good morning!* Habe ich Sie geweckt?« Eine Alkoholfahne schlug ihr durch den Türspalt entgegen. Widerlich! Was sprach der denn für ein komisches Deutsch?

»My name is Schraube, you understand? Mister Heribert Schraube! I – Ich komme *from the Juu – ess ää! O.K.?«*

Sie verstand kein Wort von diesem Kauderwelsch. Ein merkwürdiger Kerl, auch wenn er noch so freundlich lächelte und mit den Augen blitzte.

»Darf ich mal wissen, was Sie hier zu dieser frühen Stunde wollen? Der Laden ist sonntags geschlossen; das sehen Sie doch wohl auch, oder?«

Sie hatte die Tür so weit geöffnet, wie es die Kette zuließ, und gab sich energisch. Der Hund knurrte angriffslustig und wollte an ihren Beinen vorbei. Gegenüber, bei der alten Grundmann, dieser neugierigen Klatschbase, klappte der Türspion.

Der Fremde trat etwas zur Seite, damit er besser in die Tür hineinsehen konnte. Bei dem erfreulichen Anblick, der sich ihm bot, pfiff er anerkennend. Annemarie war empört.

»Der zog mich mit seinen Blicken regelrecht aus«, berichtete sie uns. »Ick hatte det Gefühl, splitternackt vor ihm zu stehen. Ick schüttele mir jetzt noch bei dem Gedanken!«

Der Besucher an der Tür genoß offensichtlich die Situation. Er nahm einen tiefen Zug aus der Zigarette, warf die Kippe lässig auf die Erde und trat sie mit einer Drehbewegung aus, alles betont langsam.

»Ist meine Frau nicht da? Ich bin Heribert Schraube und komme aus Amerika zurück, mein Fräulein! Wollen Sie mich nicht reinlassen?« Er sprach ein eigenartig gefärbtes, aber verständliches Deutsch. Das sollte Werners Vater sein? Der Kerl spinnt! Sie dachte an Madames strikte Anweisung, niemanden in die Wohnung zu lassen, und sei es der Kaiser von China.

»Frau Schraube ist nicht da; sie kommt erst heute abend zurück. Ich habe Anweisung, niemanden in die Wohnung zu lassen! Kommen Sie abends gegen 9.00 Uhr wieder, dann ist sie sicher von ihrem Besuch zurück!«

Ohne jedes weitere Wort knallte sie ihm die Tür vor der Nase zu und schloß ab. Bastard bellte drohend und sprang wie verrückt gegen die Tür. Bei der alten Grundmann rasselte das Türschloß, die Tür ging auf.

»Wer sind Se, der olle Schraube? Geh'n Se mal ins Licht!« Sie machte sich nicht einmal die Mühe, vor ihm zu verbergen, daß sie an der Tür gelauscht hatte. In ihrem ausgeblichenen und befleckten Morgenrock stand die alte Klatschbase in ihrer Tür und besah sich neugierig den Fremden. Das Ergebnis entsprach nicht ihren Erwartungen. »Mit Werner hab'n Se überhaupt keene Ähnlichkeit; keen Wunder, wenn Se de Annemarie nich' rinläßt. Und woher komm'n Se, aus Amerika? Weeß denn die Schrauben, det Se komm'n? Det gloob ick nich', se wär' sonst nich' weggefahr'n. Ick werd' Ihnen helf'n. Lass'n Se de Koffer hier, denn brauch'n Se de schwer'n Dinger nich' mit sich rumzuschlepp'n. Se sind doch schwer, oder?«

Die Alte fand kein Ende und ließ den Fremden nicht zu Worte kommen. Annemarie verfolgte den weiteren Verlauf durch den Spion.

Der angebliche Vater Schraube war unschlüssig, ging aber letztlich doch auf das Angebot ein; er stellte die abgewetzten Koffer in den Korridor der Nachbarwohnung. Auf mehr ließ sich die Alte nicht ein. Seine Bitte, sich bei ihr rasieren zu dürfen, hätte ihn beinahe die Aufbewahrung der Koffer gekostet; denn der Raubmord an der Gemüsefrau drei Häuser weiter hatte die Menschen mißtrauisch gemacht.

Kaum war der aufdringliche Amerikaner verschwunden, suchte Annemarie die Telefonnummer heraus, die ihr Madame für den Notfall – »aber nur für den Notfall, bitte!« – zurückgelassen hatte. Es dauerte seine Zeit, bis sie über das Fernamt den anderen Teilnehmer an der Leitung hatte.

›Gasthof zum flotten Hecht‹! – – – Guten Morgen! – – – Wen bitte! – – – Frau Schraube? – – – Ja, muß ich nachsehen. Einen Augenblick, bitte! – – – Tut mir leid, die Herrschaften haben noch nicht gefrühstückt. – – – Weiß ich nicht; ich möchte auch nicht stören! – – – Können die Sie zurückrufen? – – – Ja, geben Sie mir bitte die Nummer. Einen Augenblick, bitte! – – – So, ich notiere. – – – Danke! Ja, wird erledigt. – – – Bitte sehr! Auf Wiederhören!«

Als sie uns diesen Teil der Geschichte erzählte, krümmte sich Olle Schraube vor Vergnügen und lachte hemmungslos. Er fand den Namen des Gasthofes ungemein treffend.

»Finde ick det jut! Det is' een Ei! ›Gasthof zum flotten Hecht‹! Haha! Onkel Heini hat Sinn für Humor, det wußte ick immer schon!«

Madame, die wenig später bei Annemarie das Telefon klingeln ließ, fiel aus allen Wolken. »Wer soll das sein? – – – Mein Mann aus Amerika? – – – Der Heribert, ich werde wahnsinnig! Was hat den denn gebissen? – – – Nein, nein, Annemarie, das war ganz richtig! – – – Wo sind die Koffer? – – – Bei der alten Grundmann? – – – Na, das ist ja ein gefundenes Fressen für die Alte! – – – Ja, ich komme sofort zurück. – – – Wann, sagtest du, wollte er wiederkommen? – – – Das hast du ganz prima gemacht, Annemarie. – – – Aber, bitte kein Wort davon zu meinem angeblichen Mann, ja? – – – Aber, das weiß ich doch! Vielen Dank! Tschüs, bis bald!«

So kam es, daß Madame Schraube ihrem Gatten – wenn er es wirklich sein sollte – nicht unvorbereitet in die Arme lief. Ebenso hatte Onkel Heini Zeit, sich mit seinem schnittigen DKW aus dem Staube zu machen, nachdem er sie an der Ecke abgesetzt hatte.

Natürlich war es der Ehemann, der da kurz nach 21.00 Uhr freudig vor der Tür stand und nun endlich Einlaß begehrte. Madame heuchelte frohes Erstaunen und fiel ihm – um allen eventuellen Fragen zuvorzukommen – mit einem Schrei um den Hals. Das erwies sich als ein Fehler, den sie noch bereuen sollte.

Niemand kam je dahinter, was der Heimkehrer aus der Fremde erwartet hatte, einen so begeisterten Empfang aber sicher nicht. Ohne zu zögern, paßte er sich der Lage an und nahm mit Freuden zur Kenntnis, was für eine hübsche und reizvolle Ehefrau da auf ihn gewartet hatte. Kaum ließ er sich Zeit für das gemeinsame Abendbrot, das Annemarie auftrug. Es drängte ihn, seiner Gattin tatkräftig zu beweisen, wie sehr sie ihm all die langen Jahre in Amerika gefehlt hatte. Fast schien es, als habe er Angst, sie könne anderen Sinnes werden und ihm den Stuhl vor die Tür setzen.

Ohne große Umstände ging er dazu über, das Feld zu beackern, das seiner Meinung nach viel zu lange brachgelegen hatte. Das schlechte Gewissen, das Madame aus Werder mitgebracht hatte, trug sicher seinen Teil dazu bei, daß sie seinen zielstrebigen Attacken keinen oder nur geringen Widerstand entgegensetzte. Danach war es zu spät.

Seinen Vater lernte Olle Schraube in einer Atempause oder – besser wohl – Gefechtspause kennen, als er aus Rahnsdorf in die Landsberger Straße heimkehrte und gerade von Annemarie hörte, was sich inzwischen abgespielt hatte und nunmehr da drinnen tat. Just in diesem Augenblick kam sein Vater reichlich dürftig bekleidet aus dem Schlafzimmer stolziert und begrüßte ungeniert mit Handschlag und fröhlichem Lächeln den überraschten Sohn.

»Glad to see you, my son! I am hurry! Good night!«

Kürzer ging es nun wirklich nicht mehr. Ehe der Sohn überhaupt in der Lage war, den zugereisten Vater näher zu betrachten, hatte sich dieser mit einem Wurstbrot in der Hand schon wieder aus der Küche in das Schlafzimmer verfügt.

Angesichts der Ereignisse in der Schraubeschen Familie rutschte die Planung für die Dampferfahrt nach Schmöckwitz verständlicherweise an die zweite Stelle. Natürlich zeigte sich Madame bereit, Annemarie den freien Tag zu gewähren, auch wenn sie sich damit erst recht der Unersättlichkeit ihres Mannes aussetzte, weil niemand außer ihnen im Hause blieb. Sie rätselte vermutlich seit der wilden Nacht selbst herum, was in den gefahren sein konnte. Normalerweise setzte ja die Natur jedem Manne irgendwelche Grenzen, nur dem Schraube senior ganz offensichtlich nicht. Entweder hatte er wirklich die ganze Zeit im fernen Amerika wie ein Mönch gelebt, oder die amerikanische Büchsennahrung, von der man neuerdings auch bei uns so viel hörte, hatte diesen Wandel zum unermüdlichen Gockel herbeigeführt.

Onkel Heini würde es schwer haben, sollte er jemals wieder Gelegenheit erhalten, in Konkurrenz zu treten. Das jedoch war nach Lage der Dinge kaum zu erwarten.

Die ganze Situation der Familie übte auf uns einen eigenartigen Reiz aus; Olle Schraube war das offenbar gar nicht mehr so lieb. Am liebsten hätte er uns kurzerhand verabschiedet. Seine Unruhe wuchs, als zu allem Überfluß auch Ruth noch auftauchte, um ihre Teilnahme an der Dampferfahrt zu bestätigen. Er blickte immer wieder über die Schulter in den dunklen Laden zurück.

Und tatsächlich, prompt tauchte Schraube senior auf. Ruth, die inzwischen ihre Wirkung auf Männer kannte, maß ihn mit einem kühlen Blick, der den dicksten Fleischsalat augenblicklich in bibbernde Sülze verwandelt hätte. Dieser amerikanische Spring-ins-Feld war noch weniger ihr Typ als sein frühreifer Sohn, wenn sie seinetwegen auch gern mal – so zur Übung gewissermaßen – mit Annemarie die Klingen kreuzte. Das war ein anderes Kapitel, in dem Schraube junior nur die Rolle des Statisten spielte.

Der Senior zog sein »Was-kostet-die-Welt-Lächeln« auf und tänzelte – anders konnte man seine alberne Gangart wirklich nicht nennen – auf Ruth und uns zu. In der einen Hand hatte er ein frisches Glas mit einer bernsteingelben Flüssigkeit, in der anderen eine seiner amerikanischen Zigaretten, deren süßlicher Rauch uns unangenehm um die Nase wehte. Er fand sich vermutlich unwiderstehlich, dieser Westentaschen-Casanova.

»Hey, darling! Glad to meet you! Who are you? I am Werner's father!«

Ruth hörte sich das unbewegt an. »Freut mich, aber könnten Se det ooch uff Deutsch sagen?«

Dem amerikanischen Herzensbrecher blieb sichtlich die Luft weg, er fing sich jedoch erstaunlich schnell und lächelte gewinnend. »Mögen Sie Whiskey, mein Fräulein?«

Er hielt ihr das Glas einladend hin, während er ein Päckchen Northstate aus seiner Hosentasche fischte.

Ruth nahm das Glas, als sei sie derartige Angebote gewohnt, was bei uns ein bewunderndes Raunen hervorrief. Sie kostete mit den Lippen und goß den Rest mit einem Schwapp auf den Boden. »Schmeckt nach Pappe«, verkündete sie. »Ein fürchterliches Gesöff! Sind Ihre Zigaretten wenigstens besser?«

Schraubes Vater starrte sie verblüfft an; Ruth brachte ihn aus dem bewährten Konzept. Atemlos verfolgten wir das Duell; Pille kaute Fingernägel vor Aufregung.

»Probieren Sie es doch mal!«

Der gab tatsächlich nicht auf. Auffordernd hielt er ihr die Packung hin und gab ihr Feuer.

Mensch, die Ruth rauchte! Das war neu. Und Lungenzüge machte die! Mann, ich hätte mich tot gehustet in einem solchen Fall. Ruth schauspielerte vollendet; was wir für Lungenzüge hielten, war fast schon klassisches Theater. Selbst der Senior fiel darauf herein.

»So«, sie blies den Rauch durch die Nase, »und was kommt nun?« Aus halb geschlossenen Augen sah sie ihn an; ein Blick, der die Garbo berühmt gemacht hatte und gerade in den Kinos über die Leinwand flimmerte. So ein raffiniertes Luder!

Eine Antwort blieb aus. Dafür verhedderten sich seine Augen in ihrem Sommerkleid, dessen Ausschnitt einen kleinen Teil von dem zeigte, was auch schon seinen munteren Sohn angelockt und in verständliche Unruhe versetzt hatte. Der Apfel fiel eben nicht weit vom Stamm.

»Soll ich mich freimachen, Herr Doktor?«

Diese ironische Frage stammte ebenfalls aus dem Radio oder dem Kino; ihre Wirkung war frappierender als alles vorher.

Schraube senior bekam einen roten Kopf – vermutlich eine Seltenheit – »Muß mich mal um meine kranke Frau kümmern, äääh. *Bye, bye!*« brummte er. Er machte auf dem Absatz kehrt – und weg war er.

Die Siegerin schmunzelte über ihren Erfolg, trat die angerauchte Zigarette aus und fragte gedehnt: »Naaaa – noch'n Problem?«

Nach diesem aufregenden Zweikampf, der dem sieggewohnten Super-Gockel die erste Niederlage des Tages beibrachte, kamen wir endlich dazu, unsere Pläne für den nächsten Tag zu machen. Aber nicht für lange. Bastard platzte mitten in unsere Beratungen hinein und legte ein so eigenartiges Verhalten an den Tag, daß sich alle Aufmerksamkeit ihm zuwenden mußte.

Er befand sich in einem Zustand hochgradiger Erregung, als er an der Ladentür auftauchte und seinen sonderbaren Tanz aufführte. Ein paar Schritte in den dunklen Laden hinein, ein paar wieder zurück. Dabei zog er die Lefzen hoch, daß die Zähne drohend hervorschauten und stieß ein tiefes Knurren aus. Ein sonderbares Bild!

Schraube merkte davon nichts, bis Mücke ihn anstieß.

»Ach det? Da is' mein Oller im Laden, den kann Bastard nich' verknusen.« Er winkte gleichgültig ab.

Aber nicht nur der Hund hatte etwas gegen seinen »Alten«, eindeutig auch noch jemand anderes. Es war nicht zu überhören.

»Nehmen Sie gefälligst Ihre dreckigen Flossen von meinem Hintern!« Es klatschte, und Annemaries Stimme wurde lauter und schriller. »Weg da, habe ich gesagt! Ich bin doch hier keene Hausnutte, an der jeder rumfummeln kann, wenn er Lust hat! Pfoten weg, Sie Schwein!«

»Faß, Bastard!« zischte Schraube leise durch die Zähne.

Mit einem Aufheulen schoß der Hund in den Laden und verschwand in dem Halbdunkel. Ein Aufschrei! Vater Schraube – unverkennbar! Er fluchte und schrie unverständliche englische Worte. Dazwischen lautes giftiges Knurren.

»Feste, Bastard, laß ihn nicht los!« hetzte Annemarie und lachte höhnisch auf.

Anders konnte es nicht sein. Der liebestolle Heimkehrer kämpfte mit dem Hund, der sich bei ihm festgebissen hatte. Olle Schraube ließen der Radau und das Getobe völlig kalt.

»Wat is' denn? Warum glotzt ihr denn immer in den Laden? Is' da wat los?« fragte er scheinheilig und kniff grinsend ein Auge zu.

Der hörte zu, wie sein Vater von der Töle zerrissen wurde! Gab es denn so etwas? Hier war ja heute wirklich etwas los!

Der Vater tauchte an der Tür auf. An seinem Hosenbein hing die tobende Töle. »Verflucht, Werner, dein Hund ist verrückt geworden.«

Bastard riß tatsächlich wie ein tollwütiger Köter an dem verhaßten Hosenbein, sein Knurren war in ein hohes Heulen übergegangen. Er sah zum Fürchten aus.

»Wat denn, wat denn, wat macht denn Bastard da an dein Hosenbeen? Hatta dir etwa gebissen?« erkundigte sich der Sohn einfältig und tat entgeistert. Das verstand er meisterlich.

»Weg mit der Töle oder ich schlage sie tot!« kreischte der Senior auf und schleuderte mit seinem Bein den Hund zur Seite. Der hielt jedoch fest!

Die Passanten blieben interessiert auf der Straße stehen und sahen neugierig zu, was sich da vor dem Laden tat.

»Ob der uff mir hört, wenn er so böse is'? Na, ick weeß nich'! – Nun laß mal den Quatsch, Bastard, und benimm dir!«

Der dachte gar nicht daran, sondern zerrte und riß, indem er mit dem Kopf wütend hin und her ruckte. Es war eine Szene wie aus einem Filmlustspiel.

Mutter Schraube, angelockt von dem Lärm, erschien auf

dem Kampfplatz und machte der Sache ein jähes Ende. »Aus! Sofort aus!«

Bastard reagierte augenblicklich auf ihren Befehl. Er ließ die Hose fahren und sprang mit einem Satz zurück. Sein Glück! Die Fußspitze sauste haarscharf an seinem Kopf vorbei.

»Det sollteste aber nich' machen, Papa! Da wird der ja erst richtig wild, der Bastard. Keen Wunder, wenn er dir denn in die Beene beißt!« Der hoffnungsvolle Sprößling spielte weiterhin den Ahnungslosen. »Warum hat er dir denn überhaupt angegriffen?«

Madame wickelte sich fester in ihren bunten Morgenrock und sah ihren Gatten ebenfalls fragend an.

»Herr Schraube hat mir auf den Hintern getatscht und dann vorn in die Bluse gegriffen! Da hat der Hund mir beigestanden!« Annemarie beantwortete die Frage, bevor der Herr des Hauses sich äußern konnte.

Der bekam einen knallroten Kopf. Das zweite Mal an diesem Tag! »Was bilden Sie sich denn da ein? Sie haben eine lebhafte Phantasie! Ich mit Ihnen – lächerlich! Wir sind glücklich verheiratet, nicht wahr, Traudl?«

Das klang mehr als schwach. Mutter Schraube warf ihm einen vernichtenden Blick zu. »Es ist wohl besser, wenn du von Annemarie die Finger läßt; der Hund mißversteht sonst leicht deine Absichten!«

Damit war seine zweite Niederlage an diesem Tag besiegelt.

»Na, liebe Leute, wat sagt ihr nu'?«

Schraube nahm seinen Hund beim Kopf und streichelte ihn.

»Is' det nich' eene echte Prachttöle, mein Bastard? Hat der dem Ollen eingeheizt, wat! Au weia! Det wird der sich merken, der olle Sack! Det Berühren der Figüren mit die Pfoten is' verboten, wa, Bastard?« Der Hund legte seinen Kopf schief und hörte aufmerksam zu. Sein Schwanz wischte auf dem Boden hin und her. »So, nu' geh zu Annemarie! Ick hol' dir 'n Stück Wurscht aus'n Schrank, det haste verdient! Bist doch 'ne jute Töle!«

Bastard stelzte zu Annemarie und kassierte hier auch diverse Streicheleinheiten. Das Stück Wurst, das ihm sein Herr zuwarf, verschlang er mit einem Happ.

»Jetz' woll'n wir aber Nägel mit Köppen mach'n, Bastard! Nu' paß jut uff! – Det is' Annemarie, die kennste!« Er deutete vom Hund mehrmals auf Annemarie, hob seine Pfote und legte sie ihr in die Hand. »Die läßte jetz' nich' mehr aus den Oogen. Klar? Uff die paßte immer schön uff!«

Bastard legte seinen Kopf an ihre Knie.

»Jetz' wird sich zeigen, ob er det wirklich alles kapiert hat. – Geh' mal in den Laden, Annemarie. Der müßte dir folgen und nicht mehr von der Seite weichen, wenn ick ihn nich' rufe.«

Sie stand auf und ging mit flottem Schritt in das Geschäft; Bastard war sofort auf den Beinen und lief folgsam neben ihr her.

Sagenhaft! Das war wirklich eine Wundertöle!

»Det hätten wir. So, und nu' zu Ursula und Bammel!«

Und merkwürdig, als habe Bastard unserem Denkvermögen einen Anstoß gegeben, plötzlich wußten wir, was wir den beiden am nächsten Tag zum Geschenk machen konnten. Es wurde auch allerhöchste Zeit, bald war Ladenschluß.

An der Jannowitzbrücke, nicht weit vom Alex und direkt an einer S-Bahnstation, lagen die Personenschiffe und Motorboote, die die ausflugswilligen Berliner und ihren Besuch hinaus in die herrliche märkische Landschaft beförderten. An Sonn- und Feiertagen ergossen sich wahre Menschenfluten in die Dampfer, so daß man fast um einen Platz kämpfen mußte. An den Wochentagen ging es geruhsamer zu, es sei denn, eine Schule machte mit Eltern, Lehrern und Kindern eine Ausflugsfahrt; dann konnte man auch wochentags das Fürchten lernen.

An diesem letzten Ferientag sah es wie an einem Sonntag aus, so daß wir vor dem großen Andrang anfangs etwas zurückschreckten. Was da aus der S-Bahn herausquoll und sich auf die Dampfer stürzte, waren Menschenmassen.

»Nu' sagt mal selber, wie soll'n wir in det Gewühle und Getobe Ursula und Bammel find'n? Det is' ja schlimmer als im Zoo beim Affenfüttern!« Schraube starrte fassungslos auf den quirlenden Haufen, der sich um die Landungsbrücken und die Kassen drängte, als gäbe es dort etwas unentgeltlich. Hinter seinem breiten Rücken stand Annemarie mit der Wundertöle, die sich an ihre wohlgeformten Beine lehnte und ihr seit gestern nicht mehr von der Seite wich. Bastard trug zur Feier des Tages ein pompöses Halsband; irgendein Verehrer hatte es Madame zu Weihnachten oder zum Geburtstag für ihren vierbeinigen Liebling aus Paris mitgebracht. Den armen Kerl machte die Steuermarke schier verrückt, die bei jeder Bewegung an seinem Halse klimperte, wenn sie gegen die blitzenden Nieten und Ziernägel schlug. Die Leine, die Annemarie in der Hand hielt, war so überflüssig wie das Halsband; er lief uns sicher nicht weg. Aber ein Schild an der Anlegestelle verkündete nun einmal, daß Hunde an der Leine zu führen seien. In dieser Aufmachung sah er direkt vornehm und seriös aus und glich kaum noch dem »Bastard« aus der Landsberger Straße.

Unsere Sorge, wir könnten Ursula und Bammel in der Menge unmöglich finden, erwies sich als unbegründet. Bei den vielen Schiffen verliefen sich die Massen sehr schnell; übrig blieben unsere beiden Gastgeber, die winkend am Anleger zur *Neptun II* standen.

Die *Neptun II* war ein typischer Spreedampfer, der seine besten Jahre sicher schon lange hinter sich hatte, aber noch immer wacker unter einer gewaltigen Rauchfahne seinen Dienst tat. Den Qualm verdankte er seiner Kohlefeuerung für die Dampfmaschine, die ihm unter fürchterlichem Gerumpel die erforderliche Fahrtgeschwindigkeit verlieh, gleichzeitig aber das ganze Schiff vibrieren und dröhnen ließ. Bis auf wenige Neubauten ähnelten alle anderen Ausflugsschiffe der *Neptun II*, trugen allerdings phantasievollere Namen, wie *Spreegold, Müggelseeperle, Spreenixe.* Wegen der niedrigen Brücken über die Spree und ihre Nebenflüsse mußten die dicken Schlote im Stadtbereich vor jeder Brücke umgeknickt werden, was bei ungünstigem Wind für die Fahrgäste auf dem Achterschiff meist eine recht rußige Angelegenheit wurde. Darum trachtete bei schönem Wetter alles danach, auf dem Vorschiff einen Platz zu finden.

Unser Schiff war nicht so voll besetzt, wie es anfangs den Anschein gehabt hatte; außerdem verschwanden die meisten Fahrgäste sehr bald unter Deck im sogenannten »Salon«, weil der Wind in der Morgenfrühe doch recht frisch wehte. Abgehärtet, wie wir nach diesen Sommerferien in Rahnsdorf waren, hatten wir bald das ganze Vorschiff für uns und unsere Herumalberei allein.

Ursula und Bammel sahen irgendwie verändert aus. Lag es an der anderen Umgebung? Fehlte die uns vertraute Kleidung? Egal, irgend etwas wirkte anders an ihnen. Sie verhielten sich auch ganz ungewohnt. Im Strandbad immer auf Distanz bedacht, saßen sie heute eingehängt in unserem übermütigen Kreis. Bastard hatte mit ihnen sehr schnell Freundschaft geschlossen, zumal sein Herr etwas nachhalf. Unter der Anteilnahme der übrigen Fahrgäste, die unser Gelächter anlockte, hatte er eine regelrechte Vorstellung gegeben.

»Bastard, komm her!«

Nur zögernd löste sich der Hund von Annemarie und stakste über das vibrierende Deck folgsam zu seinem »Oberhund«.

»Nun paß jut uff! Det sind unsere Freunde.«

Die Töle hockte auf ihren Hinterkeulen und beobachtete

aufmerksam das Theater, das ihr Herr vor uns abzuziehen begann. Schraube zeigte nämlich auf Bastard und umarmte dann mehrmals Ursula, was ihm sichtlich Spaß machte; danach unterzog er Bammel der gleichen Prozedur.

»Eigentlich müßte ick ja jedem eenen Kuß geben, damit Bastard genau weeß, wie det gemeint is'!«

Das war ein gerissenes Luder, dieser »Oberhund«!

Ursula verstand sofort diesen Wink mit dem Zaunpfahl. Fröhlich lachend legte sie betont langsam und theatralisch diesem ausgekochten Schlitzohr ihre Arme um den Hals und küßte ihn mit lautem Schmatz rechts und links auf die Wangen. Der strahlte und warf sich in die Brust. Was er dann seinerseits dem lachenden Bammel in das Gesicht hauchte, war nur ein müder Abklatsch, eine unumgängliche Pflichtübung. Bastard verfolgte alles mit seinen klugen Augen.

»Haste det alles ooch kapiert? Ja? – Denn geh und mach dir bei die beeden beliebt!«

Der hatte verstanden; der verstand überhaupt alles! Gehorsam erhob er sich, lief auf die neuen Freunde zu und gab jedem nacheinander die rechte Vorderpfote.

»Det is' brav, mein Juter! Dafür kriegste ooch een Stück Zucker!« Er kramte in seiner Jackentasche und brachte ein Stück Würfelzucker zum Vorschein, das er hoch in die Luft warf. Wie eine Sprungfeder schnellte Bastard empor und fing es zielsicher auf, bevor es an Deck fiel.

»Na, genug?«

Der Hund bellte kurz auf und hob bittend die rechte Vorderpfote. »Nee? – Jut, aber denn mußte noch 'n bißchen wat dafür bieten!« Mehrere Zuckerstückchen flogen hintereinander in die Höhe; nicht eins fiel auf das Deck, Bastard erwischte sie alle in der Luft. »So, und wat is' nu'?«

Der »Oberhund« machte eine knappe Bewegung mit dem Kopf. Schwups stand dieser auf seinen Hinterpfoten und kam als Zweibeiner zu uns zurück.

»Mehr, sage ick bloß! Det is' nich' genug! Mehr!«

Bastard sprang hoch in die Luft und landete im Pfotenstand auf seinen Vorderbeinen, eine Haltung, die wir von ihm aus anderen Situationen kannten. Wie eine Primadonna tänzelte er an uns vorbei. Damit aber nicht genug; er führte wie ein Artist sein ganzes Repertoire an Kunststükken vor, die er irgendwann einmal gelernt hatte. Einiges davon kannte selbst die Clique nicht. Es machte ihm sichtlich Freude, das sah man ihm an. Prasselnder Applaus beendete seine Vorführung.

»Fein, Bastard! Nu' geh man wieder zu Annemarie und paß jut uff, det ihr der große Manitu aus Amerika nischt tut!« Schraube lachte fröhlich und unbeschwert über seinen Witz.

Alle, die wußten, was gemeint war, schmunzelten. Selbst Bastard verzog seine Lefzen, daß es aussah, als grinse er über die Bemerkung. Die Anweisung nahm er sehr ernst; er lief zu Annemarie und hockte sich neben sie, den Kopf hechelnd auf ihre Knie legend. Es war schon eine Sonderausgabe, dieser Hund!

Längst hatte die *Neptun II* die Innenstadt hinter sich gelassen, glitt an Stralau, an der Abtei-Insel von Treptow und an Oberschöneweide vorbei und fuhr bei Köpenick aus der Spree in die Dahme hinein. Als Bastard seine Vorstellung beendete, lag Grünau mit der Regattastrecke der Olympiade von 1936 querab.

Schraubes Bemerkung über den großen Manitu aus Amerika, von dem Ursula und Bammel ja noch nichts wissen konnten, hatte die beiden neugierig gemacht. Annemarie, die heute wieder gelöst und fröhlich wirkte, weil Schraube senior in weiter Ferne war, berichtete unter dem allgemeinen Gelächter, welche durchgreifenden Veränderungen sich seit Sonntag in der Familie ergeben hatten. Höhepunkt ihres Berichtes bildeten die beiden Niederlagen des Amerika-Heimkehrers, weil Risse und Knolle plötzlich aufsprangen und die ganze Geschichte mit einer urkomischen Pantomime untermalten. Selbst Bastard schien wieder zu verstehen, was über seine Rolle in diesem Lustspiel erzählt wurde. Er klopfte mit seinem Schwanz auf die Planken und ließ sich von Annemarie mit Wonne »abliebeln«.

So verging die Fahrt nach Schmöckwitz wie im Fluge; ehe wir uns versahen, legte der Dampfer an der Endstation, dem Steg des Ausflugslokales »Zur Linde« an. Bis 17.00 Uhr würde er hier liegenbleiben und dann zur Rückfahrt nach Berlin ablegen.

Wir hatten also viel Zeit, die anderen Passagiere aber wohl nicht. Sie drängelten und stießen, um die ersten zu sein, die an Land gingen. Es ging ihnen um »einen guten Tisch« am Wasser; denn kaum wurde der Steg freigegeben, rannten sie durch das Lokal zu den Terrassen am Wasser und stritten sich wütend um Tische und Stühle. Dafür hatten wir nur ein müdes Lächeln übrig.

»Zur Linde«, eines der berühmten Gartenlokale in Schmöckwitz, kannten wir bereits von den Dampferfahrten mit der Schule. Für uns kam der Teil des Lokals am Wasser nicht in Frage; denn dort war es teurer, weil man bedient wurde. Weiter hinten, das war unser Revier; dort verkündete ein Schild: HIER KÖNNEN FAMILIEN KAFFEE KOCHEN. In diesem Teil des Gartens hatten die Tische keine Decken, und jeder Blumenschmuck fehlte. Dafür durfte man hier den mitgebrachten Kuchen auspacken und sich den Kaffee dazu selbst kochen. Heißes Wasser und das Geschirr stellte der Wirt gegen eine geringe Gebühr zur Verfügung.

Selbstverständlich konnte man hier auch speisen; das brachte ja dem Wirt das Geld. Allerdings keine festlichen Menüs, sondern deftige Eintöpfe und Buletten oder Würstchen mit Salat in Selbstbedienung. Bei einer großen Familie machte es schon etwas aus, wenn man auf diese Art und Weise das Geld für die Bedienung einsparen konnte.

Hier in der »Linde« wollten wir unser »Kochgeld« verprassen, denn trotz der Geschenke für Ursula und Bammel war noch eine ansehnliche Summe in der Kasse geblieben.

Knolle und Tüte hatten sich schon während der Fahrt zwischendurch unbemerkt »verkrümelt« und zusammengerechnet, was wir zur Verfügung hatten. Schraube gingen die Augen über, als Knolle ihm die Aufrechnung zeigte.

»So, liebe Freunde, was wollen wir denn nun hier mit unserer Zeit anfangen? Habt ihr Hunger? Wollen wir erst etwas essen? Oder wollen wir uns gleich zur Kampenburg übersetzen lassen?« fragte Bammel, als wir so ein bißchen unschlüssig am Steg zusammenstanden.

Schraube nahm uns die Entscheidung ab und die Sache in die Hand. »Ick schlage vor, wir essen erst mal wat, und zwar aus der Staatskasse, wozu wir Ursula und Bammel recht herzlich einladen!«

Bammel hörte zum ersten Mal seinen Spitznamen; normalerweise sprachen wir ihn mit »Herr Schulze« an. Er fühlte sich zunächst einmal überhaupt nicht getroffen und rätselte, wen wir da wohl noch einladen wollten. Plötzlich lachte er laut los. »Det is' jut: Bammel! Ick bin gemeint! Ihr Banditen seid wirklich Klasse!«

Ursula – Fräulein Kienzel, wie sie vollständig hieß – amüsierte sich köstlich.

»Das hast von deinem Lieblingswort! Bammel! Finde ich ungemein treffend!«

»Wenn wir mit dem Wirt 'nen juten Preis aushandeln, bleibt vielleicht noch wat für'n Kaffee«, meinte Schraube. »Genug Geld hab'n wir in der Kasse. Macht der Wirt nich' mit, geh'n wir zur Konkurrenz!«

Wir waren uns schnell einig. Knolle, Schraube und Bammel – ein Erwachsener mußte ja dabei sein – stiefelten zur Küche des Restaurants, um dort mit dem Wirt den Preis für ein Essen auszuhandeln. Mit seinem sechsten Sinn für besondere Situationen hatte Schraube sehr schnell erfaßt, daß 14 Essen an einem ganz normalen Wochentag für einen Gastwirt etwas waren, was der sich nicht so leicht entgehen oder gar von der Konkurrenz wegschnappen lassen werde.

Und so kam es wirklich! Wie wir schon aus den Gesichtern der Unterhändler ablesen konnten, hatte unser Cliquenchef einen Preis vereinbart, der Bammel zur Hochachtung zwang.

»Von dem Schlitzohr kann man einiges lernen!« sagte er kopfschüttelnd zu Ursula. »Gellert hatte durchaus recht; an der richtigen Stelle mit dem richtigen Auftrag ist der absolut einmalig! Ursel, der hat den Wirt so geschickt unter Druck gesetzt, daß der uns schon zur Konkurrenz abmarschieren sah. In dem Preis, den er allein ausgehandelt hat, sind Suppe, Hauptgericht und Nachtisch enthalten. Einfach sagenhaft! Das wird einmal ein ganz gerissener Geschäftsmann!«

Schraube stand lächelnd daneben und winkte beschwichtigend mit den Händen. »Kleinigkeit! Alles halb so wild; det mache ick alle Tage!«

Ganz so war es zwar nicht, aber immerhin . . .

So kamen wir zu einem ausgezeichneten Mittagessen an einer großen gemeinsamen Tafel. Für Bastard, der unter dem Tisch von einem zum anderen wanderte, fielen die Knochen und Fettstückchen ab, denn als Hauptgericht servierte man uns ein Kotelett mit Beilagen. Wie der es allerdings fertigbrachte, alle Knochen zu bewältigen, war uns ein Rätsel.

Den Nachmittag verbrachten wir gegenüber von Schmöckwitz im Wald. Hier überreichten wir den beiden mit ein paar Worten des Dankes unsere Geschenke. Ursula bekam eine hübsche Puderdose; Bammel wurde mit einem neuen Taschenmesser bedacht, einem mit zwei Klingen, einer Nagelfeile und einer kleinen Nagelschere.

Bastard, der sich den ganzen Tag über mustergültig benahm, geriet bei dem Anblick der vielen Bäume völlig aus dem Häuschen. Und dazu noch die vielen unbekannten

Gerüche! Je länger er bei uns bleiben mußte, desto unruhiger wurde er. Er wollte einmal so richtig umherstreifen können.

Zunächst jedoch mußte er unseren beiden Freunden demonstrieren, welchen ausgefallenen Aktivitäten er seinen Ruf als Wundertöle verdankte. Er schien darauf regelrecht gewartet zu haben, denn als sein Herr endlich das ersehnte Kommando: »Los, gieß die Palmen!« gab, schnellte er den Körper empor und balancierte auf den Vorderpfoten über den weichen Waldboden zum nächsten Baum. Auswahl hatte er ja genügend. Gekonnt zischte sein gezielter Strahl gegen den Stamm!

Ursula und Bammel hatten atemlos zugeschaut und klatschten nun laut in die Hände. Ihm liefen vor Lachen die Tränen aus den Augen; sie schüttelte lachend den Kopf und meinte: »Das gibt's doch nicht; das kann doch nicht wahr sein!«

Den Beifall beantwortete der Hund wie üblich mit einem kurzen Bellen, dann stakste er im Pfotenstand zu uns zurück.

»Mann, Werner, das ist ja eine perfekte Zirkusnummer«, stellte Bammel fest. »Ist die nicht Gold wert?« Er wischte sich hingerissen die Tränen aus dem Gesicht.

»Wissen wir, wa, Bastard?! Aber denn is' det keen Vergnügen mehr, und der hier macht so wat bloß zum Vergnügen!« Er streichelte und lobte ihn. Bastard nahm das sichtlich gern hin, stiefelte jedoch danach wieder zu Annemarie zurück. Erstaunlich, was der Kerl für ein Gedächtnis hatte!

Nach einer angemessenen Pause kam der zweite Teil der Vorstellung. Der irrsinnige Anblick warf beide buchstäblich um. Sie lagen auf dem Rücken und schütteten sich vor Lachen aus, bis ihnen die Luft wegblieb. Selbst als Bastard längst wieder brav auf seinen Hinterkeulen neben Annemarie hockte, lachten sie immer wieder bei der Erinnerung an die urkomische Aktion auf.

Ich weiß nicht, was sich die Spaziergänger noch von uns versprachen. Wir wurden nach dieser Vorstellung von Zuschauern regelrecht eingekreist. So hatten wir uns den Ausflug nicht vorgestellt! Um sie abzuschütteln, brachen wir auf und wanderten durch den Wald.

Herrlich! Wir bewarfen uns mit »Kienäppeln«, wie der Berliner die Kiefernzapfen nennt, und jagten einander; der Hund immer mitten dabei. Er war restlos glücklich.

Trotzdem blieb er wachsam. Kein Geruch entging seiner feinen Nase. So nahm er plötzlich einen Duft wahr, der in ihm ganz eindeutig die höchste Alarmstufe auslöste. Von einer Sekunde zur anderen veränderte er sich; die Nackenhaare sträubten sich, er knurrte tief und zog die Lefzen hoch. Wir sahen nichts, und was das Riechen anbelangte, da waren wir hoffnungslose Nieten.

»Na, Bastard, wat haste?« fragte Schraube, aber der reagierte überhaupt nicht, war ganz Nase.

Des Rätsels Lösung ließ nicht lange auf sich warten; sie kam sozusagen auf vier Beinen daherstolziert.

»Ach, 'ne Katze!« meinte Bammel geringschätzig.

Ja, eine Katze, aber was für eine!

Was da lässig durch den Wald spazierte, war ein ausgewachsener, selbstbewußter Kater, ein Wildling, der irgendwann einmal seinen Besitzern ausgekniffen war. Er zeigte nicht die geringste Neigung, unserem Bastard die gewohnte Reverenz zu erweisen, im Gegenteil. Sein Auftreten war eine einzige Herausforderung. Als er sicher sein konnte, daß ihn der Hund voll zur Kenntnis genommen hatte, blieb er stehen, drehte den Kopf gelangweilt in dessen Richtung und schlug mit seinem buschigen Schwanz ruckweise durch die Luft. Donnerwetter, war das ein Prachtkerl von einem Kater!

»Da sollte man dein Hund lieber die Pfoten von lassen«, sagte Ursula. »Der ist kampferprobt, sonst wäre er längst schon verschwunden!«

»Ach, ick weeß nich'! Bastard hat da bestimmt seine eigenen Vorstellungen«, brummte Schraube zweifelnd. Er dachte gar nicht daran, diesem irgendwelche Vorschriften zu machen.

Wir wußten warum. Wenn der Kater nicht bald auf den nächsten Baum flüchtete, konnten Ursula und Bammel die Töle bei einer weiteren Demonstration ihres Könnens erleben.

Der Kater, hier in seinem Revier, sah den knurrenden Eindringling abschätzend an; unschwer war seiner Haltung zu entnehmen, was er von ihm hielt.

Bastard musterte den fremden Kater aufmerksam. Daß der keine Angst vor Hunden hatte, war ihm sofort klar. Eigentlich wollte er heute gar nicht kämpfen, es mußte ja nicht sein. Der Kater brauchte nur auf den nächsten Baum zu steigen, und schon war alles in Ordnung! Er blieb bewegungslos stehen und starrte den möglichen Gegner an.

Der aber schien seine Zurückhaltung zu mißdeuten. Jedenfalls tat er etwas, was die Lage innerhalb von Sekundenbruchteilen veränderte. Er zog sich zusammen, sträubte das Fell und machte einen wunderschönen Katzenbuckel; dabei zeigte er die kräftigen Zähne und fauchte in Bastards Richtung.

Armer Kater! Ehe er überhaupt in Kampfstellung gehen konnte, hatte ihn der Hund am Genick. Seine Gegenwehr kam zu spät und erstickte in dem fürchterlichen Gebeutel, gegen das es einfach kein Mittel gab. Bastard leistete ganze Arbeit und ließ den Wildling die Niederlage voll auskosten. Nach geraumer Zeit legte er eine Schüttelpause ein, um sich von der Wirkung zu überzeugen. Offensichtlich hatte der Kater noch nicht die volle Dosis verabfolgt bekommen, denn er schlug mit den Hinterpfoten aus. Möglicherweise war es auch nur ein Reflex. Auf jeden Fall löste der Schlag eine weitere Behandlung aus.

Am Ende glich der Kater allen seinen Vorgängern; er lag schlaff, blutend und total benebelt auf dem Waldboden. Jede Gegenwehr war erloschen.

Bastard ersparte ihm jedoch nichts. Nachdem er ihn hinreichend beschnüffelt hatte, hob er mit betonter Langsamkeit sein rechtes Hinterbein und pinkelte den geschlagenen Gegner an. Damit nicht genug. Er scharrte mit den Hinterbeinen eine ganze Ladung Sand über den Katzenkörper. Ohne einen weiteren Blick an ihn zu verschwenden, kam der Hund zu uns zurück und hockte sich neben Annemarie.

»Mein Gott, ist der Kater jetzt tot?« wollte Ursula wissen. Ihr tat wohl der Besiegte leid.

»Ne, ne! Der is' bloß total besoffen; der wird wieder!« sagte Schraube und hatte recht.

Nach einer gewissen Zeit rappelte sich der Kater auf. Er kam nur mühsam auf die Beine und torkelte dann in das Gestrüpp, aus dem er vorher so forsch aufgetaucht war. Das sah nach einer mittleren Gehirnerschütterung aus, dieser knickebeinige Gang.

Bastard übersah ihn gekonnt; der interessierte ihn nicht mehr. Sein siegreicher Kampf bildete das Hauptthema auf dem Weg zum Dampfer, hinter dem alles andere verblaßte. Er selbst hatte augenscheinlich keinen Kratzer dabei abbekommen.

»So langsam bin ich davon überzeugt, daß ihr nicht zuviel von eurem Wunderhund erzählt habt«, sagte Bammel.

»Den sollt'n Se aber mal seh'n, wenn der Ratten fängt!« Schraube zeigte Besitzerstolz. »Die steh'n denn allerdings nich' wieder uff, die macht er alle!«

»Ratten?« echote Ursula. Sie schüttelte sich entsetzt.

»Ja, Ratten! Die sausen abends bei uns uff'n Hof rum. Det is' doch überall so! Am schlimmsten is' det bei Retzlaffen, bei den seine Pferde im Stall. Wenn Bastard mit Retzlaffen sein Boxer uff Rattenjagd geht, det müss'n Se mal seh'n! Sagenhaft!«

Ursula sah den stolzen »Oberhund« entsetzt an, weil der so selbstverständlich von den Ratten sprach. Kannte sie denn die Verhältnisse im Kietz nicht?

Ratten und Mäuse gehörten für uns zu den Mitbewohnern der Mietskasernen mit ihren zahlreichen Hinterhöfen, Kellern und Schuppen. Bei dem Pferdehändler Retzlaff war es am schlimmsten; die Stallungen zogen die Mäuse und Ratten regelrecht an. Hier wohnten die Aristokraten, wohlgenährt und von kräftigem Körperbau, während in der Umgebung die ärmere, schlechtgenährte Verwandtschaft ihr kümmerliches Dasein zu behaupten versuchte.

Wer von wem das Rattenfangen erlernte, ließ sich nicht feststellen. Bastard und der Boxer waren vollendete Jäger und gingen gnadenlos mit den Ratten und den Mäusen um. An der Rattenfront wurden harte Hunde gebraucht.

Die *Neptun II* hatte inzwischen Köpenick weit hinter sich gelassen und fuhr die Spree abwärts nach Berlin hinein. Mit jedem Meter ging unsere Dampferfahrt unerbittlich ihrem Ende entgegen und damit auch der letzte Ferientag.

Schraube, angetan von Bastards Erfolgen und der Tatsache, daß noch Geld in der Kochkasse schlummerte, wollte in seinem Hochgefühl »eine Lage schmeißen«, weil der Kaffee aus Zeitmangel weggefallen war.

»Herr Schulz – oder darf ick Bammel sagen? –, wie is' es denn mit'm Bier? Fräulein Ursula trinkt ja wohl lieber Wein, wa?«

Damit lief er jedoch bei diesem auf; der sah auf die Uhr und blickte durch die Bullaugen nach draußen. »Nee, nee, mein Lieber, det laß man sein. Jetzt sind wir an der Reihe; das verstehst du doch, nicht wahr? Sieh mal, Ursula und ich, wir haben uns verlobt. Deshalb auch die Dampferfahrt. Wir haben euch dazu eingeladen, weil ihr uns zusammengebracht habt – glauben wir jedenfalls.« Er blickte um sich. »Darauf sollten wir natürlich einen Schluck trinken. Bestell mal ruhig, was du gedacht hast, aber auf meine Rechnung!« Schraube rannte davon, als sei ihm der Teufel auf den Fersen. Er wollte nichts versäumen.

Bammel blickte Ursula zärtlich an und drückte ihre Hand. Sie lächelte glücklich und nickte ihm zu.

Das war ja eine Überraschung! Die beiden hatten sich verlobt! Schraube mußte geflogen sein; schneller als erwartet war er zurück.

»Alles klar! Kommt alles! – Hab' ick wat versäumt?«

»Nee, haste nich'! Ich habe extra gewartet, bis du zurück bist. Wir haben uns nicht nur verlobt, sondern ich gehe zur Marine!« Er winkte der Kellnerin, die mit den Getränken durch den Gang kam.

Bammel ging zur Marine! Noch eine Überraschung! Mann, was wurde denn dann aus Rahnsdorf?

»Ich sehe euren Gesichtern an, was ihr denkt. Keine Sorge, Rahnsdorf bleibt uns allen erhalten, nicht bloß in der Erinnerung! Ursula wird dort auch im nächsten Sommer wieder Dienst machen, und habe ich Glück, dann liegt mein erster Urlaub in euren Sommerferien!«

Er sprach mit einer solchen Sicherheit vom nächsten Jahr, daß in uns nicht der geringste Zweifel aufkam.

»Außerdem bleibt Ursula den Winter über im Stadtbad an der Schillingsbrücke. Wir wollen heiraten; da brauchen wir mehr finanzielle Sicherheit, deshalb habe ich mich zur Kriegsmarine gemeldet. Am 15. muß ich in Stralsund sein, dort beginnt meine Grundausbildung. Bammel als Rekrut! Ick hab' aber keen Bammel davor!« Er lachte fröhlich. Sein Blick ging über die dunkle Spree zum vorüberziehenden Ufer mit den Lichterketten der Straßenbeleuchtung und den hellen Fenstern. Es sah aus, als versuche er in die Zukunft zu blicken. Ursula lächelte versonnen vor sich hin. Ein hübsches Paar, die beiden.

Wir nahmen unsere Gläser mit dem Apfelsprudel, einer Faßbrause, und tranken dem glücklichen Paar zu. »Auf ein fröhliches Wiedersehen!«

Das sagt sich so leicht dahin. Die meisten von uns sollten ihn überhaupt nie wiedersehen. Ich würde ihm – fast auf den Tag genau – erst in fünf Jahren als Matrose in Swinemünde gegenüberstehen, zufällig auf der Straße beim Landgang, und die Hacken vor dem Oberbootsmann zusammenknallen, der erst überlegen mußte, woher er den Seemann da kannte. Aber das lag alles noch in weiter Ferne.

Von den Neuigkeiten ganz überwältigt, entging uns allen, daß Bastard ständig an einer seiner Pfoten leckte. Wir hörten Bammel zu, wie er Zukunftspläne machte. Marine, Weltmeere, Auslandsreisen, Tropennächte – seine Augen glänzten, während draußen die Spree um den Bug der *Neptun II* schäumte.

Der Abschluß dieses schönen Tages kam schnell und ernüchternd. Der Dampfer machte als einer der letzten fest. Unser junges Paar hatte es plötzlich sehr eilig. Man solle einen Abschied nicht quälend in die Länge ziehen, meinte Bammel und verschwand nach ein paar Abschiedsworten und einem kräftigen Händedruck mit seiner Braut in der Dunkelheit.

Wir schlenderten über den Alexanderplatz nach Hause, den hinkenden Bastard im Gefolge.

»Det geht vorbei! – Hat er also doch een Ding von dem ollen Kater eingefang'n! Damit mußte er rechnen!« Schraube untersuchte im Licht einer trüben Straßenlaterne die Pfote, die der Hund hochhielt. »Nischt festzustell'n! Muß er eben uff drei Beene loofen, er hat ja genug davon!«

Bastard nahm das wörtlich und lief geduldig hinter seinem Herrn her.

Aber so leicht, wie Schraube es angenommen hatte, ging die Sache doch nicht vorbei. Am nächsten Morgen erzählte er uns in der Schule, daß der Hund ganz bedrückt in seiner Kiste gehockt und immer wieder die angeschwollene Pfote geleckt habe. Auch bei Tageslicht sei die Ursache dafür nicht zu finden gewesen.

»Wat mach' ick bloß? So een Viehdoktor kostet 'ne Menge Geld; mehr, als ick habe!«

Der erste Schultag ließ uns seine Sorgen um Bastard bald vergessen. Gellert kam ausgeruht und erholt in die Klasse und brachte einen neuen Mitschüler mit. Der Neue war eine Sensation; er kam nämlich aus Amerika und sprach ein ganz eigenartiges Deutsch. Seine Eltern hatten die USA auf Grund der Werbung »Heim ins Reich« verlassen, wo er und seine vier Geschwister aufgewachsen waren. Gellert ließ ihn erzählen, denn für uns war das natürlich alles ungeheuer interessant. Seinen Namen, Herbert Wind, sprach er ganz merkwürdig aus, und seine Erzählung spickte er, wie Schraubes Vater, mit englischen Brokken. Er suchte ab und an nach deutschen Begriffen, und Gellert mußte häufig den Dolmetscher spielen.

Auch sonst stach er von der Mehrheit der Klasse ab. Er überragte Schraube, Tüte und mich um ein ganzes Stück. Unterstrichen wurde seine Größe noch durch die Kleidung, aus der er herausgewachsen war. Mit seinen langen Armen wußte er nichts anzufangen; er steckte die Hände deshalb in die Taschen und wirkte dadurch flapsig, schüchtern und ungeschickt. Dabei war er alles andere als das.

Obwohl wir an diesem Tag nur drei Stunden Schule hatten, unterrichtet wurde ja am ersten Schultag kaum, lieferte er in der Pause einen Hinweis darauf, was wir von ihm zu halten hatten.

Joachim Käßler, ein kleiner, frecher Mitschüler, der wegen seiner geringen Körpergröße ständig um Anerkennung kämpfte, sonst fühlte er sich nicht wohl, ging den Neuen an, indem er ihm ein Bein stellte und in den Rücken stieß, damit er stolperte. »Paß doch uff, du Arsch, sonst kriegste 'n paar in die Kiemen!« fauchte er ihn an und ging in Boxstellung.

Der Amerikaner hatte kaum etwas von diesen Worten verstanden. Die Boxhaltung war ihm jedoch vertraut und machte deutlich, was der Zwerg von ihm wollte. Der Zwerg, eines von sieben Kindern, war in seiner Familie zu einem ausgebufften Kämpfer geworden, vor dem man auf der Hut sein mußte, weil er mit Fäusten, Beinen und Zähnen kämpfte. Fairneß kannte er nicht. Wegen seiner Hinterhältigkeit hieß er in der Klasse »Ratte«; dieser Spitzname spiegelte seinen Charakter und den Grad seiner Beliebtheit wider.

»Go away, you lousy fellow«, sagte Herbert und steckte die Hände in die Taschen. »Ich will mit dir nicht kämpfen; du bist zu klein!«

Ratte lief blutrot an. Das war das Schlimmste, was ihm jemand antun konnte. Zu klein!

»Haste Schiß, du feige Sau!« brüllte Joachim los und machte Anstalten, auf ihn loszugehen.

»*No,* keine Angst, wenn du das meinst! Nach der Schule, ja. Aber nicht hier, ich will nicht haben Schwierigkeiten mit die Lehrer an die erste Tag!«

Herbert drehte sich halb weg, behielt aber Ratte wachsam im Auge. Der war kein Feigling! Wenn Käßler auch nur einen Funken Verstand im Kopf hatte, konnte er aus der Haltung seines Gegners sehen, daß der mit einem Überraschungsangriff rechnete und ihm deshalb die Schmalseite bot, um möglichst wenig Angriffsfläche zu geben. Der hatte in Keilereien Erfahrung, er war auf der Hut. Seine Hände hatte er nur zum Schein in den Taschen.

Wie nicht anders zu erwarten, sah Ratte in seiner Wut davon nichts. Es paßte ihm auch gar nicht in den Kram, daß der jetzt kniff. Zu Rattes Taktik gehörte der Kampf in der Pause, in der man dem anderen mit einem überraschenden Angriff ein »paar Dinger« verpassen konnte, die den dann davon abhielten, die Auseinandersetzung nach dem Unterricht fortzusetzen. Wenn der Neue nicht wollte, dann würde er ihn eben dazu zwingen.

Er machte einen Schritt vor und wollte wohl Herbert anspringen. Schraube, der hinter ihm stand, langte nach vorn und zog ihn am Kragen zurück. »Schwer von Begriff, wat, Ratte? Du kriegst deinen Kampf, aber draußen. Und jetz' gibste Ruhe, du!«

Mit Olle Schraube war nicht zu spaßen, das hatte Käßler nach ein paar deftigen Niederlagen endlich kapiert. Er machte ein paar alberne Luftschläge, um das Gesicht zu wahren, und gab dann nach. Mit unserer Clique hatte er überhaupt die schlechtesten Erfahrungen gemacht, denn mit jedem von uns hatte er sich irgendwann einmal angelegt. Der konnte eben nicht anders.

Am »Café Achteck«, wie wir die Pinkelbude am Landsberger Platz nannten, lag die Arena für solche Kämpfe; für den Notfall stand in der Nähe eine Pumpe, unter deren Strahl man sich das Blut und andere Spuren des Kampfes abwaschen konnte.

Zunächst jedoch erschien Falter-Willi in der Klasse und sah sich unter den Schülern um. Braungebrannt und erholt suchte er nach ähnlichen Anzeichen bei uns. Die Clique stach – dank Rahnsdorf – deutlich von dem Rest der Klasse ab.

»Wo seid ihr denn gewesen? Im Sommerlager der HJ?«

Schraube erzählte. Als die Pausenglocke klingelte, nahm er die Gelegenheit wahr, Falter-Willi nach einem Tierarzt zu fragen.

»Wieso, was ist denn? Ist die Wundertöle etwa krank?«

Er erfuhr, was sich gestern zugetragen hatte.

»Und die Ursache hast du noch nicht entdecken können? – Deshalb brauchst du nicht mit ihm zum Tierarzt zu gehen; ich kann vielleicht helfen. Du weißt ja, wo mein Garten liegt; komm doch einfach heute nachmittag mit dem Hund zu mir raus. Ich möchte deinen Zirkushund ohnehin gern einmal kennenlernen.«

Schraube nahm mit Freuden an.

Käßler und der Amerikaner befanden sich längst auf dem Weg zur Arena. Obwohl Ratte in der Klasse keine Freunde hatte, gaben ihm zahlreiche Mitschüler so eine Art Geleit. Um Herbert ballte sich ebenfalls ein Haufen, aus dem er mit seiner langen Gestalt herausragte. Er schien die Ruhe selbst. Seine Schulbücher, die er nicht in einer Mappe trug, sondern merkwürdigerweise mit einem Lederriemen zusammenschnürte, pendelten lässig an seiner Seite. Eine ulkige amerikanische Sitte.

Sein Gegner erging sich in wilden Schilderungen, wie er ihm »die Schnauze polieren« werde; natürlich in einer Lautstärke, mit der er sich selber Mut machte und die den anderen einschüchtern sollte.

»Und wie willst *du* ihm das lose Maul stopfen?« fragte Wulle begierig den Neuen.

»Wenn er es nicht anders will, *in the manner of the Bronx!*«

Damit konnte Wulle zwar nichts anfangen, aber er tat zumindest so, als wisse er genau, was damit gemeint sei.

Herbert legte seine Bücher ab und strich sich mit einer lässigen Geste die Haare aus dem Gesicht. Wahrhaftig, der hatte nicht einen Funken Angst! Ratte schleuderte theatralisch die Mappe von sich und verkündete lauthals, so werde er auch mit dem Großmaul verfahren.

»Ick möchte mal wissen, wer hier eigentlich det Großmaul is? Bis jetz' hab' ick bloß immer die Ratte pfeifen hör'n!« meinte Pille.

Der Amerikaner grinste in sich hinein und steckte seine Hände in die Taschen. Seine ganze Haltung drückte beleidigende Nichtachtung aus, ließ aber keinen Zweifel an seiner Wachsamkeit. »*Come on,* du kleiner Zwerg!«

Der fuhr wie ein wilder Stier auf ihn los, lag aber im gleichen Augenblick lang auf dem Bauch im Dreck. Keiner von uns hatte gesehen, wie Herbert das machte. Seine Bewegungen waren einfach zu schnell gewesen. Schon hatte er auch die Hände wieder in den Taschen.

»Mensch, der hat nich' mal de Pfoten aus 'm Bunker genomm'n!« stellte Knolle fest und riß bewundernd die Augen weit auf.

Ratte rappelte sich überrascht vom Boden auf. Er machte ein reichlich dümmliches Gesicht. Die Klasse freute sich über seine erste Blamage, feuerte ihn aber an.

»Los, Ratte, zeig ihm mal, wie du ihm det Maul polierst!«

»Reiß ihm den Arsch uff, Käßler!«

»Ja, am besten mit deine große Fresse, du oller Sack!« tönte es durcheinander, es war der reinste Hohn.

»Wenn dir das nicht genügt, dann bekommst du jetzt eine Abreibung, die du nicht mehr vergessen wirst!« kündigte Herbert mit einem bösen Lächeln an und nahm die Hände aus den Taschen. Er vollführte mit den Handkanten ein paar Schläge durch die Luft, wie zur Probe etwa; dabei machte er einige tänzerische Schritte, die ausgesprochen elegant wirkten.

»Laß dir nich' bangemachen, Ratte!«

»Schmeiß ihn in die Ecke, Ratte!«

»Da saust dir de Muffe, wat, du großmäuliger Scheißer!«

»Käßler hat Schiß!« hetzte die Klasse, die hoffte, der Käßler werde seinen Meister finden und eine saftige Abreibung kassieren.

Der anfeuernden Zurufe hätte es nicht bedurft. Ratte blieb wieder einmal unbelehrbar und glaubte noch immer, gegen die verblüffende neue Technik ankommen zu können. Sein ungestümer Angriff endete wieder auf dem Boden, nur hatte ihn der Amerikaner diesmal fest im Griff. Mit der einen Hand hielt er Ratte wie in einer Zange fest, mit der anderen ließ er ein Trommelfeuer auf dessen Arme und Beine los. Diese Handkantenschläge mußten wahnsinnig schmerzhaft sein, denn Käßler schrie bei jedem Schlag laut auf.

Zwischen einer Serie von schnellen Hieben fragte ihn Herbert: »Na, genug?«

Als Antwort spuckte Ratte ihm in das Gesicht. Das war zuviel! Herbert knallte ihm die flache Hand rechts und links um die Ohren, daß der Kopf hin und her flog.

»Komm, komm, Herbert, der hat genug! Laß'n loofen! Der vergißt det nich'!« mischte sich Schraube ein.

Wir, Tüte, Mücke und ich, traten neben ihn, falls Herbert falsch reagieren sollte. Der jedoch war wohl selbst zu der Überzeugung gekommen, daß die Tracht Prügel ausreichte, und stand auf.

Käßler sah furchtbar aus; das Gesicht war aufgeschwollen, auf der Oberlippe stand ein dicker Blutstropfen. Irgendwie erinnerte er mich an den Schmöckwitzer Wildkater, als Bastard ihn aus seinen Zähnen ließ.

Der Sieger wischte sich die Hände an den Hosenbeinen ab und beugte sich mit einer versöhnlichen Geste vor, um seinem unterlegenen Gegner auf die Beine zu helfen.

»Paß uff!« schrie Tüte, denn Ratte offenbarte einmal mehr seinen niederträchtigen Charakter.

Er schnellte sich mit dem Rücken vom Boden ab und stieß mit beiden Beinen zu, um Herbert in den ungedeckten Leib zu treten. Tütes Warnung war unnötig, die hinterhältige Aktion ging ins Leere. Irgendwie konnte der ausweichen und hatte sogar noch eines der Beine ergriffen.
Der Angreifer schrie auf und lag plötzlich auf dem Bauch, während sich Herberts Fußspitze tief in den Oberschenkelmuskel bohrte. Hatte der ein Reaktionsvermögen!

»You son of a bitch!« fluchte er.

Ein Fluch, den keiner verstand.

»Du verfluchter Hund! Ich breche dir alle Knochen! *Don't try it again!*«

Er war so aufgebracht, daß er sich am liebsten auf Ratte gestürzt hätte, um ihn nochmals durchzuwalken. Dieser wand sich vor Schmerzen wimmernd auf dem Boden; Tränen schossen ihm aus den Augen und vermischten sich mit dem Schmutz im Gesicht. Niemand empfand Mitleid, im Gegenteil.

Ehrfurchtsvoll wich der Kreis der Zuschauer zurück und machte Herbert Platz, der seine Bücher aufnahm. Schraube, ganz der Klassenboß, klopfte ihm bewundernd auf die Schulter.

»Is' ja 'ne dolle Technik, hab' ick noch nie geseh'n! Mußte uns mal in Zeitlupe zeigen und beibring'n, weeßte. – Geh'n wir nach Hause, Ratte wird sich schon wieder alleene uffrappeln!«

Der Haufen verlief sich. Zurück blieb Käßler, der das brennende Gesicht unter den Strahl der Pumpe hielt. Niemand verschwendete einen Blick oder gar ein Wort an ihn. Er hatte es ja auch nicht anders verdient.

Falter-Willi, der eigentlich Willi Kornmesser hieß, hatte am Bahnhof Landsberger Allee in der gleichen Kolonie wie Klattes ein Laubengrundstück, auf dem er den größten Teil seiner freien Zeit verbrachte. Hinter Stachel- und Johannisbeerbüschen, umgeben von Obstbäumen und Gemüsebeeten, stand eine typische Berliner Laube. Wir kannten das Grundstück nur von außerhalb des Zaunes, wenn wir daran vorübergingen, um zu Ediths und Kralles Anwesen zu gelangen. Hier hielt sich Falter-Willi seinen Zoo, wie er sich ausdrückte.

An diesem Nachmittag stand ihm der Besuch der ganzen Clique ins Haus; bis auf Ruth waren sogar die Mädchen dabei. Selbst Annemarie hatte den Nachmittag frei bekommen; bei Schraubes standen nämlich die Zeichen auf Sturm, seit der Senior seine Finger nach Annemarie ausgestreckt hatte. Madame konnte ihrem Ehegatten nicht ständig wie ein Geist auf den Fersen sein, wenn der Hund nicht im Hause war. Und um den ging es ja heute bei dem Besuch, denn sein Zustand hatte sich nicht gebessert. Die Mädchen kamen allerdings nicht mit auf das Grundstück, sondern wollten bei Klattes auf uns warten.

Der Hausherr machte uns in einer ulkigen Maskierung die Gartenpforte auf. Er trug einen breitkrempigen Hut aus Stroh, von dem ringsherum ein Schleier auf seine Schultern fiel. Aus einem Loch in diesem Schleier ragte in Höhe des Mundes eine gebogene Tabakspfeife, aus der gewaltige Rauchwolken aufstiegen.

»Na, dann kommt man rein. Ist ja das reinste Ehrengeleit für dich, was?«

Ohne Hemmungen faßte er nach Bastard, von dem nur der Kopf aus dem Rucksack auf Schraubes Rücken sah. Der hielt doch tatsächlich still und ließ sich streicheln! Man sollte es nicht glauben, wo der sonst so penibel war!

»Setzt euch ein bißchen auf die Bänke am Haus, oder seht euch den Garten an; ich muß nur noch meine Bienenkästen schließen.«

Aha, daher also der Aufzug. Die Bienen interessierten uns natürlich mehr als der Garten oder die Bänke am Haus. Aus angemessener Entfernung beobachteten wir neugierig, wie er Rahmen in die Bienenstöcke steckte, während ihn die Bienen aufgeregt umschwärmten.

»Nun wollen wir uns mal den Patienten ansehen. Wie heißt er? Bastard? Paßt zwar, ist aber ein ulkiger Name. Findest du nicht auch?«

Er holte den Hund aus dem Rucksack und setzte ihn auf den Tisch. Wunder über Wunder! Der saß still wie eine Statue und schnüffelte lediglich in Falter-Willis Richtung.

»Riecht merkwürdig, nicht? Ist der Immengeruch«, redete dieser auf ihn ein. »Wenn wir alles in Ordnung gebracht haben, bekommst du eine Portion selbstgeschleuderten Honig. Und ihr«, er drehte sich zu uns hin, »'ne Scheibe frisches Brot vom Lande dazu.« Aus seiner Kitteltasche holte er eine Pinzette, Watte, Sepso-Tinktur und eine Uhrmacherlupe, die er sich in das rechte Auge klemmte. »Zeig mal die kranke Pfote her!«

Bastard verstand ihn aufs Wort; er hielt ihm die angeschwollene Pfote ohne Zögern hin. Schraube verfolgte aufmerksam das Verhalten seines Hundes; man sah ihm an, daß unser Lehrer in seiner Achtung noch mehr stieg. Wie ein Arzt suchte der mit seiner Lupe die Pfote ab und bog die Zehen auseinander. Als sein Patient zuckte, nickte er und kontrollierte jede Hautfalte.

»Da ist er! Ein Dorn von einem Brombeer- oder Rosenstrauch, kann auch von Himbeeren sein, auf jeden Fall von einem Rosengewächs. Komm, Schraube, halt mal die Pfote ganz fest! Das tut ihm bestimmt einen Augenblick weh, wenn ich das Ding zu fassen versuche.«

Der »Oberhund« nahm den Fuß in beide Hände und bog die Zehen auseinander.

»Siehste, da sitzt er! Von den Haaren kaum zu unterscheiden!« Falter-Willi setzte die Pinzette an; Bastard maunzte auf, blieb aber ruhig sitzen. Ein Ruck – da war der Dorn, ein langes spitzes Ding. Ein dunkler Blutstropfen quoll zwischen den Krallen hervor.

»Na also, das hätten wir! 'nen bißchen Sepso drauf, dann ist morgen alles schon besser. Das verheilt sehr schnell, und wehleidig ist der Knabe sicher nicht. Der wird bestimmt abends damit wieder laufen!«

Er pinselte die Wunde mit Sepso ein. Die Töle ertrug das Brennen mit Gelassenheit.

»Wat war'n det vorhin für 'n Tabak? Der roch so komisch!« fragte Schraube.

»Nee, nee«, lachte der Lehrer und berlinerte plötzlich perfekt. »Det laß man schön! Ick weeß genau, wat du willst; aber nischt is'! Die Behandlung is' bei mir kostenlos. Du willst mich doch wohl nich' bestech'n?«

»Nee, nee, natürlich nich'! Wissen möcht' ick bloß ganz gerne, warum mein Bastard uff Ihnen – äh, auf Sie – hört. Der kennt Sie doch gar nich'!«

»Wir verstehen uns eben beide, nicht wahr, Bastard?«

Der wedelte mit dem Schwanz und legte seinen Kopf schief.

»Schon 'mal was von Franz von Assisi gehört? – Nein? – Solltest du 'mal nachlesen, dann weißt du es. Obwohl ich kein heiliger Mann bin, funktioniert es bei mir auch.« Er schmunzelte. »Und nun 'runter von meinem vornehmen Tisch, Bastard!«

Der gehorchte sofort; vorsichtig stieg er auf drei Beinen

vom Tisch auf die Bank und dann auf den Boden. Vor Falter-Willi blieb er stehen, wedelte mit dem Schwanz und starrte ihn unverwandt an.

»Ach, den Honig, was? Schau an, hat er nicht vergessen! Den bekommst du nachher, wenn wir den Zoo besichtigt haben!« lachte dieser.

Bastard bellte kurz auf, humpelte zu seinem Herrn und blieb an seiner Seite sitzen.

»Wie ist es denn? Wollt ihr meinen Zoo sehen?«

Und ob wir wollten!

Hinter seiner Laube hatte er eine große Voliere aufgebaut, die mit feinem Maschendraht in einzelne kleine Käfige unterteilt war.

»Das hier ist Fridolin!«

Ein schwarzer Vogel mit grauem Kopf kam zutraulich an den Draht gestakst.

»Ach, 'ne junge Krähe«, meinte Knolle.

»Nee, keine junge Krähe, sondern 'ne zahme Dohle«, belehrte ihn Kornmesser.

»Eene Dohle? Ick hab' immer gedacht, 'ne Dohle is'n Hut, weil mein Vater zu meine Mutter immer sagt, se soll nich' etwa wieder die olle Dohle uffsetzen! Det is' also 'n Vogel?«

»Ja, die Dohle ist ein Rabenvogel, der hier in Berlin nur noch selten zu finden ist. Na, Fridolin, willste raus?«

Der Vogel hielt den Kopf schief und musterte uns aufmerksam mit seinen glänzenden schwarzen Knopfaugen.

»Wat willste?« krächzte er plötzlich. »Hau ab! Fridoliiiin – oller Eierkopp!«

Es klang, als spreche ein Bauchredner, blechern und knarrend. Eine berlinernde Dohle! Unser schallendes Gelächter übte einen ungeahnten Reiz auf sie aus; täuschend echt ahmte sie uns nach, der ganze Vogel schüttelte sich vor Lachen. So etwas hatte noch niemand von uns erlebt.

Als Falter-Willi die Käfigtür öffnete, flog ihm Fridolin

auf die Schulter und rieb den Kopf an seinem Ohr. »Oller Schmuser!« kam es aus seinem Schnabel.

»Der plappert alles nach, was er irgendwann einmal gehört hat, auch wenn es sich so anhört, als spräche er mit mir.«

In den anderen Käfigen hockten Elstern, zwei Fasane, eine Eule, ein Falke und ein Habicht auf den Stangen und verfolgten unsere Bewegungen mit wachsamen Augen.

»Alles Patienten«, erklärte uns der Hausherr. »Bis auf die Fasane lasse ich die in den nächsten Tagen fliegen!«

»Was hatten die denn?« wollte Risse wissen.

»Mit Ausnahme der Eule hatten sie alle die Flügel kaputt; mit dem Katapult zerschossen. Die Sumpfohreule ist von Krähen so zerhackt worden, daß sie mehr tot als lebendig in einem Gebüsch saß, als ich sie entdeckte.« Er öffnete die Tür zu einem Anbau. »Und das hier ist meine Viehzucht!«

Lachend holte er einen fetten Stallhasen aus einem der Kästen. Auch die anderen enthielten Stallhasen, wie wir die Hauskaninchen nannten.

»Det muß doch 'ne Menge Arbeit machen. Brauch'n Se Hilfe?«

»Das schon, darüber können wir nachher reden. Wie ist es denn mit Brot und Honig? Obst könnt ihr euch selber pflücken.«

Das war ein Angebot! Die Zeit verging wie im Fluge; als uns die Mädchen einfielen, wurde es höchste Zeit für den Heimweg. Schraube vereinbarte mit ihm den Hilfsdienst für seinen Zoo. Falter-Willi war – so schien es – sehr froh darüber, denn zu Hause in der Stadtwohnung hatte er seine kranke Mutter zu versorgen.

»Wenn wir det gewußt hätten, ihr ollen Flaschen, dann hätten wir ooch mit in sein'n Garten komm'n könn'n«, meinte Inge und verzog ihr Gesicht. »Der hätte uns ooch nich' gefressen!«

Nein, Falter-Willi fraß sicher keinen. Es mutete daher

wie ein trauriger Hohn an, daß ausgerechnet er als einer der ersten ein Jahr später als Leutnant der Reserve im Polenfeldzug sein Leben lassen mußte.

Seine Behandlung erwies sich jedenfalls als sehr wirksam; bereits am nächsten Morgen war Bastard wieder voll auf dem Damm und wich Annemarie nicht von der Seite.

Das war auch gut so. Madame Schraube schien der dauernden Attacken ihres zugereisten Ehegatten überdrüssig geworden zu sein, so daß dieser seine werbenden Bemühungen in eine andere Richtung lenkte. Vielleicht liebte er auch nur die Abwechslung. Annemarie blieb durch Bastards wachsame Anwesenheit vor seinen flinken Händen verschont; zudem hatte er die zerbissene Hose und die ganze unerfreuliche Situation noch recht lebhaft in Erinnerung, also trieb ihn seine Unrast nach draußen.

Er hatte eine sonderbare Fähigkeit, dieser Vater Schraube, die Frauen gegen sich aufzubringen. In der Wild- und Geflügelhandlung, nicht weit vom Schraubeschen Laden, stand eine junge, flotte Maid hinter dem Ladentisch, die es ihm angetan hatte. Dunkel und glutäugig, trug sie Kittel, die nur mit Mühe ihre üppigen Formen verhüllten. Kein Wunder, daß sich die männliche Kundschaft lieber von ihr als von der verhutzelten Lehmann bedienen ließ, die wir wegen ihrer faltigen Haut »Lederstrumpf« nannten. Die alte Lehmann hatte mit ihrem Geierblick sehr schnell erfaßt, daß der amerikanische Fremdling ihrer Verkäuferin Dorothea schöne Augen machte, obwohl doch »die Schrauben« weiß Gott keine abgetakelte Fregatte war, derer man schnell überdrüssig wurde. Lederstrumpf junior – wahrlich kein Adonis, wie sollte er auch – besorgte tagsüber den Einkauf für den Laden und fuhr mithin viel über Land; was ihn nicht hinderte, des Nachts der flotten Maid unter seinem Dache mit Erfolg nachzustellen. Es war ein gutgehendes Geschäft, das einzige auf weiter Flur; was Wunder, daß die glutäugige Schöne weniger auf das Aussehen ihres Verehrers und künftigen Ehemannes als auf die klingende Münze in der Ladenkasse schielte. Die schrumpelige Schwiegermutter hieß die Wahl ihres Stammhalters gut, sie hielt darum ein wachsames Auge auf Dorothea Barsikow.

Als der alte Schraube zwei sündhaft teure Brathähnchen kaufte, sah sie mit Freuden die Münzen in der Kasse verschwinden. So viel legte in der Woche selten jemand an. Ihr entging deshalb der lüsterne Blick, den dieser über den unvollkommen verhüllten Leib ihrer künftigen Schwiegertochter gleiten ließ. Sie bemerkte auch nicht, daß der glitzernde Blick der Dorothea einen erregenden Wonneschauer über den Rücken gejagt und das Blut in die Wangen getrieben hatte. Für den Lustmolch ein Signal, daß er »angekommen« war. Die teuren Hähnchen hatten sich somit auch für ihn gelohnt.

Mißtrauisch wurde die Alte jedoch, als der fremdländische Galan kurze Zeit später wieder erschien und der Dorothea Zeichen machte, aus denen seine Absichten unschwer zu erkennen waren. Sie sauste aus dem Laden und mühte sich, dem aufdringlichen Kerl auf ihren ausgelatschten Pantoffeln nachzustellen. Es glückte nicht; der verschwand im heimatlichen Geschäft und von dort in den Wohngemächern, während die wachsame Alte zu ihrem gefährdeten Schatz und den toten Hühnern, Hasen und Enten zurückwatschelte.

Kaum hatte sie sich leise schimpfend hinter ihre Kasse zurückgezogen, erschien der Gockel wieder vor dem Schaufenster und spreizte seine Federn. Ob er nun wirklich unsittlichen Gedanken nachhing oder ob er nur die Wirkung seines umwerfenden Charmes an anderen Frauen ausprobieren wollte, bei dem mißtrauischen Lederstrumpf löste sein erneutes Erscheinen helle Wut und Empörung aus. Ohne die ahnungslosen Kunden abzukassieren, fegte sie hinter dem Tresen hervor und hinter Schraube her, der wieder in den heimatlichen Laden entweichen wollte. Aber dort war Madame Schraube aufgetaucht, die ihren Gatten nach der Herkunft jener teuren Hähnchen fragen wollte. Er bremste seinen Schritt und gab somit der Verfolgerin die Chance, ihn trotz ihrer widerspenstigen Latschen einzuholen.

Die Lehmann war wegen ihres losen und ordinären Schandmaules allseits gefürchtet; der Senior hatte gut daran getan, vor ihr zu flüchten. Nun aber hatte sie ihn!

Aus Verdacht und eigener Beobachtung hatte sich in ihrem Kopf ein Sud zusammengebraut, den sie als Schimpfkanonade auf den Vater Schraube, seine Vor- und Nachfahren und sein eheliches Weib niederprasseln ließ. Fassungslos lauschte Madame den üblen Reden, die von Gemeinheiten trieften. Aus diesen uferlosen Wortkaskaden hob sich die Drohung ab, ihr Sohn werde den amerikanischen Gockel zum Kapaun machen, wenn der noch einmal seiner Braut nachstelle. Fachkundig erläuterte sie so nebenher, auf welche Art und Weise sich dieser Vorgang vollziehen werde. Die kreischende Stimme und die Lautstärke ließen die Leute aus der Umgebung zusammenlaufen und riefen die Nachbarn an die Fenster; niemand wollte sich von diesem Erguß auch nur ein Wort entgehen lassen. Wenn Madame eines haßte, dann war es Aufsehen, schon gar aus solchem Anlaß.

Sie stieß ihren Mann zur Seite und fuhr die geifernde Lehmann mit einer solchen Stimme an, daß deren schmutzige Phantasie aussetzte und die Sturzflut augenblicks versiegte. »Noch ein Wort, Sie widerliche alte Vettel, und ich rufe die Polizei wegen Beleidigung, Verleumdung, übler Nachrede und Erregung öffentlichen Ärgernisses!«

Das brachte die Lehmann zur Vernunft; was zu sagen war, hatte sie ohnehin gesagt.

»Man wird ja wohl noch seine Meinung sagen dürfen, wa!« Sie drehte sich brabbelnd um und schob ab.

Enttäuscht verlief sich die Menge, die Fenster in der Nachbarschaft klappten zu.

Mutter Schraube aber war geladen, als sie ihrem Geschäft zustrebte. In ihrem Kopf wirbelten die Gedanken durcheinander. Dieser verfluchte Kerl! Wäre er bloß geblieben, wo er war! »Heribert!« brüllte sie.

Aber Heribert war entweder taub oder nicht gewillt, dem herrischen Ruf seines Weibes zu folgen. Sie hatte ihn satt, mehr als satt! Fast eineinhalb Jahrzehnte hatte sie sich mit ihrem Sohn allein durchschlagen müssen, nur durch spärliche Lebenszeichen daran erinnert, daß irgendwo auf der anderen Seite der Erde ihr sogenannter Gatte den Dollars hinterherrannte, die sich aber von ihm nicht einholen ließen. Nicht ein Cent hatte in all den Jahren den Weg in die Landsberger Straße gefunden. Und jetzt? Jetzt lag ihr der Kerl auf der Tasche; denn die Dollars hatte angeblich die Heimreise verschlungen. Es kochte in ihr hoch; sie marschierte wütend durch den Laden in die Wohnung. Hinter ihr drängten sich die Kunden herein. Die Neugier trieb sie auf den Kriegsschauplatz. Sie biß die Zähne zusammen und suchte Heribert; der blieb jedoch verschwunden. Er hatte sich vorsichtshalber aus dem Staube gemacht. Gähnende Leere blinzelte ihr aus dem aufgeklappten Portemonnaie entgegen und verriet ihr, daß er mit einem finanziellen Polster das Weite gesucht hatte.

»Und ich blödes Weib habe mir Gewissensbisse wegen Werder und dem ›Flotten Hecht‹ gemacht!« entfuhr es ihr. Sie hätte sich backpfeifen mögen.

Während Annemarie im Laden den Andrang der neugierigen Kunden zu bewältigen versuchte, saß Madame auf dem Bett und schmiedete Rachepläne. Der konnte etwas erleben, wenn er nach Hause kam!

Aber der kam nicht, so sehr sie ihn auch herbeiwünschte; er blieb wie vom Erdboden verschwunden.

Mitten in der Nacht, als Madame endlich auch zur Ruhe gekommen war, riß Bastard die ganze Familie durch sein Alarmgebell aus dem Schlaf. Da fummelte jemand nachts um 3.00 Uhr am Türschloß herum und kicherte dabei albern vor sich hin. Der Hund, der bei Annemarie schlief, weil deren Tür sich nicht verschließen ließ, tobte wie ein Wahnsinniger und wollte 'raus. Schraube ergriff den dikken Eichenknüppel, der für solche Fälle neben seinem Bett stand, und machte sich auf, dem vermeintlichen Einbrecher damit einen »Scheitel zu ziehen«.

Heribert konnte von Glück sagen, daß er dem Sohn bei Lampenlicht gegenübertrat, in Schnapsdunst eingehüllt und ganz gewaltig schwankend. Er rülpste laut, grinste blöd und torkelte auf das Schlafzimmer zu. *»What is that?«*

Er rüttelte an der Klinke und glaubte an einen Irrtum; aber das Bettzeug auf dem Sofa sprach eine deutliche Sprache, die selbst in sein umnebeltes Gehirn drang. Sein Sohn stand an der Wohnzimmertür mit einem gewaltigen Prügel in der Hand, auch das nahm er auf. Achselzuckend schleuderte er seine Schuhe von den Füßen und ließ sich auf das Sofa fallen. Wenige Minuten später schlief er tief und fest in seinen Kleidern.

»Junge, Junge! War der Olle voll! Der pennte noch, als ick zur Schule ging! Det is 'ne Nummer, sage ick euch!«

Wo sein Erzeuger den Tag und die halbe Nacht verbracht hatte, blieb bis zum Montag unentdeckt.

Kaum aber war der Sohn aus dem Haus – so Annemaries Bericht –, hatte Madame die aufgestaute Wut übermannt. Sie hatte den schlummernden Gatten unsanft aus dem Schlaf gerissen und ihm ihre Meinung in einem lautstarken Ausbruch an den Kopf geworfen. Entweder hatte der den Schlaf nur vorgetäuscht oder er war wirklich so reaktionsschnell, jedenfalls drängte er Madame wortlos in das Schlafzimmer, wobei er keineswegs zimperlich mit ihr umging.

Was sich dort abspielte, blieb Annemarie optisch verborgen, war jedoch akustisch mehr als eindeutig. Es konnte keinen Zweifel daran geben, daß Heribert seinem Eheweib brutal die Worte abschnitt und sich dann das nahm, was ihm als Ehemann laut Gesetz zustand und Madame ihm zu verweigern versuchte. Als sich nach längerer Zeit der Lärm endlich legte und nur noch das Heulen Madames nach draußen drang, tat sich die Tür auf und der Wüstling – bis auf die unordentlich emporgezogene Unterhose nackt – trat in den Laden, holte sich ein Päckchen Zigaretten aus dem Regal und drohte der verschreckten Annemarie grinsend an: »Die nächste bist du, mein Täubchen!«

Der knurrende Bastard hielt ihn wohl ab, seinen Worten Taten folgen zu lassen. So verschwand er im Schlafzimmer und widmete sich erneut der sich wehrenden und umsichschlagenden Madame.

Als Schraube aus der Schule kam, fand er eine Annemarie vor, die verschreckt hinter dem Ladentresen saß und Bastard an sich drückte. Der Heribert war nach einem Griff in die Ladenkasse verschwunden, nicht ohne ihr nochmals eine ähnliche Lektion in Aussicht zu stellen, wie er sie Madame verpaßt hatte!

»Den Schweinehund leg' ick um! Der kann wat erleben, det Aas!« verkündete Schraube. Der Anblick, den seine Mutter bot, bestärkte ihn noch in seinem Willen.

Es war, als ahne Vater Schraube, was sich da hinter seinem Rücken zusammenzubrauen begann. Er setzte jedenfalls keinen Schritt mehr in das gemeinsame Schlafzimmer.

Annemarie schlief jetzt mit Madame in den Ehebetten, und Bastard wachte über beide hinter der verschlossenen Tür. Im Kietz lief das Gerücht um, der ausgesperrte Ehemann habe seiner Frau gegenüber nur die Methode angewandt, die er bislang als Zuhälter in den USA praktiziert habe. Das war ein böses Wort, traf aber wohl den Nagel auf den Kopf. Selbst Madame rutschte gegenüber Annemarie einmal heraus: »Wenn ich mir diesen Zuhälter bloß vom Halse schaffen könnte! So ein Mistkerl!« Sie wußte nicht, wie nahe sie vor der Erfüllung ihres Wunsches stand; er übrigens auch nicht.

Für einen kurzen Augenblick verschwanden Schraubes Familienprobleme in der Versenkung. Bebels Auftritt in der ersten Chorstunde nach den Ferien wurde von einem höllischen Gelächter begleitet, das natürlich sofort verstummte, sobald er sich umdrehte und uns drohend fixierte.

Sein Gesicht zierte ein Schnurrbart, die mehr oder weniger gelungene Kopie eines »Hitler-Bärtchens«. Er trug eine »Rotzbremse«, wie wir so ein Ding nannten. Was für ein Anblick! Er ahnte nicht, daß er mit diesem albernen Gesichtsschmuck einen Teil seines Schreckens eingebüßt hatte, so wie man sich eben auch vor einem Clown nicht fürchtet, mochte er noch so schreckliche Grimassen schneiden. Wir wagten allerdings nur dann laut zu lachen, wenn er uns den Rücken kehrte, um sich an den Flügel zu setzen. Das wiederum ließ ihn in die Höhe fahren und nach Sündern Ausschau halten.

Wie nicht anders zu erwarten, suchte er in der Ecke seiner speziellen Freunde nach einem Opfer. Er musterte uns und entdeckte prompt ein neues Gesicht.

»Warum lachst du so unverschämt?« fuhr er Herbert Wind an.

»Sorry, Sir, I don't understand you!« entgegnete der und strahlte ihn weiter an.

»Was war das? Was quatschst du da? Was soll der Unfug?« Bebel kam sich veräppelt vor.

Ich meldete mich mit lautem Fingerschnippen.

»Was willst du?«

»Der Herbert ist erst vor einigen Tagen nach Deutschland gekommen, aus Amerika. Der versteht Sie nur, wenn Sie ganz langsam sprechen, Herr Bebel!« informierte ich ihn.

Herbert grinste dazu einfältig vor sich hin.

»Soooo? Stimmt das? Bist du jetzt erst aus den plutokratischen USA zu uns gekommen?«

»*Yes.* – 'schuldigung! Ja, Herr Lehrer!« Er sprach genauso albern langsam wie der Bebel; die Schülermeute amüsierte sich köstlich. Jeder wußte, daß Herbert Theater spielte.

»Und warum lachst du dauernd?«

»Es mackt mich Freude, Ihnen zu sehen, Herr Lehrer!«

Bebel wußte nicht, was er davon halten sollte; das blödsinnige Lächeln ging ihm auf die Nerven.

»Und warum grinst du dauernd?« fuhr er mich an. »Freust du dich auch, mich zu sehen?«

»Jawohl, Herr Bebel! Ich singe so gern.«

Das war eine Unverschämtheit und noch dazu eine ausgemachte Dummheit, denn jetzt hatte er die Handhabe, die er suchte.

Schraube wollte ihn ablenken und mischte sich deshalb ein. »Wir freuen uns doch alle nach so langen Ferien, Herr Bebel!«

Wir hätten den Kerl kennen müssen, der hatte jetzt seine Opfer, noch dazu freiwillig.

»Na, dann kommt doch mal nach vorn, ihr sangesfreudigen Knaben!« Und damit war an diesem Tage für ihn wieder einmal alles gelaufen. Der Rohrstock kam aus dem Ärmel hervor, Bebel setzte sich an den Flügel.

»Was denn, keine Klingel heute?«

Er probierte die Pedale. Das Aas hatte nichts vergessen; der würde uns heute wieder verdreschen, das war so sicher wie das Amen in der Kirche! Die Kadenz, die er anschlug, sollten wir singen. Hoffnungslos – und er wußte das. Er spielte heute ganz den bemühten Lehrer, redete uns scheinheilig gut zu und schlug immer wieder neue Tonfolgen an, von denen er ganz genau wußte, daß wir sie unmöglich nachsingen konnten. Dummheit bestraft sich selbst, dafür lieferten wir beiden den besten Beweis!

Urplötzlich war es mit seiner gespielten Freundlichkeit vorbei. Ehe ich überhaupt eine Abwehrbewegung machen konnte, hatte er mich fest am Kragen und zog mir vier Hiebe, Klasse eins, über. Schraube stand zwischen dem Flügel und uns eingeklemmt und kam nicht weg. Er kassierte ebenfalls vier Hiebe der gleichen Güte, da war Bebel sehr eigen.

»Ich bin sicher, so etwas hebt eure Sangesfreude! – Ihr sagt ja gar nichts?«

»Scheißkerl!«

Das kam lautstark von der Fensterseite und war nicht zu überhören, darauf mußte er reagieren. Bebel fuhr auch prompt herum.

»Wer war das?«

Absolute Ruhe, keine Antwort.

»Aufstehen!«

Der ganze Verein sprang auf die Füße. Natürlich war das falsch, der suchte den Rufer; aber wußte man denn, wie der Musikidiot sich verhalten werde? Keiner rührte sich oder sah sich um.

Er schlich in die ungefähre Richtung des Rufers, den Stock wie ein Zepter in der Hand.

»Steh auf!« schrie er den ersten Schüler an. »Los! Ruf laut Scheißkerl!«

Der sah ihn vollkommen verdattert an, faßte sich aber sehr schnell und schrie laut: »Scheißkerl!«

»Weiter – du!«

»Scheißkerl!«

So lief es die ganze Reihe durch, die nächste und die übernächste ebenfalls. Der Bebel mußte total verrückt sein. Er hörte ernsthaft auf jeden Ruf. Nichts – der Rufer blieb unentdeckt!

Ich rieb mir meine Hinterseite, die wie Feuer brannte. Schraube blickte zu mir herüber und kniff ein Auge zu; wir verstanden uns ohne Worte. Bei der nächsten Chorstunde würden die Rufe organisiert erklingen, das stand fest. Der Bebel war und blieb ein Idiot, der lieferte uns die Einfälle frei Haus!

Als die Pausenklingel ertönte, gab Bebel wieder einmal wütend auf. »Ich kriege euch schon, wie ich bisher alles herausgefunden habe! Wartet es nur ab! Raus mit euch!«

Wir griffen unsere Mappen und machten, daß wir schnellstens verschwanden. Bebel hatte einen neuen Namen weg, er hieß von nun an nur noch »Scheißkerl«.

Als wir uns am Nachmittag bei Schraube trafen, war auf dem familiären Kriegsschauplatz eine neue Lage eingetreten.

Die Post hatte Vater Schraube ein Schreiben zugestellt, das dieser Tage vielen Deutschen auf den Tisch flatterte. Die Sudetenkrise befand sich auf dem Höhepunkt. Man sprach nicht mehr von Manövern, man sprach von einem Krieg.

Auf dem Wohnzimmertisch wartete auf den Senior der Gestellungsbefehl. Er selbst ahnte davon nicht einmal etwas; er war früh morgens wortkarg verschwunden, um sich Berlin anzusehen. Wo er sich Berlin ansah, erfuhr Olle Schraube von Graupel, der für die Kohlenhandlung Mitzlaff in der Palisadenstraße als Austräger arbeitete und »Pimpergustav« genannt wurde. Schraube stieß mit Graupel in der Ladentür zusammen, als der sich gerade Zigaretten holte.

»Sag mal, wat is' denn mit dein'm Ollen los? Seit wann geht denn der in 'n Puff?«

»In wat sagste, in 'n Puff? Mein Oller? Du spinnst!«

»Mensch, ja! Hab' ich selber jeseh'n, vor drei Tagen! Ick war selber pimpern in der Pension Wagner, die kennste ja. Da zog dein Oller gerade eene Nutte nach de andere durch, und wie! Die Nutten war'n alle verrückt nach ihm! Ooch jetzt sitzt er mit der Chefin an der Theke und säuft!«

Schraube fiel die Kinnlade herunter. Er wußte genau, von welchem Puff Pimpergustav redete. Die Pension befand sich im ersten Stock eines Mietshauses in der Palisadenstraße. Die Chefin, eine junge, bildhübsche Frau mit einer Traumfigur, entsprach ganz und gar nicht der Vorstellung, die man sich gemeinhin von einer Puffmutter macht. Sie bevorzugte Chiffonkleider, die mehr sehen ließen als verbargen. Wir zerbrachen uns schon damals die Köpfe, was diese hübsche Frau zu diesem Beruf gebracht haben könnte. Gingen wir an der Kneipe im Erdgeschoß vorüber, dann sahen wir dieses Traumweib mit ihren Nutten an der Theke stehen und mit den Kunden verhandeln; meist stand die Tür nämlich der besseren Lüftung wegen weit offen.

Pimpergustav war mit seiner Erzählung kaum zu Ende, da galoppierte Schraube schon die Straße hinunter. Das mußte er selbst sehen, was der da behauptet hatte. Am Ende machte der sich nur einen Witz?

Hatte der aber nicht! Schon von weitem hörte Schraube seinen angesäuselten Vater lauthals schwadronieren und englische Vokabeln in die Gegend streuen. Damit hätte er sich den Weg bis zur offenen Tür sparen können, die Stimme konnte man nicht verwechseln. Es trieb ihn jedoch zu dem Lokal, er mußte sich mit eigenen Augen überzeugen.

Tatsächlich, da saß dieser Mistkerl und versoff Mutters Geld! So ein niederträchtiger Hund! Und die richtige Gesellschaft für seine Sauftour hatte er auch gefunden! Schmiedel natürlich, der alte Saufbold. Wer sonst konnte sich um diese Zeit schon in einer Kneipe herumtreiben? Der Wirt – wegen seines breiten Mundes mit der dicken Unterlippe im Kietz nur »Triefmaul« genannt – goß der lachenden Gruppe an der Theke einen klaren Schnaps in die Gläser, begeistert von den beiden Nutten und ihrer hübschen Chefin beklatscht. Schraubes Vater umarmte die Chefin und drückte ihr einen Kuß auf den geschminkten Mund; seine Worte gingen in dem allgemeinen Gelächter unter. Schraube hatte genug gesehen. Mal abwarten, ob der Kerl heute abend auch noch so fröhlich ist, wenn er den Brief erst einmal geöffnet hat! schoß es ihm durch den Kopf, als er sich auf den Heimweg machte.

Seine Mutter geriet bei seinem Bericht außer sich. »So ein Schwein! Wer weiß, was der uns hier ins Haus für Krankheiten einschleppt! Ich könnte mich selber ohrfeigen, daß ich ihn überhaupt ins Haus gelassen habe!« Sie faßte Annemarie und ihren Sohn um. »Auch die letzten Tage werden wir überstehen! Der liebe Gott segne die Wehrmacht und den Beamten, der ihn auf die Einberufungsliste gesetzt hat! Wenn der weg ist, wird gefeiert. In meine Wohnung kommt der mir dann nie wieder!« Sie griff hinter sich in den Schrank und holte eine Flasche Cognac und drei Gläser hervor. »Soll der nur alleine Schnaps trinken dürfen! Auf die Einberufung meines geliebten Mannes und deines vorbildlichen Vaters! Prost!«

Die Familie saß beisammen und wartete auf die Heimkehr des großdeutschen Rekruten, der von seinem Glück noch nichts wußte. Der ließ sich jedoch Zeit . . .

Am nächsten Morgen, als er nach der durchsumpften Nacht endlich nach Hause kam und den Gestellungsbefehl las, verwandelte er sich mit einem Schlag aus einem radebrechenden Amerikaner in einen waschechten Berliner, dem die Flüche nur so von den Lippen sprudelten. Der Schock begrub seine Amerikanismen und legte eine »Berliner Schnauze« frei, wie sie selbst in unserer Gegend in solcher Vollendung nur äußerst selten zu finden war. Dagegen war das Repertoire der alten Lehmann aus dem Geflügelladen ein zahmes Säuseln.

Als sich sein erster Tobsuchtsanfall gelegt hatte, warf er sich in seinen besten Anzug und band sich eine jener fürchterlich grellbunten Krawatten um, bei deren Anblick Bastard in ein schrilles Heulen ausbrach. Dabei verfluchte er nicht nur unablässig sich selbst und seine Dummheit, nach Deutschland zurückgekehrt zu sein, sondern auch seine Familie und alle, die ihm unter die Augen kamen.

»Diese verfluchten Hunde! Einen Amerikaner zur Wehrmacht einzuziehen! Ich bin seit Jahren schon naturalisierter Amerikaner, das kann ich beschwören! Der Konsul wird den Nazis schon die Achtung vor amerikanischen Staatsbürgern beibringen! Ich bin Bürger der USA!«

Der Alte tobte noch eine Weile zum größten Vergnügen seiner schadenfrohen Sippe durch das Haus und machte sich dann hoffnungsvoll auf den Weg zur amerikanischen Botschaft.

So einfach, wie er sich das zunächst gedacht hatte, schien das aber gar nicht zu sein. Das wichtigste Dokument, seinen amerikanischen Paß, hatte er nämlich in New York gelassen, so daß ihm das Beweismittel für seine Staatsbürgerschaft fehlte. Fatal, fatal!

Das hatte er nun davon, daß er dem Werbeslogan »Heim ins Reich« nicht hatte widerstehen können, unter dem die deutsche Botschaft in den USA allen heimkehrwilligen Deutschen eine kostenlose Überfahrt nach Hamburg offerierte. Aus politischer Vorsicht hatte er seine amerikanischen Ausweispapiere lieber nicht mit auf die Reise genommen. Was er für einen klugen Schachzug gehalten hatte, erwies sich jetzt als »ein Schuß in den Ofen«.

Man hörte sich in der Botschaft zwar sein Anliegen an, riet ihm aber, dem eindeutigen Befehl der deutschen Wehrbehörde zu folgen und so lange in der Wehrmacht die Beine auf Kommando zu schlenkern, bis die Botschaft im Besitz der notwendigen Beweismittel sei, um ihn aus seiner Klemme zu befreien. Die Konsularbeamten hatten sich zwar über seine Cleverness köstlich amüsiert, mit der er den sonst so genauen Nazis eine kostenlose Urlaubsreise nach Deutschland aus der Nase gezogen hatte. Aber, wie gesagt, der Paß ...

In seiner Enttäuschung plapperte er alles vor der Familie aus, was er bislang verschwiegen hatte, und bemerkte dabei nicht einmal, welche Wirkung seine Erzählung zeitigte. Madame fand das nämlich gar nicht so lustig. Ihr wurde immer klarer, daß der nie die Absicht gehabt hatte, in die Familie auf Dauer zurückzukehren. Diese plötzliche Erkenntnis und der Gedanke an das erlittene Ungemach versetzten sie in Weißglut und ließen ihr Temperament mit ihr durchgehen. Sie griff sich den erstbesten Gegenstand in ihrer Nähe, es war zu seinem Glück nur ein großer Präsentkasten mit kubanischen Zigarren und kein Beil, und schlug diesen dem scheinheiligen Halunken mehrmals mit aller Kraft über den Schädel. Sie hielt erst ein, als nur noch Bruchstücke in ihren Händen an die prächtige Kiste erinnerten. »Du verdammter Ganove, scher dich zur Hölle und laß dich bei uns hier nie wieder blicken! Raus mit dir, du Widerling! Mach, daß du zu deinen Nutten in den Puff kommst!«

Rätselhafterweise ließ der sonst so flinke Ehemann den überraschenden Zigarrenregen aus der zerberstenden Kiste und die wohlgezielten Schläge seiner Gattin wie betäubt und ohne jeden Widerstand über sich ergehen. Sie packte den überrumpelten Amerikaner an seinem Kragen und stieß ihn durch den Laden hinauf auf die Straße, daß er stolperte und auf die Knie fiel. Hinter ihm knallte die Tür zu und wurden die Riegel vorgeschoben.

»So, dieses Kapitel wäre beendet! Annemarie, hilf mir mal bei seinen Klamotten! Raus mit dem ganzen Mist!«

Mit Freuden räumten sie seine erbärmliche Habe zusammen, packten sie in die beiden abgeschabten Koffer und warfen diese dem überraschten Ex-Gatten aus dem Fenster nach.

»Und das sage ich dir, wenn du dich noch einmal hier sehen läßt oder einen von uns belästigst, hast du die Polizei auf dem Hals! Die erfährt dann von mir, welchem Umstand wir deine Anwesenheit verdanken! Mit Betrügern machen die kurzen Prozeß!«

Von einer hämisch grinsenden Zuschauermenge umgeben, die der Streit angelockt hatte, raffte er seine paar Sachen zusammen und stob in Richtung Alexanderplatz davon.

Kann man Olle Schraubes Worten glauben, dann feierten seine Mutter, Onkel Heini, Annemarie und er den Sieg über den ungeliebten Erzeuger mit einer wahren Orgie, bei der der Alkohol in Strömen floß und sich der hoffnungsvolle Sprößling seinen ersten Rausch einhandelte. Es waren vornehmlich die Restbestände amerikanischen Whiskeys, den der Heimkehrer von Madames Geld in der sündhaft teuren Feinkostabteilung bei Grabow eingekauft hatte.

Eine gewisse Zeit lebte die Familie noch in der Ungewißheit und rechnete mit dem unverhofften Auftauchen des exmittierten Familienoberhauptes. Als aber der Tag seiner Einberufung ohne seine Heimkehr verstrich, atmete der gesamte Haushalt auf.

Unsere Probleme mit dem Musiklehrer in der Schule bekamen unter diesem Blickwinkel eine nachgeordnete Bedeutung, obwohl sich aus der Zwischenruferei montags ein neues Spielchen entwickelt hatte.

Anfangs nur auf die Chorstunde beschränkt, ertönte jetzt der Ruf »Scheißkerl« aus der Schülerschaft, sobald Bebel auftauchte. Er konnte noch so angestrengt nach den Rufern fahnden, er erwischte nie jemanden. Daß er unter diesen Umständen seinen Rohrstock verstärkt auf uns Schüler niedersausen ließ, bedarf eigentlich kaum der Erwähnung.

Herbert Wind, der inzwischen Bebels Aktionen mehrmals aus nächster Entfernung erlebte, kündigte an, der werde sein blaues Wunder erleben, falls er ihn zu schlagen wage. Auch Schraube, Tüte und ich beschlossen, uns nicht mehr schlagen zu lassen.

Unaufhaltsam rückte die nächste Chorstunde und damit die Stunde der Wahrheit heran.

An jenem Montag fielen Chor und mein Geburtstag zusammen; man kann sich in etwa vorstellen, mit welchen Gefühlen ich in die Schule ging.

Die Stunde begann wie jede andere in der letzten Zeit. Bebel – noch immer mit der albernen Rotzbremse unter der Nase – stürzte in die Aula und bezog seine Position vor den feixenden Schülern. Unlängst hatte er damit begonnen, mit uns ein Lied mehrstimmig zu singen, was wiederum die Aufteilung der ganzen Meute in »Stimmen« erforderte, mit denen er einzeln übte. Es war wie der Beginn einer Kettenreaktion. Übte er mit der einen Stimme, ertönte mit Sicherheit irgendwo aus dem tatenlosen Haufen der Ruf: »Scheißkerl!« So auch diesmal.

Der Musikgermane raste mit dem Stock in der Hand in die Richtung des vermuteten Rufers und suchte nach verdächtigen Anzeichen. Ausgerechnet Herbert Wind erregte heute sein Mißtrauen.

»Du da – aufstehen!«

Der stand auf und versuchte gleichzeitig, seine überflüssigen Hände irgendwo unterzubringen, wo sie ihm nicht im Wege waren.

Ruhig und gelassen sah er dem erregten Pauker in die Augen.

»Der war det nich', Herr Bebel!« rutschte es Knolle heraus. Er mußte es ja wissen, hatte er doch selber gerufen.

»Was? Woher weißt du das?« fuhr dieser auf ihn los. »Dann weißt du also, wer gerufen hat?«

Knolle schüttelte seinen Kopf. »Nein! Ick weiß nur, det der Herbert nich' gerufen hat; ick sitze ja neben ihm!«

Mißtrauisch blickte der Lehrer erst Knolle, dann Herbert an, der inzwischen seine Hände in die Hosentasche gesteckt hatte und den Blick offen erwiderte. Er konnte nicht wissen, daß in Deutschland in die Taschen gesteckte Hände als Nichtachtung und in unserem Fall als eine Beleidigung angesehen wurden.

»Nimm gefälligst die Hände aus den Taschen, du Lausebengel!«

Weder der Ton noch die Lautstärke waren mißzuverstehen. Er riß die Hände aus den Taschen und trat einen halben Schritt zurück. Bebel hatte jedoch die Kontrolle über sich vollkommen verloren. Mochte der Teufel wissen, was ihn an Herbert reizte. Sein Arm fuhr in die Höhe und sauste auf den unschuldigen Schüler nieder, quer über den linken Oberarm. Im gleichen Augenblick klatschte ihm dessen rechte Hand in das Gesicht.

Wir erstarrten vor Schreck. Bebel stand wie versteinert und schien in sich hineinzuhorchen. Das konnte doch gar nicht sein! Eine Ohrfeige? Ihm?

Er stand auch noch so, als Herbert seinen Bücherpacken nahm und herausfordernd langsam die Aula verließ. Uns erging es wie dem geohrfeigten Lehrer, wir konnten es nicht fassen. Hatte der Herbert einen Mut!

Bebel schien wie gelähmt; eine Welt mußte für ihn zusammenbrechen.

»Wach uff, du Scheißkerl!« kam es frech aus der Fensterreihe.

»Höhöhöhöhöhöh!« lachte jemand hämisch.

Er erwachte aus seinem Alptraum. Wo war der Amerikaner? Sein Blick suchte vergebens. Vor seinen Augen tanzten die frech feixenden Schülergesichter.

Sein Blick fiel auf Schraube, Tüte und mich und blieb an uns haften. Seine Augen verengten sich heimtückisch. Nacheinander zeigte er auf uns. »Los – vorkommen!«

Da hatten wir es! Der wollte sich an uns abreagieren!

Ein verständigender Blick untereinander – wir schoben uns durch die Reihe, die Mappen am Schulterriemen auf dem Boden nachschleifend. Mich sollte er heute nicht durchprügeln, das stand für mich fest. Kaum hatte ich den Wandgang erreicht, rannte ich auf den Ausgang zu und schrie: »Det sage ich meinem Vater. Ich lasse mich nicht mehr verdreschen!«

Raus war ich. Tüte und Schraube flitzten hinter mir her die breite Treppe hinunter! In der Aula brüllte die Meute laut auf. Das mußte doch der Rex unten hören! Am Ende stand er schon unten, und wir liefen ihm direkt in die Arme? Wir sprangen die letzten Stufen hinab. Da stand niemand, kein Rex und kein Nachttopp!

Schraube spurtete vor uns her über den leeren Schulhof.

»Wir könn'n uns Zeit lassen; da kommt keener!« rief

Tüte und fiel auf der Straße in einen langsamen Schritt. »War det een Ding mit Herbert? Haut der dem Bebel glatt eene in die Fresse!«

»Doll, wat? – Ick geh' jetz' nach Hause und erzähl' meine Mutter alles, falls der Scheißkerl bei uns ufftaucht!«

Schraube hatte recht; das war das beste, dann traf es niemanden unvorbereitet. Wir rechneten selbstverständlich fest damit, daß der etwas gegen uns unternehmen werde. Schraube trollte sich in Richtung Laden.

»Haste überhaupt schon mal wat zu Hause erzählt, von de Klingel und so?« fragte Tüte und blieb stehen.

Ich schüttelte den Kopf. Das war ja gerade das Problem, an dem ich brütete.

»Ick ooch nich', aber heute packe ick aus! Mein Oller is' zu Hause, der soll sich mal meinen blauen Hintern ansehen!«

Das hatte ich auch vor; denn mein Vater hatte eine Woche Urlaub genommen und saß sicher zu Hause. Trotzdem erschien mir die Sache jetzt doch nicht so problemlos, wie sie noch bei unserer Flucht ausgesehen hatte. Wußte man denn, wie die Eltern in einem solchen Fall reagierten?

»Heee, mein Sohn! Wo hast du denn deine Augen?« Meine Mutter stand vor mir, am Arm die leere Einkaufstasche. Tüte grüßte und machte sich schleunigst aus dem Staube.

Ach, du meine Güte! Und ich war noch dabei, mir die Geschichte zurechtzulegen, die ich zu Hause erzählen wollte!

»Habt ihr heute früher Schluß?«

Ich konnte nur nicken.

»Dann geh nach Hause und bade. Ich komme auch gleich zurück; will nur rasch bei Schilz noch Aufschnitt fürs Abendbrot holen.«

Froh, zunächst einmal um alles herumzukommen, trabte ich heim. Das war auch wieder so ein Erwachsenen-Tick, das Baden, weil Besuch kam. Dabei war das eine Prozedur, bei der der gesamte Haushalt durcheinander geriet. Wir hatten kein Badezimmer; als Ersatz diente die Küche. Mit den Füßen stand man in einer großen Schüssel, vor sich eine Trittleiter, auf der eine zweite Schüssel stand. Natürlich konnte die Küche während dieser Zeremonie nur sehr begrenzt für ihre eigentlichen Zwecke genutzt werden; aber abgerückt von dieser blöden Besuch-Baderei wurde trotzdem nicht.

Mein Vater war nicht zu Hause. Herrlich, noch ein Aufschub! In der Küche stand schon alles bereit. Ich brauchte nur noch das Wasser vom Herd, der sogenannten Kochmaschine, zu nehmen und den Waschlappen zu schwingen. Hier kam die Gelegenheit, mich richtig ins Licht zu setzen; ein Blick meiner Eltern auf meinen mißhandelten Hintern mußte mir die entsprechenden Vorteile verschaffen. Ich riß mir die Kleidung vom Leib und füllte die Schüsseln.

Es wurde eine überaus gründliche Reinigung, möglicherweise die gründlichste des ganzen Jahres; denn es kam niemand, dem ich mein Hinterteil vorführen konnte. Ich wollte schon aufgeben, als es endlich an der Tür schloß.

»Hast du dich auch gründlich abgeseift?«

Das konnte man wohl sagen! Meine Mutter inspizierte zunächst die Waschschüssel, in der ich mit den Füßen stand. Dann fiel ihr Blick auf mein Hinterteil, das ich ihr in prächtiger Nacktheit präsentierte. Ich stand, wie es sich für einen Knaben meines Alters gehörte, natürlich mit dem Rücken zu ihr, um sie nicht in Verlegenheit zu bringen.

»Mein Gott, Junge! Wo hast du das denn her?«

Genau auf diese Frage hatte ich die ganze Zeit gewartet! Während meine Mutter voller Entsetzen über die blauroten Striemen die Hände über ihrem Kopf zusammenschlug, trocknete ich mich ab und erzählte, erzählte alles, was sich mit Bebel abgespielt hatte. Mein Vater erschien, als ich gerade des Besuches wegen meine Sonntagssachen übergestülpt hatte. Mutter war außer sich, zäumte aber klugerweise den Gaul ebenfalls von hinten auf. Ich mußte erst einmal den nackten Hintern vorführen, was mein Vater mit einem grimmigen Blick wortlos zur Kenntnis nahm, dann mußte ich – von Mutter unterstützt – die ganze Geschichte noch einmal erzählen.

»Moment mal! Was habt ihr gemacht, eine Klingel in den Flügel eingebaut?« unterbrach mich mein Vater.

Jetzt kam es also! Ich mußte genauer werden. Mein alter Herr fand den Streich köstlich und lachte schallend. »Finde ich das gut! Ideen habt ihr, das muß man euch lassen! Bei jedem Pedaltritt!« Er schlug sich mit seinen gefürchteten Pratzen vor Vergnügen auf seine Oberschenkel und unterbrach mich bei meiner Schilderung zu wiederholten Malen.

Da sollte man sich mit seinen Eltern auskennen! Mein Vater fand die Streiche herrlich und lachte darüber Tränen, während ich davor gezittert hatte, es ihm überhaupt zu erzählen!

Plötzlich wurde sein Gesicht ernst. »Was sagst du da? Seit wann läuft die Prügelei? Wie oft habt ihr dafür eine Abreibung bekommen?« Die Frage ließ sich leicht beantworten. Ich rechnete es ihm vor.

»Das kann doch wohl nicht wahr sein! Der Kerl ist ein Sadist! Und den läßt man auf unsere Kinder los? Na warte, dem haue ich die Jacke voll!«

Du meine Güte! Mein Vater geriet in Zorn. »Der kann morgen etwas erleben! Ich komme mit in die Schule!«

Genau mußte ich ihm auseinandersetzen, was sich heute in der Chorstunde abgespielt hatte, und er fand – oh, Wunder! – ganz richtig, wie ich mich verhalten hatte. Als ich vorsichtig andeutete, daß Bebel möglicherweise noch heute bei uns aufkreuzen könnte, rieb er seine schwieligen Hände aneinander und schmunzelte bei dem Gedanken. »Das wäre mir ein außerordentliches Vergnügen!«

Aber der Bebel kam nicht; dafür erschienen mein Großvater und bald auch die übrige Verwandtschaft, um meinen Geburtstag zu feiern.

Die Unterhaltung des Tages war gesichert; es gab nur ein Thema, nämlich Bebels Untaten und unsere wohlgezielte Rache.

Mitten in die angeregte Diskussion hinein klopfte es an die Tür. Ehe überhaupt jemand anders reagieren konnte, stand mein Vater im Korridor und riß die Tür in freudiger Erwartung auf. Er hoffte wohl noch immer, unser schlagwütiger Musikgermane werde bei uns auftauchen. Dem war jedoch nicht so.

Meine Freunde und ein Teil ihrer Eltern gaben sich im Hausflur ein Stelldichein. Was sollte das denn? Mein Vater blickte verdutzt auf die Menge, er konnte sich darauf keinen Reim machen. Risse, der vorn stand, hatte sie alle zusammengetrommelt.

»Bei Bolzmann, in der Lichtenbergerstraße, sitzt der Scheißkerl und läßt sich volloofen! Der is' blau wie'n Ulan!« erklärte er meinen Eltern. Bolzmann, eine Kneipe mit Vergangenheit, galt als Treffpunkt für NSDAP-Angehörige. Risse hatte ihn dort durch die offene Tür an der Theke beobachtet.

»Das trifft sich ja prima! Besser läßt sich die Angelegenheit gar nicht regeln!« Mein Vater war Feuer und Flamme und krempelte sich die Ärmel hoch.

»Du bleibst hier!« Meine Mutter wurde energisch. »Sich in einer Kneipe mit dem Kerl prügeln, das fehlte gerade noch! Ich werde mit den anderen Eltern diesen Menschen unter die Lupe nehmen; alles andere wird morgen geregelt!«

Da gab es keinen Widerspruch, auch für meinen aufgebrachten Vater nicht.

So machten wir uns auf den Weg, um Herrn Bebel unsere Aufwartung zu machen. Aber der Platz an der Theke war leer, kein betrunkener Lehrer weit und breit!

»Ehrlich, ick habe ihn doch mit meine' eigenen Oogen geseh'n! Weeß der Deibel, wo der Kerl abgeblieben is'!« Risse suchte fassungslos das Lokal nach dem Prügelpädagogen ab. Hatte der ihn gesehen und war deshalb schleunigst verschwunden?

»Wen such'n Se? Den Lehrer Bebel? – Ja, der war bis eben hier. Der kann aber noch nich' weit sein; der wollte zur Straßenbahnhaltestelle. Isses denn was wichtiges?«

Der fette Wirt gab den Eltern bereitwillig Auskunft, grinste dabei aber hämisch vor sich hin. Im Geschwindschritt machten wir uns auf die Suche. Und richtig! Vor uns zick-zackte Bebel über den Bürgersteig. Sein Kurs führte von Laterne zu Laterne auf die Haltestelle zu.

»Mann, hat der geladen!« entfuhr es meiner Mutter.

Bebel war vollauf mit sich selbst beschäftigt, um sich an den Laternen im Gleichgewicht und ansonsten auf den schwankenden Beinen zu halten. Eigentlich hatten wir genug gesehen, aber Mutter Schraube wollte keinem Zweifel an der Person des Lehrers unterliegen.

Sie ging mit ihrem Sohn an ihm vorbei und grüßte: »Guten Abend, Herr Bebel!«

»Heil – Heil – Heil Hitler! Hick!« Er kämpfte ganz offensichtlich nicht nur um einen festen Stand, sondern auch noch gegen seine widerspenstige Zunge.

Madames Beispiel wirkte ansteckend; jeder wollte den Trunkenbold aus nächster Nähe betrachten. Ein regelrechter Vorbeimarsch begann, natürlich mit entsprechenden Abständen, damit sein umnebeltes Gehirn Zeit fand, jeden Gruß zu erwidern. Und wirklich, wie ein Automat quälte er seine schwere Zunge über das blöde »Heil Hitler!«, bis die Straßenbahn ihn von uns erlöste.

Er büßte auf der nachtdunklen Straße damit das letzte Fünkchen Respekt ein, das noch irgendwo in uns für ihn als Lehrer schlummerte. Was blieb, war ein Besoffener, mehr nicht.

Am nächsten Morgen bekamen meine Mutter und ich auf dem Schulweg Gesellschaft. Madame Schraube, von der Familientragödie erholt und aufgeblüht, und Vater Müller in seinem guten dunkelblauen Anzug wurden mit ihr gemeinsam bei unserem Rektor in der bewußten Angelegenheit vorstellig. Mit ihnen fand sich ein weiterer Erwachsener ein, den sie aber nicht kannten. Wie sich nach wenigen Worten herausstellte, handelte es sich um Herbert Winds Vater, der seinem Sohn beisprang und sich freute, nicht allein in die Arena steigen zu müssen.

Unser Rektor fiel aus allen Wolken. Von den Ereignissen des Vortages hatte bisher kein Sterbenswort sein Amtszimmer oder gar die Lehrerschaft erreicht, obwohl es an Zuschauern wahrlich nicht gefehlt hatte.

Nach dem ersten Schock kehrte seine gewohnte Sicherheit zurück. Er ließ unseren Klassenleiter Gellert, den verkaterten Bebel und uns in das Amtszimmer rufen, um alle Seiten zu hören. Für den Musiklehrer war es ein »Spießrutenlaufen«. Die Klingelangelegenheit hatte der Rektor noch mit einem Schmunzeln zur Kenntnis genommen, die »Scheißkerl-Ruferei« hingegen rief seinen Unwillen hervor.

Den dicksten Brocken gab ihm jedoch der Heimkehrer aus Amerika zu schlucken. »Ich kann nicht glauben, daß meine Familie und ich nach Deutschland zurück ... äh ... heim ins Reich ... gekommen sind, äh ... damit mein Sohn geprügelt wird wie im Mittelalter. Wenn ich das an meine Freunde schreibe, wird keiner mehr dem Ruf des Führers folgen, sondern lieber in den USA bleiben.«

»Aber, Herr Wind, Sie sollten bei allem verständlichen Ärger nicht vorschnell urteilen. Es ist ein bedauerlicher Einzelfall, den wir schleunigst abstellen werden!« Plötzlich fiel dem Rex ein, daß wir alles mit anhörten, unsere Ohren reichten inzwischen fast bis an die Decke. »Ich glaube, für die weitere Klärung der Angelegenheit brauchen wir die Schüler wohl nicht mehr, oder? Ihr könnt in eure Klasse gehen!«

So eine Gemeinheit! Wo es gerade anfing, interessant zu werden!

Bebel verschwand von der Schule von einem Tag zum anderen; wohin, das blieb uns verborgen. Während die einen vermuteten, er sei zur Strafe an eine winzige Dorfschule versetzt worden, ins finsterste Ostpreußen oder so, sikkerte aus der Lichtenberger Straße das Gerücht durch, er habe sich an jenem Abend nur deshalb so besoffen, weil auch ihn der Ruf zu den Fahnen erreicht habe. Was letztlich stimmte, wußte eigentlich nur der Bebel genau, und den sahen wir nie wieder.

In sofortige Vergessenheit geriet er trotzdem nicht. Falter-Willi, den wir häufig in seinem Garten besuchten, bekundete ein außergewöhnliches Interesse an den Einzelheiten der Bebel-Story.

Es war an einem der letzten schönen Herbsttage, der das gelbe, rote und braune Laub in den Gärten wie zum Abschied noch einmal aufleuchten ließ. Wir saßen vor seiner Laube bei Landbrot, Honig und selbstgepreßtem Most unter einem seidigblauen Himmel und genossen die warmen Sonnenstrahlen. Silbrige Spinnenfäden schwebten im weichen Licht durch die Luft. Es roch förmlich nach Herbst.

Falter-Willi kraulte seinem Fridolin den Kopf und fütterte ihn mit kleinen in Honig getauchten Brotbrocken.

Er lehnte sich zurück und hörte sich genüßlich an, was wir ihm da im Wechsel vortrugen. Einiges wußte er schon, vieles war für ihn neu; denn Gellert hatte geschwiegen. Für uns gab es keinen Grund zur Zurückhaltung; so erfuhr er vermutlich mehr, als selbst unser Klassenleiter wußte.

»Jedenfalls hat sich alles in Wohlgefall'n uffgelöst. Den Bebel sind wir mit jutem Wind los, mein'n Vater hat de Wehrmacht geholt, und det Gefasel vom Krieg hat ooch een Ende!« stellte Schraube fest und lockte Fridolin mit einem Brotbrocken. »Nu' hab'n wir Ruhe!«

Richtig, auch die politische Lage in Europa hatte sich nach der Konferenz von München beruhigt; Hitler hatte seinen Willen durchgesetzt, das Sudetenland war »heim ins Reich gekehrt«.

Falter-Willi sah uns der Reihe nach nachdenklich an, als überlege er, ob er etwas dazu sagen solle oder nicht. »Weißt du, Schraube, da bin ich mir gar nicht so sicher. Man kann nie so blöd denken, wie es im Leben manchmal kommen kann! Es soll mich für euch freuen, wenn du recht hast.«

Wir sollten noch dahinterkommen, was er gemeint hatte.

Bebels Abgang hinterließ in der Schule eine deutliche Lücke; nicht nur, weil bis zu den Herbstferien der Musikunterricht ausfiel, sondern weil wir uns erst daran gewöhnen mußten, daß niemand mehr sinnlos auf uns eindrosch. Es brauchte eine ganze Zeit, bis wir den »Bebel-Blick« verloren, mit dem wir bis dahin immer den Hof und die Flure abgespäht hatten, um rechtzeitig seinem allgegenwärtigen Rohrstock ausweichen zu können. Sein Nachfolger, der nach den Ferien den Dienst antrat, konnte mit ihm schon rein äußerlich nicht konkurrieren. Dunkelhaarig, blaß und dürr, war er das ganze Gegenstück zu dem prallen Bebel. Am Flügel bekamen seine Augen einen träumerischen Ausdruck, sobald er die ersten Töne anschlug.

Olle Schraube nahm ihn am ersten Tag einschätzend in Augenschein und verzog sein Gesicht. »Een Fliegengewicht, een Künstler! An dem vergreifen sich bloß kleene Kinder, wir nich'!«

»Man kann nie so blöd denken, wie es im Leben manchmal kommen kann.« Wir hatten herauszufinden versucht, was hinter Falter-Willis Weisheit steckte; jetzt wurde uns schlagartig der Sinn dieser Worte klar.

Bei Müllers, dieser festgefügten Familie, hatte sich in den frühen Morgenstunden eine Tragödie abgespielt. Ein echtes Eifersuchtsdrama, an dem das ganze Mietshaus wegen der Umstände und der damit verbundenen Lautstärke begierig Anteil nahm. Das Ereignis glich einer Sensation, hatte doch Vater Müller den Schlafburschen Glomse nach fünfzehn Jahren harmonischen Zusammenlebens mit Schimpf und Schande, zudem nur mit einem schlichten Nachthemd bekleidet, aus der gemeinsamen Wohnstatt gejagt. Die fast verwandtschaftliche Gemeinsamkeit, die schwere Zeiten überdauert hatte, löste sich innerhalb weniger Minuten in Verdacht, Streit und Rausschmiß auf.

Wie uns der zutiefst erschütterte Tüte versicherte, konnte der exmittierte Glomse noch von Glück sagen, daß er zwar mangelhaft bekleidet, aber dennoch mit heilen Knochen dem blindwütigen Atze entkommen war.

Übrigens, ganz so blindwütig konnte Atze Müller nun auch wieder nicht gewesen sein. Bei dem Anblick des nachthemdigen Häufchen Elends vor seiner Tür hatte er sich wie weiland der heilige Martin erbarmt und dem Urheber allen Ärgernisses die »Klamotten« mit den Worten »Da, bedecke dir!« vor die Füße geworfen, so daß dieser nicht länger zum Spott der neugierigen Nachbarn auf dem Treppenpodest herumstehen mußte.

Was wirklich im Haushalt der Müllers geschehen war, erfuhren wir erst von Tüte. Das Gerücht jedoch war schneller und zeichnete sich durch allerlei Beiwerk aus, das der näheren Untersuchung später nicht standhielt.

Seinen besonderen Reiz bekam das Familiendrama dadurch, daß die Kinder Partei ergriffen. Der Untermieter war bei allen als »Onkel Glomse« beliebt; allein, nun zeigte sich, daß es in der Familie eine Müller- und eine Glomsepartei gab. Delikaterweise gehörten der Glomsepartei jene Müllerschen Sprößlinge an, die dunkelhaarig und auch ansonsten etwas aus der Art geschlagen erschienen.

Sollte an den hämischen Spekulationen der Nachbarn wirklich etwas Wahres sein, dann schlug eben die »Macht des Blutes« voll und ganz durch.

Uns interessierte das natürlich weniger als die Beweggründe, die Atze zu seinem radikalen Vorgehen veranlaßt hatten.

Aus irgendeinem Grunde war Atze früher als üblich von

seinem Arbeitsplatz in den Großmarkthallen am Alexanderplatz nach Hause geeilt. Wie nicht anders zu erwarten, war sein geliebtes Eheweib darauf nicht vorbereitet; deshalb traf er sie auch nicht in der Wohnung an. Dafür lag Glomse noch im Bett und empfing ihn mit erhobenen Armen, geschlossenen Augen und merkwürdigen Reden.

»Ach, Hedwig, wat hast du doch für eenen prachtvollen Arsch!« Er schmatzte genießerisch, während Atze erstarrte, weil er seinen Ohren nicht traute. Das mit dem prachtvollen Hinterviertel seiner Gattin stimmte zwar, er hatte ja selbst oft genug stolz darauf hingewiesen. Wer aber gab dem Kerl da das Recht, *so* davon zu reden?

»Komm, mein Schätzchen, ick muß dir küssen! Ach, komm doch in die Falle, ick bin ganz wild uff dir!«

Was faselte der Glomse da? Was wollte der von seiner Hedwig? Wo steckte die überhaupt?

Er sah sich suchend um, während Glomse weiter seine anzüglichen Komplimente und gewagten Anträge an die vermeintliche Hedwig richtete. Es war schon ein starker Tobak, was er in seiner schläfrigen Beredsamkeit dem heimgekehrten Ehemann zumutete!

In Vater Müllers Hirn formte sich langsam ein furchtbarer Verdacht und ließ sein Blut in Wallung geraten. Hatte dieser Mistkerl, der Glomse, am Ende mit seiner Frau ...? Hatten die beiden in seiner Wohnung, in seinen Betten ihm so kapitale Hörner aufgesetzt, daß alle im Haus davon wußten, nur er nicht?

An diesem Punkt seiner Überlegungen angekommen, schlug es wie ein Funke in ein Pulverfaß, als Glomse sagte: »Komm! Schnell 'ne Nummer, bevor Atze kommt!«

Wie ein Tiger sprang Atze an das entweihte Bett, in dem sich der ahnungslose Glomse wonnetrunken aalte, und riß den erschrockenen Schlafburschen mit seinen bärenstarken Armen aus den Federn. Er hielt den vor Schreck steifen Körper an dem vergilbten Nachthemd waagerecht in die Luft. »Die Nummer kannste hab'n, du falsches Rabenaas!«

Er schwenkte sein Opfer durch die Luft, daß dem übel wurde, beförderte es im Geschwindschritt aus dem Zimmer über den Flur und warf es durch die geöffnete Tür schwungvoll auf das Treppenpodest. Platt wie eine Flunder klatschte Glomse auf die harten Dielen, geradewegs seiner angebeteten Hedwig vor die Füße, die entsetzt die Aktion ihres wütenden Mannes verfolgte. Der krempelte sich die Ärmel hoch und machte Anstalten, dem gewesenen Untermieter die Jacke beziehungsweise das Nachthemd vollzuhauen.

»Biste verrückt, Atze! Wat machste da mit dem Glomse?«

Sie rief damit die Nachbarschaft auf den Plan, und die war zahlreich und überaus neugierig. Gerade auf Müllers Etage befand sich das Zentral-Klosett mit seinen diversen Kabinen, vor denen die Mühseligen und Beladenen den Hausklatsch kolportierten und der freien Sitzgelegenheiten harrten. Vergessen waren der körperliche Drang und des Leibes Notdurft; die gesamte Aufmerksamkeit wandte sich den Müllers und ihrem mangelhaft bekleideten Untermieter zu. Selbst die Kabinenbenutzer ließen schleunigst die geschürzten Röcke fallen und stürzten sich in das aufregende Getümmel. Im Nu war das Podest und das Treppenhaus von einer dichten Menschenmenge blokkiert.

Damit hatte Atze zwar nicht gerechnet, und es dämpfte etwas seinen erregten Sinn, indes, seine innere Empörung machte sich Luft, indem er schrie: »Dem werd' ick seine Nummer mit Heller und Pfennig heimzahlen, der Sau, der alten!« Er setzte sich in Bewegung, um seine Worte in die Tat umzusetzen.

Die Menge machte erwartungsvoll Platz.

»Wat is denn det für een Quatsch, 'ne Nummer? Spinnste lauwarm, Atze? Habt ihr gesoffen uff Arbeet?« Hedwig fiel ihrem Atze in die erhobenen Arme und stellte sich vor den schlotternden Glomse.

»Der Hund, der verfluchte, hat gesagt, du hast 'nen wunderschönen Arsch! Er will dir küssen, und du sollst zu ihm inne Falle komm'n! 'ne Nummer wollt er flink mit dir mach'n, bevor ick nach Hause komm'!«

In seiner grenzenlosen Wut sprudelte er alles heraus, ohne an die Zuhörer zu denken, die sich kein Wort entgehen ließen.

»Hab' ick doch geträumt, Atze! Bloß geträumt! Glob mir det doch, bloß geträumt! Wo werd' ick denn . . .!« ließ sich Glomse zaghaft vom Boden her vernehmen, schielte aber trotz seiner unangenehmen Situation seiner Wirtin auf das prachtvolle Hinterteil. Insofern war seine Lage gar nicht einmal so ungünstig.

»Auch im Traum is' det 'ne Sauerei! Det duld' ick nich'!« schnappte der Ehemann zurück, schon merklich ruhiger.

Hedwig drängte ihn in die Wohnung zurück und forderte: »Nun erzähl mal erst . . .!«

Die Tür klappte zu und schnitt den angefangenen Satz ab. Glomse lag noch immer im Kreis der Zuschauer malerisch hingestreckt; er sprang auf, als es hinter der Tür laut wurde. Atzes Stimme war angeschwollen.

»Der kommt nich' mehr bei uns ins Bett, basta!«

Die Tür sprang auf, und dem Ex-Schlafburschen flogen seine Sachen an den Kopf.

Unter den Blicken der Zuschauer, die miteinander tuschelten und hämisch grinsten, stieg Glomse in seine Hosen und in die Schuhe; das andere Zeug raffte er zusammen und stürzte damit die Treppe hinunter.

»Jetzt geht dir wohl die Muffe, wat, Glomse?« spottete die alte Tappert ihm hinterher. »Fall man nich' uff'n Pinsel, du Traumtänzer!« Höhnisches Gelächter im Rücken, stolperte Glomse über den Hof und hinaus auf die Straße.

Was sich bei Müllers zwischen Atze und Hedwig abspielte, blieb den Nachbarn verborgen, obwohl sie an den Wänden und an der Tür horchten. So leicht ließ sich der Verdacht aber wohl doch nicht zerstreuen, der sich in Atzes Gehirn festgefressen hatte, denn als die Kinder aus der Schule kamen, war die Diskussion noch immer im Gange.

Vater hockte mit finsterer Miene am Tisch und kaute auf Mutters Argumenten herum. Er nahm einen Schluck aus der Bierflasche und genoß den Gerstensaft als Balsam auf seine seelischen Wunden. Bier in der Woche, und dann auch noch mittags, das war ungewöhnlich bei Müllers. Über den ungewohnten Genuß entging ihm, daß seine Kinderschar anfing, sich in Parteien für und wider »Onkel« Glomse zu scheiden, der wie ein vertrautes Möbelstück oder Spielzeug seit Urzeiten zum Haushalt gehört hatte.

Und der sollte nun für immer fort sein?

Mutter Müller fing an zu rechnen. »Wenn du dein albernes Mißtrauen mal 'ne Weile in die Ecke stellen könntest, Atze, dann müßte ooch dir klar sein, det wir ab heute dem Glomse sein Schlafgeld für'n Rest der Woche zurückzahl'n müss'n!«

»Wat is' det? Wat soll'n wir?«

»Du willst dir doch nich' bereichern! Det Theater, wat du gemacht hast, is' schon überall rum. Und Glomse wird jedem erzähl'n, det du sein Schlafgeld eingesackt hast! Schön wird det, Atze!«

Der starrte seine Frau verblüfft an und suchte verzweifelt nach einem Ausweg.

»Und det wird künftig ooch weiter fehlen, det Geld«, stichelte sie erneut.

»Schluß jetzt!« brüllte Atze und haute mit der Faust auf den Tisch. »Der kommt heute nacht nich' mehr ins Haus! Und wenn du nich' hörst, vergess' ick mir!«

Und damit hatte er Ruhe, zunächst jedenfalls.

Zum Abendbrot kam ein Essen auf den Tisch, das es sonst nur in Situationen gab, wenn das Geld so knapp war, daß selbst die Mäuse mit verweinten Augen aus der Speisekammer schlichen. Es gab ausgelassenen Speck in der Bratpfanne, in die jeder sein trockenes Brot tunkte und eine Speckgriebe zu erwischen versuchte.

»Wir müss'n spar'n; det Schlafgeld fehlt!« sagte Hedwig auf Atzes unmutigen Blick.

In diese spannungsgeladene Atmosphäre platzte Ruth, die mit dem üblichen Wurstwarenpaket unter dem Arm »von Arbeet« kam. Fürsorgliche Nachbarn hatten die Nachrichten von der Schlacht am heimischen Herd bis in die Koppenstraße getragen, so daß Ruth über die allgemeine Stimmung vorgewarnt war. Sie war deshalb keineswegs erstaunt, Vater und Mutter mit mißgestimmten Gesichtern vorzufinden. Überrascht war sie vielmehr, daß man nicht auf sie mit dem Abendessen gewartet hatte, daß es dieses »Sparessen« gab und Mutter ihr außerdem sofort an der Tür das Wurstpaket abnahm und eiligst damit in der Küche verschwand.

Sie brachte das auch lautstark zum Ausdruck. »Wat is' denn det? Speckstippe mit trocken' Brot? Ich gloob', mir laust der Affe!«

Hedwig zuckte die Schultern. »Wir müss'n spar'n, Vater hat Glomse rausgeschmissen. Jetz' fehlt det Schlafgeld!«

Atze fuhr wie unter einem Peitschenhieb zusammen und sah seine älteste Tochter gequält an. Die nahm die Pfanne am Stiel hoch und inspizierte den ausgewischten Pfannenboden. »Und ick muß jetz' dafür am Daumen lutschen, wat?« fragte sie. »Denn hätt' ick mir ooch 'n Paar Bruchwürstchen mitbring'n könn'n, wenn ick gewußt hätte, det wir am Hungertuch nagen!«

Hedwig grinste stillvergnügt in sich hinein und freute sich, daß Ruth geradezu perfekt den Ball auffing, den sie ihr zugeworfen hatte.

Atze wand sich auf seinem Stuhl. »Na, so schlimm wird det ja wohl nich' gleich werd'n, det wir hungern müss'n!«

Mit einem Hundeblick sah er seine »beeden Weiba« an, die in heimlicher Verschwörung auf ihm herumhackten und Salz in seine offenen Wunden rieben. Wenn ihm eines an sein Gemüt ging, dann war es die Sorge, seine Kinder könnten nicht satt werden. Da er nicht wußte, wie er auf schickliche Art dieser Zwickmühle entkommen sollte, stand er auf, nahm wortlos seine Arbeitstasche und verließ mit einem vorwurfsvollen Blick seine ungastliche Wohnung. Fast drei Stunden vor der Zeit, das hatte es bei Müllers bisher noch nie gegeben! Ruth und der Rest der Familie sahen dem Haushaltsvorstand, der da geschlagen aus dem Hause schlurfte, erschüttert nach.

»Hoffentlich besäuft er sich nich'!« sagte Ruth schuldbewußt zu ihrer Mutter, die mit dem Wurstteller aus der Küche kam.

»Keene Angst, Ruth; der hat keen'n Pfennig in der Tasche und een schlechtet Gewissen im Genick. Der brütet jetz', wie wir aus det Dilemma komm'n! – Mir so zu verdächtigen, ick und Glomse!« Sie blickte ihre Tochter an und wurde plötzlich gewahr, daß da jemand vor ihr stand, der so völlig aus der Müllerschen Art schlug. Sie schluckte verlegen und schob Ruth den Teller hin. »Nu' iß man wat, sparen jilt nur für Vater!«

Tüte, der stumm zugehört hatte, griff sich ein paar Wurstscheiben, Anschnitt nannte das Ruth, und machte sich auf den Weg, um uns zu berichten.

»Weeßte, Tüte, dein Vater tut mir leid, ooch wenn er Glomse falsch verdächtigt. Aber det weeß man ja nie«, meinte Olle Schraube und dachte dabei wohl an seine Mutter und den »flotten Hecht«, wie er den Onkel Heini neuerdings nannte. »Ick bin gespannt, wie det weitergeht!«

Das erfuhren wir im Laufe der folgenden Tage von Tüte oder Ruth, entweder morgens in der Schule oder abends, wenn wir uns bei Schraube trafen. Sogar Madame fand sich dann ein; inzwischen hatte nämlich das Ehedrama auch den Zeitungs- und Tabakladen in der Landsberger Straße erreicht.

Glomse nahm die Drohungen ernster, als es wohl Atze selbst erwartete. Wie er aus dem Munde beflissener Nachbarn erfuhr, war sein Ex-Schlafbursche nicht nur eingeschüchtert, sondern wegen des Verdachtes tief gekränkt.

»Nich' mal träumen darfste als Schlafbursche bei Müllers, denn spielt der eifersüchtige Olle verrückt«, erklärte Glomse seinen neugierigen Zuhörern, die gar nicht genug davon hören konnten, welches Leid Atze ihm angetan hatte. »Det kann doch jeder seh'n, det die Müllern eenen wunderschönen Arsch hat, uff den er stolz sein kann, der olle Mistpickel. Gesagt hat er det ja selber oft genug hier in der Kneipe. Bloß träumen darf man davon nich', denn wird er giftig!« Auf Umwegen kamen diese Äußerungen – vermutlich auch noch ausgeschmückt – brühwarm zu den Müllers und hielten Atzes schlechtes Gewissen wach.

Glomse verbrachte die Nächte in der Kneipe. Er schlief auf dem harten Billardtisch. Tagsüber machte er einen weiten Bogen um sein altes Schlafquartier. Eines wußte aber auch Atze, daß sein ehemaliger Schlafbursche irgendwann auftauchen mußte, um sich die polizeiliche Abmeldung unterschreiben zu lassen, falls die Vertreibung aus dem Müllerschen Paradies anhalten sollte. Diesen Gedanken schob er jedoch weit von sich, weil er ihm unangenehm war.

Einige Tage nach dem dramatischen Auszug Glomses erschien Vater Müller morgens mit einem unbekannten Mann in der Wohnung. »Det is' mein Kollege, Oskar Kusska, unser neuer Schlafbursche!« verkündete er seiner erstaunten Gattin, die den Fremdling von oben bis unten abschätzend musterte.

Es war ein dünnes, spilleriges »Männeken« von etwa sechzig Jahren, ein trauriges Gegenstück zu ihrem kraftstrotzenden Atze. Die spärlichen grauen Haarfusseln standen ihm vom Kopf ab, so daß er mit dem faltigen Gesicht, den traurigen, müden Augen und dem schrumpeligen dünnen Hals einem uralten Marabu glich.

Das sollte ein Kollege ihres Mannes sein, dieses Wrack? Die Zweifel sprachen so deutlich aus ihren Augen, daß Atze ergänzte: »Der is' Kalfaktor in der Halle, der Oskar, weeßte! Der macht alles für uns.«

Ach so, ein Mann für alles, vom Kaffeeholen bis zum Reinemachen. Das Männeken musterte aufmerksam den Flur der Wohnung, er nahm mit den Augen regelrecht Maß. »Es geht!« stellte er in einem tiefen Bierbaß fest, der in einem so krassen Widerspruch zu der jämmerlichen Figur stand, daß Hedwig sich suchend nach dem Sprecher umsah.

»Wat geht?« fragte sie und funkelte wütend ihren maulfaulen Mann an.

»Wirste schon seh'n!« gab der zurück und drehte sich brüsk weg. Er war mit sich selbst und seinem schlechten Gewissen uneins und da ließ er seine miese Laune an seiner Frau aus, indem er wortkarg und muffig mit dem Marabu durch den Flur stelzte.

»Det kann man machen, det geht janz schnell über die Bühne!« ließ sich die erstaunlich kräftige Stimme Oskar Kusskas vernehmen. »Sonnabend is' det abends alles fertig!«

Mutter Müller rätselte herum. Der Zorn kroch in ihr hoch und ließ sie mit lautem Türenknall aus dem Flur entschwinden.

»Hat Pfeffer im Blut, deine Olle, wat? Warum is' die denn so verbiestert?« wollte der Marabu wissen.

»Ach, daruff mußte nischt geb'n! Se will immer alles wissen – drum!« Atze schob ihn mit dieser lakonischen Antwort zur Eingangstür.

»Wenn du det alles so machst – ick helf' dir natürlich dabei –, denn kannste Sonnabend hier einziehen, klar?«

Oskar nickte, drückte ihm wortlos die Hand und polterte die Treppe hinunter. Atze rieb sich die Hände, er kicherte in sich hinein. Das würde eine Überraschung für Hedwig werden und ein gutes Geschäft noch dazu. Wenn er richtig kalkulierte, brachte das auch wieder den Familienfrieden ins Gleichgewicht und beendete das Gerede von der Sparerei. Er war mit sich sehr zufrieden.

Dennoch kam nach dem Abzug des Marabus der Familienfrieden erst recht ins Wanken. Da Atze weiterhin verstockt schwieg und seine Frau für seine Zweifel um Glomse büßen ließ, war die Stimmung in den Folgetagen schlimmer als vorher. Am Sonnabend schleppten Atze und der Marabu Dielenbretter und Vierkanthölzer in die Wohnung. Alles neues und helles Holz, das sie im Flur auftürmten.

»So, nu' frühstücken wir erst mal schnell, und denn geht det los!« erklärte Vater Müller in einem Ton, der keinen Widerspruch duldete. Das war ein deutliches Warnungssignal an Hedwigs Adresse. Sie wagte daher auch nicht, den beiden trockenes Brot auf den Tisch zu knallen, wie sie es vorgehabt hatte. Schließlich wollte sie die Dinge nicht auf die Spitze treiben. Schön brav setzte sie ihnen ein normales Frühstück vor, von dem der Marabu solche Brotmengen verschlang, daß sie schnellstens zum Bäcker rennen mußte, weil sonst die übrige Familie über das Wochenende hätte fasten müssen.

So schnell wie der ausgehungerte Marabu die Brotscheiben zwischen seinen dunklen Zahnstummeln verschwinden ließ, so flink arbeitete er aber auch. In seiner ausgemergelten Jammergestalt steckte mehr Kraft und in seinen verarbeiteten Händen mehr Geschick als Hedwig vermutet hatte. Die beiden Männer sägten und hämmerten und versetzten das ganze Haus mit ihrem Lärm in eine neugierige Unruhe.

Als die Vierkanthölzer in Türhöhe an den beiden Längsseiten fest in der Wand verankert waren, ahnte Hedwig, was die beiden vor hatten. Ein riesiger Hängeboden entstand. Da der Flur sehr hoch reichte, schufen sie auf diese Weise eine zweite Wohnebene.

»Na, weßte jetz', wat wir mach'n?« fragte Atze seine Frau, die sich durch die Bretter und die beiden Arbeiter quetschte. Zum ersten Mal seit Tagen lächelte er wieder. »Da zieht Oskar ein, uff die eene Seite; uff die andere kann Glomse hausen, wenn er will!«

Wie vom Blitz getroffen blieb Mutter Müller stehen. »Der Glomse? Hab' ick richtig gehört? – Trotz seine Träume?«

Er blickte sie unsicher an. »War ja alles Quatsch, weeß ick ja, Hedwig! Soll er doch da oben träumen. Is' er ooch näher am Himmel, wa?« brummte er.

Sie dachte an das Schlafgeld und begriff langsam, daß er ihr ein Friedensangebot machte. Wie gut, daß sie es heute früh nicht auf die Spitze getrieben hatte! »Und wer bezahlt det alles?«

»Det spendiert alles Oskar! Dafür wohnt er drei Monate ohne Schlafgeld bei uns; damit is' det alles abgegolten. Danach bezahlt er wie alle Schlafburschen!«

So hatte er es jedenfalls mit Oskar vorher abgesprochen. Es war ein gutes Geschäft; das fand auch Mutter Müller und lächelte vorsichtig zurück. »Und wie willste det mit Glomse machen? Wenn der nu' nich' mehr will nach dein' Theater?«

Atze lächelte zurück. »Det mach'n wir heute abend, wenn det hier fertig is'. Der wird schon woll'n!« Er patschte ihr liebevoll auf das Hinterteil, daß ihr das Herz aufging, und reichte dem hämmernden Marabu die Bretter nach oben. Am frühen Nachmittag hing der neue Zwischenboden im Flur, sogar mit Beleuchtung und mit einer Einstiegsluke versehen. Die beiden hatten auf jede Pause und sogar auf das Mittagessen verzichtet.

Der Einstieg erwies sich als etwas schwierig, weil die Stehleiter nicht in das Loch reichte.

»Det kriege ick schon hin!« versicherte Oskar. »Ick werde 'ne passende Leiter organisieren!«

Was das hieß, wußte jeder im Kietz.

Aus den Resten und Abschnitten bastelte er zwei Regale.

»Für unsere paar Klamotten!«

Es war, wie sich Hedwig heimlich eingestehen mußte, eine gelungene Sache.

»Und nu' rück mal den Korn raus, Hedwig, det muß begossen werd'n!«

Das fand sie ebenfalls und holte die wohlverwahrte Flasche aus dem hintersten Winkel des Verstecks. Oskar, Hedwig und Atze stießen auf das gelungene Werk an. Und weil man »uff een' Been nich' steh'n kann«, wie der Hausherr behauptete, folgte bald ein zweites Glas auf das neue Mitglied der Familie, auf Oskar. Als der Trödler Bennemann an die Tür klopfte, waren sie gerade beim dritten Glas, das der Wiederherstellung des Familienfriedens dienen sollte.

Bennemann lieferte zwei Matratzen und Bettzeug. »Alles fast neu, beste Ware und fast geschenkt!« versicherte er der mißtrauischen Hausfrau, die das »Gelumpe«, wie sie es nannte, genauestens auf Ungeziefer untersuchte. »Stammt von anständigen Leuten, die ausgewandert sind!«

»Ach wat! Wer det gloobt! Nachher renn'n uns die Tapetenflundern die Wände hoch, weil det vielleicht verwanztes Gelumpe is'! Jetz' will ick det wissen!« warf sie dem empörten Lieferanten an den Kopf, der den Vorwurf, er bringe Wanzen ins Haus, energisch zurückwies.

Ein Glas Korn – es war das vierte – versöhnte auch ihn mit der Familie. Hedwig brachte die Flasche schnell in Sicherheit; dabei entging ihr, woher Atze das Geld für die Trödelwaren nahm, die der Marabu auf den Hängeboden beförderte. Auf recht wackeligen Beinen, wie sie zu ihrem Entsetzen feststellte, denn Oskar trank recht selten Schnaps und war nicht trinkfest. Ihr Atze zeigte ebenfalls Wirkung, denn er nannte den Bennemann eine »gute Seele mit Herz für die Proletarier«. Und das stimmte nun ganz und gar nicht, der war ein eiskaltes Luder und hatte nur seinen Vorteil im Sinn. Obwohl, das mußte sie ihm in diesem Falle zugestehen, das Bettzeug absolut einwandfrei und fast neu aussah. Wer weiß, dachte sie, wo der Kerl das abgestaubt hat. Aber der ungewohnte Alkohol tat auch bei ihr seine Wirkung; ihr wurde alles egal.

Das Dreigespann – Hedwig, Atze und der Marabu –, schon leicht angefeuert durch den häuslichen Korn, betrat das Lokal, in dem der Glomse als Bierzapfer hinter der Theke stand. Atze steuerte geradewegs auf den verblüfften Zapfer zu und drängte sich durch die zechende Menge, seine beiden Begleiter im Schlepptau. »Eene Molle mit Pfiff, een Wermut, eene Molle ohne Pfiff und een Pfiff solo!« bestellte er.

Die Gespräche ringsum verstummten, die Aufmerksamkeit wandte sich dem Geschehen am Tresen zu, wo sich um die Neuankömmlinge langsam ein freier Raum bildete. Man konnte ja nicht wissen!

Als habe er die neue Situation im Lokal gerochen, kam Kowalski, der Budiker, aus dem Nebenraum und trat neben seinen Angestellten; er befürchtete wohl Streit. Sein Zapfer tat, als höre und sehe er nichts. Gleichmütig zapfte er das Bier, strich mit einem Holz den überflüssigen Schaum ab, spülte die Gläser und übersah im übrigen gekonnt die drei neuen Gäste an der Theke.

»Na, wat is', Glomse, kannste nich' kieken? Und sitzte vielleicht uff deine Ohr'n? Wir hab'n neue Gäste, die ooch schon wat bei dir bestellt hab'n! Guten Abend, die Herrschaften! Lange nich' geseh'n. Wie geht's, wie steht's?«

Kowalski wußte, was sich für einen Gastwirt gehörte. Er war der typische Berliner Budiker; groß, kräftig wie ein »Rausschmeißer«, mit einem Mollenfriedhof unter dem weißen Hemd und der schwarzen Weste. Aus dem runden Gesicht blickten freundlich ein Paar leicht gerötete Augen. Seine Haare waren so kurzgeschoren, daß oben auf dem Kopf nur ein kümmerlicher, aber gescheitelter Rest stehengeblieben war, der als »Budikerfliege« das Haupt krönte.

»Jut geht und steht es, Herr Kowalski. Danke die werte Nachfrage. Aber Durscht hab'n wir und woll'n een einpfeifen, wenn es gestattet und genehm is'!«

Da sah man es wieder! Auch Atze war ein Mann von Welt und kannte sich in den »gehobenen« Kreisen aus.

Glomse nahm den versteckten Tadel mit abweisender Miene zur Kenntnis, zapfte mißmutig die Biere, goß gelangweilt den Wermut und die beiden Schnäpse ein und schob alles widerwillig über die Theke. Dann wischte er sich die Hände an der kurzen weißen Schankschürze ab, die er um den Bauch trug, als habe er sich die Hände beschmutzt.

Atze lachte. »Mensch, nu' mach dir man nich' in den Frack, Glomse! Ick weeß, ich hab' dir Unrecht getan, und darum bin ick hier. Und det soll'n ooch alle hör'n. Ick bin gekomm'n, um mir zu entschuldigen! Es tut mir leid, det ick dir verdächtigt habe! Genügt dir det?«

Glomse wußte nicht, wie ihm geschah. Alles hätte er erwartet, bloß das nicht.

Durch die erwartungsvolle Stille des Schankraumes tönte Kowalskis tiefe Stimme. »Haste nich' gehört, Glomse, wat der Herr Müller gesagt hat? Er hat dir Satisfach . . . Satischfak . . . Mensch, er hat sich bei dir entschuldigt!«

Der Zapfer blieb stumm; er mußte das alles erst verarbeiten.

»Und ick sag' dir noch wat. Wenn du wieder bei uns schlaf'n willst, kannste det. Hier, der Oskar, der hat een Schlafabteil gebaut, wat keener bei uns in der Straße hat; da kannste künftig ooch Sonnabend und Sonntag penn'n!« Atze nahm sein Schnapsglas. »Komm, stoß mit uns an! Ersäufen wir den Ärger!« Er schob das andere Glas zu Glomse über den Tresen.

Hedwig griff nach ihrem Wermut und der Marabu nach seinem Bier.

Kowalski gab seinem Zapfer einen Rippenstoß; denn Vater Müller war bis an die Grenze der Selbstachtung gegangen. Lehnte Glomse ab, dann gab es eine zünftige Keilerei, bei der sich Atze der Sympathie der übrigen Gäste gewiß sein konnte; das wußte auch der Budiker. Die Zeichen dafür ließen sich unschwer aus dem allgemeinen Verhalten ablesen. Man wich von der Theke zurück und machte so den freien Raum um die beiden immer größer. Kowalski hielt die Luft an und zermarterte sich das Gehirn nach einer Möglichkeit, die drohende Prügelei abwenden zu können.

Aber Glomse wollte gar nicht ablehnen, er konnte bloß nicht antworten, so nahe gingen ihm Müllers Worte. Darum nahm er einfach nur das angebotene Glas, stieß mit seinem alten-neuen Vermieter an, hob es mit einem markigen Ruck zur Brust und goß es dann mit einem kurzen Schwung in seinen Schlund. »Ex!« sagte er.

»Ex!« antwortete Atze und vollführte die gleichen Bewegungen.

Die anderen Gäste sahen schweigend zu.

»Glomse, so laß ick mir det gefall'n!« tönte es plötzlich aus der hintersten Ecke. »Kannste mir nich' ooch mal beleidigen lassen? Ick penn' mit jed'n, der mir 'n Schnaps spendiert; nich' bloß im Traum . . .!«

Der Rest ging in dem losbrechenden Gelächter unter. Es war die alte Dörfeldt, die »Dörrpflaume«, die zwar die Wahrheit sagte, aber keine »Freier« mehr fand, weil aus dem einstmals hübschen Straßenmädchen inzwischen eine alte versoffene Vogelscheuche geworden war. Ein harmloses Original; ihr schnodderiges Mundwerk schnorrte mehr Schnäpse zusammen, als es die Einladungen »zum Pennen« vermochten.

Der Wirt – froh über die ausgebliebene Keilerei und die mithin eingesparten Kosten für zertrümmertes Mobiliar – spendierte der wiedervereinigten und nun sogar erweiterten Familie diverse Runden Freibier mit den entsprechenden »Pfiffen« oder »Strippen«. Er konnte so großzügig sein, weil das denkwürdige Ereignis durch den Kietz die Runde machte und immer neue Gäste in diese Kneipe lockte.

Als die Polizeistunde endlich die letzten Gäste aus der verräucherten Destille vertrieb, wankten Oskar, Glomse,

Hedwig und Atze fröhlich ihrem gemeinsamen Heim zu. Atze war so glücklich, weil nun alles wieder seine Ordnung hatte, daß er keinen Anstoß daran nahm, als sich seine und die vorwitzige Hand seines Schlafburschen zufällig auf Hedwigs wunderschönem Hinterteil begegneten. Vielleicht nahm er diesen reizvollen Untergrund aber auch als durchaus angemessene Örtlichkeit, um die Versöhnung endgültig und in aller Form zu besiegeln. Hedwig maß solchen Kleinigkeiten ganz offensichtlich keine Bedeutung bei; sie versuchte gar nicht erst, die Zugehörigkeit der liebkosenden Hände zu klären.

Von Stund' an herrschten wieder Frieden und Eintracht bei den Müllers und ihren Schlafburschen, wenn auch die Einweihung des Hängebodens fast an dem vom Alkohol ausgelösten Unvermögen scheiterte, die Luke über die Malerleiter zu erklimmen. Als Glomse und der bedudelte Marabu endlich in ihren neuen Betten lagen, fielen im Haus die Zeitungen durch die Briefschlitze und graute der Morgen.

Als wir wenige Tage nach der Versöhnung der Streithähne morgens zur Schule gingen, war unterwegs die Hölle los. Zertrümmerte Schaufensterscheiben bedeckten das Pflaster, Läden waren vollkommen demoliert und ausgeplündert. In den Schmutz getretene Waren und Kleidungsstücke lagen auf den Bürgersteigen. Kralle und ich starrten entsetzt nach oben, als aus dem dritten Stock eines Hauses in der Lichtenberger Straße Möbel aus den Fenstern geworfen wurden und auf dem Straßenpflaster zerschellten. Risse stieß zu uns.

»Det is' die SA aus Bolzmanns Schuppen! Die verarschen die Juden!« sagte er atemlos und sprang vor den Trümmern eines Wohnzimmerschrankes zurück, die wie Granatsplitter durch die Gegend flogen.

»Meine Fresse, warum denn det?« fragte Kralle.

Das fragten sich an diesem Morgen in unserem Kietz

alle. »Die Juden sind unser Unglück!« behauptete die offizielle Propaganda. Aber wer konnte sich hier schon etwas darunter vorstellen? Wie sollten die kleinen Geschäftsleute, die Kleiderjuden, Trödler und Höker für uns in den Mietskasernen ein Unglück bedeuten? Die hatten ja selbst kaum genug zum Leben!

Der alte Pinkas Wagenschmeer lag in seinem demolierten Seifenkeller unter den umgestürzten Regalen eingeklemmt und schrie um Hilfe, daß es schaurig durch die Straßen klang. Niemand wagte zu helfen; denn vor der Kellertreppe stand breitbeinig ein SA-Mann in Uniform, und das genügte.

Unser Schulweg war mit Glasscherben und zertrümmerten Möbeln regelrecht gepflastert. Wie mußte es da erst in der Gollnow-, Hirten-, Grenadierstraße aussehen, wo weitaus mehr Juden wohnten? Die Erwachsenen eilten mit verschlossenen Gesichtern durch die Trümmer; man hatte den Eindruck, sie wollten nicht wahrhaben, was sich da abspielte.

Olle Schraube wartete auf uns an der Landsberger Straße. »Mensch, habt ihr det geseh'n? Die ganzen Judengeschäfte in Trümmer'! Bei Hinterratz liegt det ganze Fleisch uff de Straße; die Hunde prügeln sich darum!«

Hinterratz war die »Koschere Fleischerei«, wie es an der Ladenfront hieß, die schon durch die hebräische Schrift weithin als jüdisches Geschäft gekennzeichnet war. Der Fleischer Hinterratz war ein Mann mit einem gewaltigen schwarzen Vollbart und langen Locken unter einem bestickten Käppchen, das wir »Schabbesdeckel« nannten.

»Den hab'n die SA-Männer aus'm Laden geholt und ihm uff de Straße unter Johlen und Gelächter mit seinem Fleischermesser den Bart und die Locken abgeschnitten!« erzählte Schraube. »Det hat furch'bar ausgeseh'n!«

Bei Ochsenhirn, dem Papiergeschäft, bei Krautwurst, bei Goldstein, bei Rosenstrauch – überall das gleiche Bild.

Vor dem Schulgrundstück stand »Nachttopp« in Uniform und kontrollierte die Schüler; das machte er immer an besonderen Tagen. »Warum seid ihr nicht in Uniform?« fuhr er uns an.

»Die zieh'n wir erst heute nachtmittag für'n Uffmarsch an!« behauptete Schraube und ging weiter.

So eine Frechheit, wir hatten überhaupt keine Uniform, weil wir dem Deutschen Jungvolk oder der Hitlerjugend gar nicht angehörten.

An diesem 9. November 1938, dem »Tag der Bewegung«, bekamen wir diesen »Mangel« wieder einmal überdeutlich zu spüren, denn etwa 80 Prozent unserer Mitschüler trugen Uniform. Nachher, in der Aula, stachen wir von den Uniformierten wieder als »Zivilisten« ab, die von den Lehrern, die der Partei angehörten, mit mißbilligenden Blicken bedacht wurden.

Aber meine Eltern waren nicht dazu zu bewegen, mich in die HJ eintreten zu lassen. Was mein Vater als Begründung gab, konnte ich unmöglich gegenüber anderen äußern. »Ich kann diese kackbraune Uniform nicht sehen! Du ziehst die nicht an!« hieß es.

Trotzdem war es ein niederdrückendes Gefühl, in dieser braunen Masse als »Zivilist«, das war ein echtes Schimpfwort, umherlaufen zu müssen. Obwohl wir in unserer Clique die HJ nicht brauchten, an solchen Tagen fühlten wir uns als Außenseiter. Ein Glück, daß es auch unter den Lehrern solche Ausnahmen gab, Gellert, Kornmesser, Tobler und noch einige andere. In der Klasse zeigte sich, daß einige unserer Mitschüler in die Auslagen der demolierten Geschäfte gegriffen hatten. Ratte sprang mit einem Damenhut auf dem Kopf umher, einem blödsinnig dekorierten Gebilde, auf dem sich Kirschen und Blumensträußchen ein Stelldichein gaben. Natürlich wirkte es urkomisch, dieser Hut und dann die braune Uniform dazu.

Als Gellert in die Klasse trat, fand er das gar nicht komisch. Er sah uns so ernst an, daß das Gelächter sofort erstarb. Sein Gesicht wirkte noch blasser als sonst.

Er fixierte uns der Reihe nach, dann sagte er mit einem mißbilligenden Blick zu Käßler: »Ich wußte gar nicht, daß die HJ jetzt solche Hüte trägt, noch dazu an einem Gedenktag für die Opfer der Bewegung. Ist das neu?«

Ratte wurde knallrot unter seinem Blick, riß sich blitzschnell den Hut vom Kopf und stotterte: »Den ... den hab' ick in der Straußberger Straße ... äh ... gefund'n, Herr Gellert! Der lag da uff'n Bürgersteig!«

Der Lehrer sah ihn durchdringend an. »So, so! Gefunden! Es liegt heute noch eine ganze Menge mehr auf der Straße, nicht bloß so ein albernes Hütchen, Käßler!«

Ratte wurde unsicher und wußte nicht recht, was er antworten sollte.

»Wer hat denn alles etwas gefunden?«

Zögernd kamen ein paar Finger hoch.

»Laßt mal sehen, was es ist!«

Es kam allerlei zum Vorschein; keine besonderen Wertgegenstände, aber immerhin. Wie nicht anders zu erwarten, hatte Ratte am meisten »gefunden«. Er holte zwei Schuhkartons unter dem Tisch hervor, die ein Paar hochhackige Damenschuhe aus feinstem Schlangenleder und ein Paar flauschige Hausschuhe enthielten. Wie der Kartonaufdruck verriet, stammten sie aus dem teuren Schuhgeschäft »Mareno« in der Großen Frankfurter Straße. Ratte mußte einen gehörigen Umweg zur Schule gemacht haben. Damit nicht genug; in den Kartons lagen außerdem Seifenstücke, Herrensocken und anderer Kleinkram.

Gellert hielt uns anschließend einen Vortrag über Fundsachen, ehrliche Finder und Finderlohn, über den Schutz persönlichen Eigentums und Plünderung als kriminelles Delikt. Es war ein verzweifelter Versuch, uns die Unrechtmäßigkeit vor Augen zu führen, ohne sich dabei in Gefahr zu bringen. Gerade er mußte jedes Wort auf die Goldwaage legen.

Allein, Käßlers verstocktes Gesicht machte ihm deutlich, daß hier schon die Saat aufging, die andere gelegt hatten.

Niemand von uns ahnte, daß die Aktion – später als Reichskristallnacht bezeichnet – nur ein Auftakt war, der Beginn eines unvorstellbaren Leidensweges der Juden, wie ihn die Geschichte zuvor noch nie erlebt hatte.

Falter-Willi, mit dem wir uns verabreden wollten, machte – wie Gellert – einen fahrigen und erregten Eindruck und wimmelte uns regelrecht ab.

Tüte sah ihm nach und schüttelte verständnislos den Kopf. »Wat hat der denn? Die sind heute vielleicht alle komisch!«

Komisch war wohl kaum der richtige Ausdruck für den Zustand der Erwachsenen. In meiner Familie schlugen die Wogen der Erregung hoch. Besonders mein Großvater prophezeite die fürchterlichsten Dinge.

»Das sind alles kleine Möchtegern-Hitlers! Die Uniform ist denen in den Kopf gestiegen! Die begehen selbst Mord und Totschlag, um sich damit Anerkennung, persönliche Vorteile, Einfluß und Pöstchen zu verschaffen! Ganz gemeine Verbrecher sind das!«

Was er sagte, hätte für mindestens zwanzig Jahre Zuchthaus ausgereicht.

Ich machte mich schleunigst mit meinem Rad zu Schraube auf, wo Tüte, Knolle, Risse, Edith und Kralle warteten.

»Spielen deine Ollen ooch so verrückt?« fragte mich Tüte.

Ich nickte. Was sollte ich auch sagen?

»Mensch, mein Oller is' vollkommen aus 'm Häuschen; der behauptet schon wieder, es gibt Krieg!« fuhr Tüte fort, »und zwar Krieg gegen England und Amerika.«

Ich äußerte mich dazu lieber nicht. Meine Eltern hatten mir eingehämmert, über Politik grundsätzlich nicht zu reden. Man konnte ja nie wissen. Es gab genügend Beispiele in der unmittelbaren Nachbarschaft, wo ein unvorsichtiges Wort ausgereicht hatte, um die Erwachsenen in die größten Schwierigkeiten zu bringen.

Kaum hatten sich die Erregung und Empörung über die Vorfälle etwas gelegt, wandte sich das noch immer nicht erloschene Interesse wieder der Müllerschen Schlafburschenetage zu. Wie weit die Welle im Kietz geschwappt hatte, erlebte Tüte zuerst auf der Eisbahn.

Hier sprach Kutte den überraschten Tüte an. »Na, Tüte, man hört ja de reinsten Wunderdinge von euch. Seid ja dolle Erfinder bei euch in der Familie, wat? Kann man sich det Zwischendeck mal ankieken?«

Tüte, ansonsten nicht gerade auf den Kopf und auf den Mund gefallen, sah Kutte sprachlos an.

»Die Schlafburschenetage meine ick, verstehste?«

Er holte tief Luft. »Wat weeßt denn du von unser' Untermieterdeck? Wo haste'n det her?«

»Ach, man hört mal hier und da so wat! Stimmt det vielleicht nich'?«

Tüte nickte; es blieb ihm ja auch nichts anderes übrig. Die Tatsache, daß der Ruhm jener neuartigen Errungenschaft sogar bis zu Kutte gedrungen war, ließ ihn staunen.

Natürlich, Müllers konnten auf dieses Wohndeck mit berechtigtem Stolz blicken; es hatte sich in den vergangenen Tagen zu einer noch schmuckeren Attraktion entwikkelt. Mit dem Marabu war ihnen ein erfindungsreicher und talentierter Mann in das Haus gekommen, um den sie so mancher Nachbar beneidete, und ausgerechnet an dessen Machwerk hatte Hedwig herumgemäkelt, sobald die erste Freude verflogen war. So gut der Hängeboden gelungen war, das hatten die neugierigen Nachbarn mit süßsäuerlicher Miene bestätigt, Mutter Müller störte das kahle Holz, obwohl es sauber und gediegen aussah. Ihre kritischen Bemerkungen schmerzten Oskar und ließen ihn grübeln, bis ihm eines Tages jene Idee kam, die den Wert der ganzen Einrichtung um ein Vielfaches steigerte.

Er brachte von irgendwoher eine alte Lötlampe mit, ein stinkendes, vorsintflutliches, überdimensionales Ding, mit dem man ansonsten nur noch verwanzte Bettgestelle ausbrannte.

»Det Ding muß er im Museum für Vor- und Frühgeschichte geklaut hab'n!« behauptete Tüte. »Damit hab'n die Germanen im Teutoburger Wald den Römern de Röcke versengt.«

Mit der langen Flamme, die vorn aus dem rostigen Rohr zischte, machte sich Oskar über das schöne helle Holz her und sengte es systematisch an. Hedwig versagte die Stimme. So hatte sie die Kritik doch nicht gemeint! Es schnitt ihr ins Herz, daß der Marabu so verbissen und zielstrebig mit der Wanzenfackel den herrlichen neuen Hängeboden mißhandelte.

Als sich aber am Ende der Gestank des verbrannten Holzes und der blaue Dunst verzogen hatten, zierte den Flur eine fast antike Holzdecke.

»So, Hedwig, und nu' kalk ick de Wand schlohweiß. Paß uff, denn is' det erste Sahne!« kündigte Atze an und rührte Leim und Schlemmkreide in einem Eimer für den neuen Anstrich zusammen.

Und er hatte recht! Hinterher war alles picobello. Bloß die alte Lampe, die schon an der hellen Holzdecke so merkwürdig verloren ausgesehen hatte, störte den Gesamteindruck.

»Laß man, Mutter, det kriegen wir ooch noch hin!« meinte Ruth und flüsterte mit ihrem Vater.

Das Ergebnis dieser Flüsterei hing am nächsten Abend an der Holzdecke und beleuchtete zufriedene Gesichter. Niemand sah es der Lampe an, daß Ruth sie bei Woolworth für einen Spottpreis erstanden hatte.

Kutte hatte Tüte mit seiner Frage nach dem Schlafburschenetage in Erstaunen versetzt; die nächste Überraschung traf ihn in der Schule, und die erschien ihm schlimmer, obwohl der Anlaß durchaus erfreulich für uns alle war.

Herr Gellert, unser wanderfreudiger Klassenleiter, hatte für den Rest des Schuljahres eine Klassenfahrt eingeplant, sozusagen als Abschiedsveranstaltung, denn das Ende unserer gemeinsamen Schulzeit warf bereits seine Schatten voraus.

In den Weihnachtsferien wollte er mit uns in das Riesengebirge nach Agnetendorf fahren, ein Unternehmen, das auf vielfältige Schwierigkeiten stieß, obwohl er seinen Plan schon im Sommer mit uns und den meisten Eltern abgesprochen hatte. Hauptproblem blieb – wie immer – die Finanzierung. Obwohl unser Lehrer alle möglichen Geldquellen angezapft hatte und Spenden hinzukamen, blieb am Ende für einen jeden noch ein Betrag von RM 20,– offen. Das war der halbe Wochenlohn eines Arbeiters.

Diese Summe und eventuell fehlende Bekleidung veranlaßten ihn, mit uns eine Liste aufzustellen, damit er wußte, wo noch geholfen werden mußte. Die Zeit drängte.

Als Tüte an der Reihe war, zog Gellert aus dessen Gesichtsausdruck ganz offenkundig einen falschen Schluß.

»Na, Tüte, bei euch wird's knapp, was? Die Ausgaben für die Untermieteretage, die Betten, die Farbe lassen wohl nicht viel Spielraum? Was kannste denn aufbringen?«

Tüte verschlug es die Sprache. Er sah den Lehrer völlig entgeistert an. Was hatte der gesagt? Untermieteretage, Betten, Farbe? Woher wußte der denn davon? Gellert wohnte doch gar nicht im Kietz, sondern weit weg in Moabit.

Tüte schüttelte unbewußt den Kopf, er wurde mit dieser Überraschung einfach nicht fertig. Auch das deutete Gellert falsch.

»Nu' mal raus mit der Sprache, so schlimm wird es doch wohl nicht sein! Hierbleiben soll von euch keiner.«

Schraube erfaßte die Situation wieder einmal sofort. »Nee, nee, Herr Gellert, det seh'n Se falsch! Tüte is' verdattert, det Se ooch schon von dem hochherrschaftlichen Schlafparadies bei Müllers gehört hab'n! Det is' es!«

Tüte nickte eifrig und bestätigte die Aussage.

Gellert lachte hell auf. »Ach so, das ist es! Hätte ich mir ja denken können. Na, das spricht sich alles eben so herum und landet dann irgendwann auch bei mir.«

Na, na, so war es sicher auch wieder nicht. Uns blieb es ein Rätsel, wie die Geschichte bis zu ihm kommen konnte. Wer hatte da gequatscht und ihn informiert? Falter-Willi schied aus, der wußte nichts. Aber woher hatte dann unser Klassenleiter seine Kenntnisse?

Er las von unseren Gesichtern die Fragen ab, die wir uns stellten, und hatte sein Vergnügen daran. »Ein Rätsel, nicht wahr, woher der Olle das wieder hat? Nee, nee, keine Sorge, von euch hat keiner gequatscht. Wir trinken mitunter bei Kowalski ein Bier. Fällt nun der Groschen? – Hinreichendes Aufsehen hat die neue Einrichtung ja im Kietz erregt, da hört man als Gast so manches.«

Natürlich, nach den Konferenzen saßen unsere Lehrer hinten in der »Vereinsstube«. Ein wenig merkwürdig nahm sich das zwar aus, weil hier auch der sogenannte Sparverein »Männertreu« bei Kowalski regelmäßig tagte, von dem meine Eltern behaupteten, bei diesen Tagungen säßen gut und gerne hundertfünfzig Jahre Gefängnis und Zuchthaus gemütlich zusammen. Aber im Landsberger Kietz gedieh eben vieles friedlich nebeneinander!

Aus diesem Lokal also stammten die verblüffenden Kenntnisse unserer Lehrer.

Tüte kam allen weiteren Fragen zuvor. »Die zwanzig Mark bringe ick zusammen, Herr Gellert, und zu Weihnachten bekomme ick 'ne HJ-Winteruniform. Vater meint, ick solle man ooch in die HJ eintreten.«

Das mit der HJ war auch für uns neu. Unser Lehrer nickte wortlos und notierte Tütes Angaben. Nicht bei allen ging es so glatt.

Die Geldfrage hatten wir in unserer Clique auf eine einfache Weise gelöst. In der Vorweihnachtszeit gab es viele Möglichkeiten, nebenher Geld einzunehmen. Kralle und ich halfen bei »Schlüpper-Otto«, der eigentlich Otto Lindner hieß. Den Spitznamen verdankte er seinem Gewerbe. Schlüpper-Otto verkaufte Schlüpfer, Unterhemden, Unterhosen, Borten und Litzen von einem Hökerwagen, mit dem er die Arbeiterbezirke abklapperte. Das Zeug stammte aus Konkursen oder Geschäftsauflösungen und war entsprechend billig. Vormittags fuhr er lediglich von seiner Remise zur nächsten Ecke. Kamen wir hinzu, dann ging die Fahrt durch entferntere Straßen, weil wir beide den Hökerwagen zogen. Im Schein einer riesigen Petromax-Lampe verkaufte er bei jedem Wind und Wetter seine Waren und machte dabei kein schlechtes Geschäft. Das spiegelte sich in unserer Entlohnung wider. Die anderen halfen bei Obsthändlern oder verkauften Weihnachtsbäume, so daß bei jedem am Ende ein hübsches Sümmchen zusammenkam.

Das Geld steckten wir in eine gemeinsame Kasse, die Knolle verwaltete. Damit sollte denen in der Clique geholfen werden, bei denen es aus irgendeinem Grunde nicht so gut mit den Einkünften lief. Keiner von uns legte sich auf die Bärenhaut und kassierte dann ab. Wir wußten genau, was jeder tat. Pille war einer, dem es nicht gelang, alles allein zu bewältigen, weil sein Vater noch immer Soldat spielen mußte. Was der Staat an Sold zahlte, lag weit unter dem, was er sonst verdient hätte. Die Fahrtkosten bekam Pille zusammen, aber für die Winterkleidung reichte es nicht aus; aus seinen alten Sachen war er herausgewachsen.

Als wir genügend Geld in der Kasse hatten, zog die Clique mit ihm zum Trödler Bennemann, der seinerzeit Müllers das wunderschöne Bettzeug geliefert hatte. Bennemann, ein ausgekochter, mit allen Wassern gewaschener Händler, kaufte nicht nur auf, sondern verlieh für eine gewisse Zeit auch Geld gegen ein angemessenes Pfand. Im Sommer trennten sich viele Leute von ihren Wintersachen und versetzten sie bei Bennemann. Im Herbst hatten sie dann nicht das Geld, um sie wieder auszulösen. Wurde das Pfand nicht ausgelöst, so verkaufte er die Sachen in der »Luxus-Abteilung« seines Kellers. Der Trödler hatte daher eine prächtige Auswahl auf Lager, die er für einen Bruchteil des tatsächlichen Wertes verkaufte.

Pille wurde neu eingekleidet, Risse bekam ein Paar derbe Stiefel und Knolle eine dicke Windjacke. Damit war die Kasse leer; aber Gellert hatte mit uns keine Probleme mehr.

Bennemann, dem unser Einkauf ein bißchen komisch vorkam, horchte uns geschickt aus. Ihn interessierte im Kietz eben alles, was eventuell nach Geschäft roch. »Warum kommste denn ohne deine Mutter einkoofen? Det Geschäft geht doch wohl in Ordnung, wa? Ick will keen Ärger hab'n!«

Statt Pille antwortete ihm Schraube. »Die kann nich', die näht bei der Reichszeugmeisterei Hosen nach Maß für de SS. Weil se so jut mit Hosenschlitzen umgeh'n kann, is' se unabkömmlich; jeder will von ihr maßgenomm'n werd'n. Deshalb habe ick Vollmacht, Herr Bennemann! – Oder woll'n Se nich' verkoofen? Soll ick'n paar Häuser weitergeh'n?«

Das war ein Schlitzohr, unser Cliquenchef, der konnte mit den Leuten umgehen. Und was der für einen Unfug über Pilles Mutter erzählte! Wir konnten uns nur mit Mühe das Lachen verkneifen.

Bennemann nahm alles ernst. »Doch, doch! Alles klar! Man darf doch mal fragen, wa, det interessiert ein doch ooch, und so! Zum Wintersport soll es also in die Berge geh'n – hmmmm! Da hab' ick een paar dufte Angebote für schnelle Käufer, alles große Klasse und spottbillig!«

Er verschwand in einem Nebengelaß. Wir hörten ihn kramen und rumoren, dann tauchte er mit einem verschnürten Bündel verstaubter Skier und Stöcke auf. »Na, is' det wat? Janz billig zu verkoofen! Euch mache ick'n Extra-Sonderpreis.« Er knüpfte die Schnur auf und wickelte sie sorgfältig über der Hand ab; sechs – nein – acht Paar Ski fielen auseinander.

Keiner sagte ein Wort, nur die Augen funkelten. Bloß kein Interesse zeigen, sonst stieg der Preis!

»Und wofür is' det Zeug jut?« fragte ich gedehnt und tat gelangweilt.

»Hat man so 'ne doofe Frage schon mal gehört? Wozu det jut is', fragt der mir! Kommste vom Mond? Noch nie wat von Skiern gehört? Damit macht man Wintersport, du Landei! Olympiade! Christl Cranz, Mensch! Kapierste det jetz'?«

Bennemann war über so viel Unverstand geradezu empört. Ich amüsierte mich innerlich köstlich.

»Aaaach so! Schon gestorb'n, von uns kann keener damit umgeh'n. Und wenn se noch so billig sind!« war meine Antwort.

»Nu' laß doch mal hör'n, wat der liebe Herr Bennemann dafür haben will, Ete! Vielleicht lohnt sich det Lernen denn«, hakte Schraube prompt nach.

»Haste'n Knall, Schraube? Für meine dünnen Piepen kriege ick bestimmt keene Ski!« krakeelte Tüte los und zeigte ihm einen Vogel.

Das lief ja wieder einmal prima!

Bennemann sah unsicher von einem zum anderen; er wurde aus uns nicht klug. Er überschlug den Posten und rechnete. Die Dinger standen schon lange in seinem Keller. Wer konnte sich in der Palisadenstraße schon einen Winterurlaub und gar eine Ski-Ausrüstung leisten? Aber da standen diese acht Jungen, möglicherweise interessierte Käufer. Wurde er die Ladenhüter vielleicht doch noch mit gutem Wind los?

»Na, Herr Bennemann, wat is'? Lass'n Se mal hör'n, wat so 'ne Dinger wert sind!« forderte Kralle den Trödler auf.

»Ja doch, ja doch! Ick rechne doch man bloß mal eben! Alles prima Ware! Esche – durch und durch Esche, ohne jeden Ast!«

»Ob Esche oder Pappel – für mir is' det wie'n Pferdeappel! Ick trau mir nich' uff so 'ne Faßdauben!« quengelte Pille. »Es sei denn, es lernt mir eener ooch tatsächlich, wie man det macht!«

»So, Jungs – alle achte mit Bindung und Stöcken, dazu eene Kiste mit Wachs zum Loofen – runde hundert Mark! Wat sagta nun?« Der Trödler blickte uns der Reihe nach erwartungsvoll an.

»Ick gloobe, ick muß zum Ohr'narzt. Ick hör' immer hundert Mark! Kann det sein? Mensch, Herr Bennemann, wir woll'n doch nich' den ganzen Keller koofen! Den Preis für de Ski wollt'n wir wissen!« Kralle polkte demonstrativ mit seinem kleinen Finger in seinen Ohren.

Bennemanns geschäftiges Lächeln verschwand wie weggewischt. Er zog ein Paar helle Ski aus dem Bündel, wischte sie mit seinem Ärmel ab und wies auf eine Blechmarke kurz vor der Bindung. »Da, lest mal! Ski-Hütte Berlin – Berlin C2, Jüdenstraße – Det is' echte Klasse, Mann!« Er hob theatralisch die Hand wie zu einem Schwur. »Schon im Einkoof hab' ick dafür det Doppelte bezahlt! Nur weil ihr det seid – hundert Mark!«

»Ach du meine Fresse, Herr Bennemann, Se halten uns glatt für Millionäre! Sechzig Mark, die könnt'n wir bis zum 20. Dezember uffbring'n, mehr aber nich'! Wir hab'n doch keen'n Dukatenscheißer zu Hause!« bot Schraube mit seinem aufrichtigsten Gesicht und sah dem Trödler bedauernd in die kalten Augen.

Der kannte sein Geschäft; solche Sprüche waren ihm nicht neu, so etwas nahm er gar nicht erst zur Kenntnis. Er pries seinerseits die herrlichen Skier, jammerte über die schlechten Zeiten, den geringen Verdienst, die hohen Steuern und die habgierige Jugend, die ihn um seine kümmerlichen Einkünfte bringen wolle.

Bis zur Kellertreppe ließ er uns gehen, dann kam ein neues Angebot: neunzig Mark. Wir steckten die Köpfe zusammen, rechneten laut, machten die Ski schlecht – obwohl wir keine Ahnung von ihrem Wert hatten – und schüttelten die Köpfe. Wir drehten uns zum Ausgang um und nahmen die erste Stufe.

»Uff Wiederseh'n, Herr Bennemann! Wär' ja schön gewesen, schade! Siebzig Mark, det wäre een Wort! Mehr bring'n wir einfach so kurz vor der Klassenfahrt nicht mehr zusammen. Na, wat sagt Ihr jutes Herz?«

Schraube hätte jeden Basarhändler zum Weinen gebracht, den hier aber sicher nicht. Der schüttelte den Kopf und tat so, als sei die Sache für ihn damit erledigt. Kaum aber hatte Schraube die ersten drei Kellerstufen genommen, kam sein letztes Angebot. »Weil ihr det seid – 80 Mark und keen Funken weniger!«

Das klang nun wirklich nach seinem letzten Angebot.

Zehn Mark für ein Paar Eschenski in gutem Zustand mit Zubehör? Das erschien uns erschwinglich, wie ein verständigender Blick bestätigte. Wenn wir weiter so an den Nachmittagen aushalfen, bot die Bezahlung kein Problem. Es würde schon klappen!

Zögernd stiegen wir die Kellertreppe wieder hinunter; wir mußten ja das Gesicht wahren. Aber dann schlugen wir ein und verpflichteten uns, bis zum 20. Dezember spätestens alles zu bezahlen.

Der Trödler, das gewitzte Luder, war wie umgewandelt. Er rannte und holte Papier, um die Namen auf die Ski zu kleben, die sich jeder ausgesucht hatte. Freudig rieb er sich die Hände; der Kerl mußte trotz allem ein gutes Geschäft gemacht haben! Wer weiß, wie er zu diesen Dingern gekommen war.

Auf diese lustige Art kam ich zu dem ersten Paar Ski meines Lebens. Es waren urtümliche Latten; die Spitzen wie der Bug eines Drachenschiffes der Wikinger emporgebogen und mit einer Stemmlochbindung versehen, die eher einem Pferdegeschirr glich.

Natürlich brachten wir das Geld fristgemäß zusammen; es ging leichter als erwartet. Uns machte dieses Geschäft jedenfalls zu stolzen Skiläufern, die sich einbildeten, so aus dem Stand damit das Riesengebirge bezwingen zu können.

Während unsere Klassenkameraden am 25. Dezember mit ihren Rodelschlitten auf dem Bahnsteig des Görlitzer Bahnhofs erschienen, kreuzten wir zur größten Verblüffung aller mit unseren »Faßdauben« auf, wie Pille die Dinger getauft hatte. Unserem Klassenleiter verschlug es für einige Minuten die Sprache. Die übrige Ausrüstung entsprach dem Zeitgeschmack. Der Rucksack, den jeder von uns auf dem Rücken trug, gab der ganzen Aufmachung einen ungemein verwegenen Anstrich. Die meisten Reisenden sahen ähnlich aus.

Auf den Bahnsteigen schieden sich die Geister. Während die übrigen Wintersportler in die Schnell- und Eilzüge stiegen, kletterten wir in einen Personenzug, noch dazu in ein »Abteil für Reisende mit Traglasten und Hunden«. Ganz offensichtlich war dieses Abteil für Fahrgäste mit riesigen Ruderbooten und Bernhardinern konstruiert. Diesen Vorteil hob aber die Tatsache auf, daß der Zug an jeder Station und überall dort anhielt, wo der Zugführer einen Fahrgast zu entdecken glaubte. Vermutlich hätte der auch angehalten, wenn jemand gern einen Schneemann gebaut oder seine Verwandten besucht hätte.

Wer sich in unser Abteil verirrte, hielt unserem lärmenden Wesen nur kurze Zeit stand; selbst Gellert verschwand nach einiger Zeit, um sich von dem Radau zu erholen. Vielleicht war ihm die ganze Sache auch ein wenig peinlich; denn dank des großzügigen Raumangebotes war auch unserem Getobe keine Grenze gesetzt.

Der Kontrolleur, der uns anfangs überprüft hatte, mied von da an unser Abteil, weil er wohl ganz richtig vermutete, daß angesichts dieser tobenden Horde kein normaler Mensch zusteigen werde.

Als wir in Hirschberg umstiegen, schien noch die

Sonne; aber in Hermsdorf, wo die Bahnlinie endete, ging sie gerade unter. Kein gutes Omen für einen Fußmarsch nach Agnetendorf. Schlagartig wurde es bitterkalt unter dem funkelnden Sternenhimmel. Gellert schlotterte in seinem Wintermantel und rieb sich die Ohren, die unter seinem Schlapphut hervorsahen. Schneemassen, wie wir sie nur aus Büchern kannten, säumten die Straße. So sah also der Winter in Schlesien aus! Herrlich, wir waren hell begeistert. Das legte sich aber, je weiter wir uns von Hermsdorf entfernten; die Rucksäcke und die verfluchten Ski wurden mit jedem Schritt schwerer.

Und dann kam Gellert auf die großartige Idee, den Weg abzukürzen! Er hatte seinen Einfall kaum ausgesprochen, schon hatte unsere Clique die Ski an den Füßen und spurte durch den tiefen Schnee in die angewiesene Richtung; Schraube an der Spitze. Spurtreten ist schon für geübte Läufer eine Knochenarbeit, für Neulinge ist sie mehr als das. Nach dem ersten Kilometer fanden wir Gellerts Idee gar nicht mehr so gut und begannen, die Ski, den Schnee, Agnetendorf, unseren Lehrer und die ganze schweißtreibende Schinderei zu verfluchen. Hinter uns schimpften die Rodler nicht minder laut über die blöden Skiläufer, denn die Spur erwies sich als ein tückischer Fußweg, der sehr viel Kraft kostete.

Schraube gab die Spitze sehr schnell an Tüte ab. Der jedoch war ebenfalls bald bereit, auf diese Ehre zu verzichten. So wechselten wir einander ab, bis wir endlich die ersten Häuser von Agnetendorf erreichten.

In dem spärlichen Licht einer Straßenlaterne warteten wir auf die übrige Klasse.

Pille entdeckte als erster, daß wir uns in lebende Eisberge verwandelt hatten. Auf unserer Kleidung hatte sich Rauhreif in unzähligen Kristallen abgesetzt, die im Lampenlicht funkelten und blitzten. »Mensch, Schraube, kiek mal in'n Spiegel! Siehst aus wie Rübezahl!« schrie Pille und piepste vor Vergnügen.

Schraube mußte Pfunde abgeschwitzt haben, ihm hingen die Eiskristalle sogar in den Haaren, Augenbrauen und im Bartflaum, auf den er so stolz war. »Paß du man uff, Pille, du hast ja schon Eiszappen am Hosenschlitz, du oller Bettnässer!« flachste er zurück.

Und Pille blickte tatsächlich an sich herunter und suchte den Eiszapfen! Unser brüllendes Gelächter weckte das ganze Dorf und rief Herrn Gellert im Eilschritt auf den Plan.

»Alles da?« Herr Gellert zählte die Häupter seiner Schützlinge und schlug dann den Weg zur Jugendherberge in der Dorfmitte ein.

Agnetendorf hatte die Jugendherberge »mit der besonderen Note«. Sie gehörte zu einem Hotel, und das war für Jugendherbergen absolut ungewöhnlich.

Natürlich wohnten wir nicht im Hotel, sondern in einem Nebengebäude auf dem Hof; aber das Essen nahmen wir im Gastzimmer ein. Wir fanden unsere Unterkunft ausgesprochen vornehm.

»Mann«, flüsterte Kralle mir ins Ohr. »Ick gloobe, ick träume! Det is' ja Urlaub wie im Kino.«

Daß der gemeinsame Schlafraum recht spartanisch ausgestattet war und der altertümliche Ofen den großen Raum nur unvollkommen erwärmte, konnte unsere Freude nicht trüben. Selbst Herr Gellert rieb sich zufrieden die Hände und trieb uns zur Eile an; das Abendessen wartete auf uns. So viel Zeit nahm er sich allerdings doch noch, uns einen Vortrag über die Notwendigkeit einwandfreien Verhaltens im allgemeinen und in der Gaststube im besonderen zu halten. Aber dessen hätte es nicht bedurft; die ungewohnte Gasthausatmosphäre genügte, um unsere Horde in eine Musterklasse zu verwandeln.

Als dann alles zufrieden und von der Wärme, dem langen Tag und dem Essen müde in der Gaststube hockte, hatte Gellert wenig Mühe, uns in die Betten zu scheuchen; wir gingen freiwillig.

Pille, der wie ein müder Uhu mit den Augendeckeln klappte, schlief zwar bald im Stehen ein, tat aber so, als bliebe er sonst die halbe Nacht auf. »Mist; jetz', wo wir een'n losmachen könnten, müss'n wir ins Bett! Bei uns zu Hause is' immer erst um zwölfe Schluß!«

»Det glooben wir dir, Pille! Ihr habt ja ooch bloß zwee Betten. Da dauert det eben seine Zeit, ehe du zum Einschlafen ins Bette darfst, bevor du dann zu deine schlafenden Geschwister an die Wand gestellt wirst!« sagte Risse und spielte dabei auf eine Geschichte an, die im Kietz kursierte.

Pille zog beleidigt ein Gesicht und trottete hinter unserem Haufen her. Als Gellert seinen Kontrollgang machte, empfing ihn tiefe Ruhe, die lediglich von Schraubes Schnarchen gestört wurde.

Die Nachwirkungen unserer abendlichen Skiwanderung von Hermsdorf nach Agnetendorf ließen unsere Begeisterung für den Skilauf wie Butter in der Sonne zusammenschmelzen; einen so ausgewachsenen Muskelkater hatte wohl kaum jemand von uns vorher gehabt.

Zu allem Überfluß war der Umgang mit den Brettern viel schwieriger, als wir es erwartet hatten. Wir sielten uns im Schnee, weil der Kampf um das Gleichgewicht meist zu unseren Ungunsten ausging, wenn wir uns in der Freizeit auf dem Idiotenhügel tummelten.

Am Ende der Woche machten sich die ersten Anzeichen eines Erfolges bemerkbar, zumal uns ein Gast des Hotels so etwas wie Skiunterricht gab und uns beibrachte, wie man bremste und Schwünge ausführte. Trotzdem blieb unser Klassenleiter skeptisch, und das bedeutete, daß wir das Riesengebirge weiterhin ohne die Ski erwanderten. Es machte uns dennoch Spaß. Weniger Spaß bereitete uns unterdessen ein Problem innerhalb unserer Klasse. Wir hatten einen mit, der klaute, und zwar so hinterhältig geschickt, daß auch nicht die geringste Spur blieb.

Das Taschengeld, das der eine oder andere für die Reise bekommen hatte, war spärlich genug und reichte gerade, um sich für Pfennige eine Brause, ein paar Bonbons oder Kekse zu leisten. Darum traf es die Geschädigten doppelt, wenn von den »paar jämmerlichen Kröten« nun auch noch so ein Schmarotzer »mitlebte«.

Pille, der es wirklich »nicht dicke« hatte, entdeckte zuerst, daß er bestohlen wurde. »Ick weeß ooch nich', Leute, aber mir fehl'n fuffzig Pfennige. Kann ick die verlor'n hab'n? Gloob ick eigentlich nich'!« erzählte er, als wir in der Reifträgerbaude zusammensaßen und uns von dem langen Aufstieg in der beißenden Kälte an dem bullernden Ofen ausruhten.

»Pille, biste sicher?« fragte Knolle.

»Bin ick absolut!« Pille fummelte einen angeschmuddelten Zettel aus der Tasche, der mit Zahlen bedeckt war.

»Hier, det is' meine Ausgabenuffstellung; hat mir meine Mutter beigebracht! Ick müßte noch eene Mark fuffzig haben, aber een Fuffziger fehlt. Die Groschen und Sechser sind alle da.«

»Mir stößt det jetz' ooch uff«, mischte sich Wulle ein. »Bei mir hat ooch eener in die Tasche gegriffen, ohne mir zu fragen.«

»Nu' sag mal, Pille, läßte det Geld rumliegen oder wat?« fragte Schraube, denn Pille war ja so ein Fusselhuhn.

»Nee, gar nich'! Det hab' ick immer in de Hosentasche, und det Portemonnaie hängt an een' Bindfaden, damit ick es nich' verlier'n kann. Kiek mal, so!« Er zog an einer Schnur, die vom Gürtel in die Tasche führte. Ein uraltes, abgenutztes Portemonnaie kam zum Vorschein, an dessen Reißverschlußöse der Faden endete. Das war eine der üblichen Vorsichtsmaßnahmen, wenn man nicht einen Brustbeutel um den Hals trug.

»Vielleicht haste det doch bei ein'm deiner zahlreichen Stürze verlor'n«, meinte Tüte und studierte den sorgfältig geführten Ausgabenzettel.

Pille hatte wirklich jede Ausgabe gewissenhaft aufgeführt:

2 Pfennige für Dauerlutscher
1 Pfennig für Gummibären
5 Pfennige für Brausepulver.

»Een Rechenfehler is' ooch nich' drin.« Tüte gab das Blatt zurück. »Mußte eben uffpassen, det hilft nischt!«

Am nächsten Morgen entdeckte Heini Lemke, Sohn eines Bäckers, den Verlust von fünf Mark. »Ick versteh' det nich'! Gestern abend hatte ick noch acht Mark, heute früh fehl'n mir fünfe! Hier klaut eener oder es läuft nachts een Geist rum, der Geld für'n Geisterball braucht!« lamentierte Heini aufgebracht.

Er hatte mehr Geld als die meisten von uns; das neidete ihm niemand, denn er war sehr hilfsbereit weniger begüterten Klassenkameraden gegenüber. Seine Eltern hatten für die Klassenfahrt allein zweihundertfünfzig Mark gespendet, damit alle mitfahren konnten. Es traf zwar keinen Armen, war aber darum nicht weniger niederträchtig.

Schraube übernahm die Untersuchung der Angelegenheit. Er glaubte, daß wir die Sache allein und ohne Herrn Gellert aufklären könnten. Bald zeigte sich, daß er nichts ausrichten konnte. Die Untersuchung ergab lediglich, daß das Geld in der Nacht aus der Hose gestohlen worden war, die auf dem Schemel am Fußende des Bettes gelegen hatte. Bei Pille war es wohl ähnlich abgelaufen.

»Freunde, denn müssen wir eben alle uffpassen, wer da von uns noch die Kraft zum Geistern nach den langen Wanderungen hat. Ick ganz bestimmt nich'!«

Das konnte wahrlich niemand bestreiten. Olle Schraubes Schnarchen setzte ein, sobald wir das Licht ausgedreht hatten. Und wie der schnarchte!

»Wir nehmen det Geld abends einfach mit ins Bett, unters Koppkissen, da kann denn selbst een Geist nur ran, wenn er uns weckt!« schlug Schraube vor.

Das klang logisch und blieb sicher nicht ohne Wirkung;

eine Lösung des eigentlichen Problems konnte es jedoch nicht sein. Wir wollten den Dieb fangen, und darum ließ uns die Sache keine Ruhe.

»Der klaut wieder, wenn die Gelegenheit für ihn günstig is'. Also müssen wir een bißchen nachhelfen!« erklärte uns Schraube am Nachmittag auf dem Idiotenhügel, wo wir unter uns waren.

»Aber wie?« fragte ich.

»Daran knoble ick schon die ganze Zeit. Schaden tut det aber nischt, wenn ihr eure Matschbirnen ooch mal 'n bißchen anstrengt, vielleicht kommt da doch mal wat bei raus!«

Befehlsgemäß dachten wir nach. Abends beim Mensch-ärgere-dich-nicht kam uns die Idee.

»Wache sollten wir halten!« schlug Kralle vor. »Uffpassen, wer nachts uffsteht. Det hört man doch, wenn da eener rumgeistert. Wenn det der Bruder Langfinger is', denn hab'n wir den janz schnell raus!«

Nicht schlecht, vielleicht hatten wir damit tatsächlich Erfolg. Wir schliefen im Cliquenverband. Wenn jeder eine Stunde Nachtruhe opferte, konnten wir den Schlafraum ununterbrochen überwachen. Bei der Ablösung wanderten Taschenlampe und Uhr an den nächsten weiter.

Die Reihenfolge war schnell ausgelost. Es war allerdings gar nicht so leicht, munter zu bleiben.

Während ich mit dem Schlaf kämpfte und auf jedes Geräusch achtete, dehnte sich die Zeit endlos, weil nichts geschah. Ich war froh, als ich Uhr und Taschenlampe an Kralle abgeben und mich aufs Ohr legen konnte. Aus meinem Tiefschlaf riß mich erst das Wecken; darum hatte ich auch nicht gehört, was sich nachts bei uns im Schlafraum getan hatte, und zwar ausgerechnet während Pilles Wache.

»Mensch, det könnt ihr mir glooben, ick bin doch nich' doof! Außerdem hat Kralle det miterlebt!«

»Kralle? Wie denn det?«

»Ja, Kralle! Du hast ganz richtig gehört, Schraube!«

»Det stimmt, wat Pille sagt!« bestätigte Kralle. »Ick konnte nich' so schnell einschlafen, nachdem ick ihm die Wache übergeb'n hatte. Det war richtig unheimlich! Wir hörten een Bett knarren, Füße patschten uff den Boden, die Tür klappte. Aber als wir de Betten ableuchteten, lagen alle in der Falle! Sollte man det glooben? Und denn kam der Geist zurück und latschte durch den Raum. Als wir ihn überraschen wollten und mit der Lampe in seine Richtung leuchteten, war da nischt! Weg! Wie vom Erdboden verschlungen! Kaum war die Lampe aus, knarrte wieder een Bett! Wa, Pille, uns beede stand'n richtig die Haare zu Berge! Uns ging richtig die Muffe!«

»So ein Quatsch! Geister gibt det nich'! Fangt mir bloß noch mit so 'ne Ammenmärchen an, ihr Spinner!« Schraube blieb Realist. »An Geister gloobe ick erst, wenn ick een geseh'n habe!«

Pille und Kralle brachte er damit regelrecht »uff de Palme«; sie schmollten.

Tagsüber dachte von uns niemand mehr daran; abends jedoch fragte Kralle unseren Lehrer, ob es wirklich Geister gebe. Der sah ihn ganz verblüfft an und hielt das für einen Witz, deshalb lachte er. Natürlich gab es für ihn keine Geister.

Und warum gingen sie dann bei uns in der Nacht trotzdem um? Schraube mußte Pille und Kralle Abbitte leisten; denn ausgerechnet während seiner Wache wiederholte sich der gleiche Spuk.

Wir standen vor einem Rätsel. Was spielte sich da Nacht für Nacht bei uns ab? Ging das noch mit rechten Dingen zu?

Gestohlen hatte der Geist auch in dieser Nacht nichts. Dafür holte er sich in der nächsten Nacht Geld aus dem Portemonnaie Ulli Peglows, der sein Geld nicht mit in das Bett genommen hatte.

Unsere Wache hatte versagt. Knolle war eingeschlafen, und so konnte niemand sagen, was sich abgespielt hatte.

Schraube war stocksauer; der Schläfer schlich als reuiger Sünder durch das Gelände.

»So geht det nich' weiter! Wir müssen dem Geist 'ne Falle stell'n, der führt uns sonst noch länger an de Neese rum!« verkündete Schraube uns, dem die Sache keine Ruhe ließ. »Det muß sich für ihn lohnen, det er nich' lange nachdenkt, sondern klauen *muß*!«

»Ick wüßte ooch, wie man det anfangen kann«, sagte ich in der Mittagspause und setzte der Clique meine Idee auseinander.

»Mann, det könnte klappen! Versuch'n wir's einfach mal!« Schraube war ganz hingerissen.

Wie verabredet, zogen wir abends mit dem notwendigen Brimborium eine Vorstellung ab, die von den anderen nicht übersehen werden konnte. Knolle sammelte das Geld der Clique ein und vermerkte die einzelnen Beträge gewissenhaft in einer Liste.

»Wat macht ihr denn da?« fragte Ratte neugierig und schlenderte mit den Händen in den Hosentaschen näher.

»Uns soll keen Geist mehr Geld aus der Tasche zieh'n könn'n; wir steck'n det alles bei Ete in'n Brustbeutel! Den hat er immer um'n Hals!« erklärte Knolle für jeden verständlich. »Ete is' unser Tresor!«

Eifrig sammelte er weiter und verkündete dann laut die Summe, die in meinen Brustbeutel gesteckt wurde. Auf der Toilette tauschte ich unbemerkt das Geld gegen Papier aus und stopfte es so in den Brustbeutel, daß man rein äußerlich keinen Unterschied feststellen konnte. Das Geld übernahm Schraube. Um den Dieb zu ködern, erkundigten sich meine Freunde immer wieder, ob ich denn den Beutel auch gut verwahrt hätte. Als Antwort zog ich ihn jedesmal aus dem Halsausschnitt und wies ihn vor.

Nur zum Waschen nahm ich ihn ab und hängte das pralle Ding verabredungsgemäß an meinen Bettpfosten, wo ihn Tüte prompt »entdeckte« und einen fürchterlichen Spektakel veranstaltete.

»Mensch, nu' mach da mal nich' gleich ins Hemd! Ick muß mir ja ooch mal waschen, wa! Bin ja schon wieder da, Mann! Außerdem klaut der Geist nur nachts!«

Ich schlüpfte in meinen Schlafanzug und steckte den Kopf durch die Brustbeutel-Schnur. So, das war es. Das Vorspiel hatte dem Dieb hoffentlich Appetit gemacht, er brauchte jetzt nur noch eine Gelegenheit, und die sollte er bekommen.

Am nächsten Abend kümmerte sich niemand mehr um mich. Ich zog mich aus, hängte den Brustbeutel wieder an den Bettpfosten und verschwand im Waschraum. »Selbstverständlich« nahmen meine sonst so besorgten Freunde davon keine Kenntnis, weil Schraube in seinem Bett lag und aus einer Zeitschrift blöde Witze vorlas, die sich keiner entgehenlassen wollte.

Hatte der Dieb mich im Auge behalten, dann entdeckte er jetzt sicher den Beutel an dem Bettpfosten und wartete auf die Dunkelheit. Kaum ging die Lampe aus, fischte ich mir den Brustbeutel und zog eine zweite Schnur durch die Löcher, die lang genug war, einem eventuellen Dieb Bewegungsfreiheit zu lassen, mich aber durch den Zug alarmierte. So präpariert, kam der Beutel wieder an seinen Platz am Pfosten.

Die Falle stand offen.

Meine Geduld wurde auf eine lange Probe gestellt; der Geist ließ sich Zeit. Anfangs wurde ich immer munterer und fiel nur ab und an in einen Halbschlaf, aus dem mich jedes Geräusch hochriß. Mitten in der Nacht wurde ich plötzlich wach, weil die Tür klappte. Alles blieb ruhig. Ich zuckte zusammen. Da zupfte etwas an meinem Handgelenk! Ich brauchte ein paar Sekunden, bis ich begriff, daß da jemand an dem Brustbeutel hantierte. Auf einen Schlag war ich hellwach und versuchte, den »Geist« zu erkennen. Aber wir hatten die Fensterläden geschlossen, und so war nicht die Hand vor Augen zu sehen. Auf gut Glück griff ich mit beiden Händen in die Dunkelheit und hielt plötzlich ein Ohr und einen Haarschopf zwischen meinen Fingern.

»Licht! Licht! Ick hab' den Geist gefang'n! Hilfe! Licht an!«

In meinen Fang kam Bewegung. Ein Faustschlag knallte mir in das Gesicht und ließ vor meinen Augen Sterne tanzen. Ich riß als Antwort an den Haaren und krallte mich in dem Ohr fest. Der »Geist« stöhnte vor Schmerz auf.

»Licht an, ihr Idioten! Licht! Ick hab' den Klaubruder!«

Endlich begriffen die anderen, daß das kein Traum war. Schraube sprang aus dem Bett, daß der Boden dröhnte, und schrie: »Günter, du blöder Hund, mach das Licht an!«

Endlich wurde es hell.

»Die Ratte! Ratte is' der Geist!« schrie Tüte aufgebracht.

»Warte, du Miststück!« Er trat dem Käßler, den ich noch immer festhielt, in die Kniekehlen.

»Loslassen! Ick hab' mir im Dunkeln verloofen! Loslassen, du Penner, sag' ick! Ick hau dir inne Fres . . .!«

Der Rest ging in einem Gemurmel unter, denn ich ließ das Ohr fahren und knallte ihm eine.

Der Schlafraum glich einem Tollhaus.

»Ruhe! Haltet jetz' mal det Maul!« brüllte Schraube. »Wir hab'n den Geist gefang'n! Seht ihn euch mal an, es is' die stinkende Ratte!«

»Ratte?« fragte Wulle erstaunt, der weit hinten schlief. »Der beklaut uns hier nachts!«

»Ick habe nich' geklaut!«

»Und wat is' det da in deine Hand?« fragte ihn Tüte.

»Wat denn?« Käßler sah auf seine Hand. »Aaach det? Det hab' ick uff Toilette gefund'n!« Er ließ den Brustbeutel noch immer nicht los.

Ich zog an dem Faden an meinem Handgelenk. »Dann haste mir wohl gleich mit uff Toilette gefund'n, wat?«

Der Beutel fiel aus seiner Hand, als habe er sich die Finger daran verbrannt. Olle Schraube machte mit Ratte kurzen Prozeß und stieß ihn in die Mitte des Zimmers. Inzwischen waren alle aus den Betten gestiegen und bildeten einen Kreis um den ertappten Dieb.

»Na, denn man raus mit de Sprache!« Schraube nahm die Sache weiter in die Hand. »Wo haste Pilles, Ullis und Heinis Geld? Her damit, du Schwein!«

»Ick weeß gar nich', wat du von mir willst! Ick hab' keen Geld!«

»Kiekt euch mal det Bett an!« schrie Pille plötzlich und zeigte auf Käßlers Bett.

War das ein raffinierter Kerl! Das Deckbett hatte er zusammengerollt und das Kopfkissen so untergesteckt, daß es aussah, als schliefe dort noch immer jemand. Da hatten wir die Betten lange ableuchten können.

Die Nacht war noch lang, bis zum Morgen würden wir alles wissen. Der würde reden! Schraube griff nach seinem feuchten Handtuch und zog Ratte damit eins über. Im Nu hatten auch alle anderen Handtücher in den Händen.

»Uffhör'n! Hör uff! Ick erzähl' det alles Herrn Gellert!«

»Jut, det kannste mach'n! Uffhör'n – klar, wenn du det geklaute Geld rausgerückt hast!«

Schraube zog ihm noch eins über, und das war der Auftakt zu einer Tracht Prügel, wie sie Ratte vorher noch nie bekommen hatte. Von unseren Handtuchschlachten wußten wir, wie schmerzhaft Schläge mit feuchten Handtüchern waren. Sie hinterließen außer einer Hautrötung keine Spuren. Die ganze Wut entlud sich über dem Dieb, der zum Schluß auf dem Boden hockte und um Gnade wimmerte. Er versprach, alles Geld herauszugeben. Schraube gebot Einhalt.

Käßler rückte das gestohlene Geld heraus und redete. Er schien von einer richtigen Geständniswut besessen zu sein. In einem Anflug von Stolz führte er sogar vor, wie es ihm gelungen war, unentdeckt zu bleiben. Sobald die Taschenlampe aufleuchtete, hatte er sich blitzschnell auf den Boden geworden und sich unter das nächste Bett gerollt.

Schraube knobelte an der Frage herum, was mit Käßler geschehen solle. Sollten wir Gellert informieren oder nicht? Die Mehrheit sprach sich dagegen aus, was Ratte mit sichtlicher Erleichterung aufnahm.

»Seine Abreibung hat er weg! Aber ein Andenken soll er noch haben, det nich' so schnell vergessen wird! Los, Tüte und Kralle, festhalten!«

Die beiden faßten sofort zu, während Schraube in seinem Rucksack wühlte. Mit einer Schere kam er zurück und schnippelte dem entsetzten Käßler eine tiefe Furche durch seine Haarpracht. Die Klasse jubelte auf und klatschte Beifall. Schraube beließ es nicht bei der einen Furche, die bis auf die Kopfhaut ging, sondern schnitt ihm noch zwei weitere quer über den Kopf.

Ein wahnsinniges Bild!

Das Opfer hatte allen Widerstand aufgegeben und saß heulend auf dem Boden, während die Haare in Büscheln vom Kopf fielen. Niemand hatte mit ihm Mitleid.

»So, det reicht! Mal seh'n, wat Gellert morgen dazu sagt!« Der »Friseur« wischte seine Schere ab und begutachtete sein Werk. »Los, Ratte, feg deine Haare uff! – Und denn alle ab in die Falle, es is' gleich zwei Uhr!«

Erst jetzt merkten wir, wie kalt es in dem Schlafraum war. Ratte fegte unter Tränen den Boden und stieg dann in sein Bett.

Herr Gellert fiel am nächsten Morgen aus allen Wolken. Er traute wohl zunächst seinen Augen nicht. Käßler saß in der äußersten Ecke; seine Tischnachbarn waren deutlich von ihm abgerückt.

»Darf man mal fragen, was das für eine neumodische Frisur ist, die du da hast?«

Die Frage ließ alle Gespräche ringsum verstummen; nur Schraube tat, als ginge ihn das alles gar nichts an. Ratte saß wie angenagelt, hatte einen knallroten Kopf und sagte kein Wort.

Schraube brach das lastende Schweigen. »Ach, Herr Gellert, der hat bloß 'ne Wette verloren! Wir haben gewettet, daß er sich noch so verstecken könne, wir würden ihn doch finden. Es hat zwar etwas gedauert, aber wir haben ihn erwischt. Ick durfte ihm die Haare schneiden, wa, Ratte? Mir fehlt halt das Können, wie man sieht! Leider!« Er brach sich mit aller Seelenruhe ein Stück Brot ab, tunkte es in den Milchkaffee und schob es unbefangen in den Mund.

»Stimmt das, Käßler?«

»Natürlich, Herr Gellert!«

»Merkwürdig, ich hätte angenommen, der Klassengeist sei umgegangen! Wie man sich doch mitunter irren kann, nicht wahr, Schraube?«

»Man soll es nicht glooben«, sagte der treuherzig. »Ein Glück, daß die Klasse Zeuge war, Herr Gellert, der Käßler käme ja sonst in falschen Verdacht!« Er nickte mit dem Kopf wie ein alter weiser Uhu, und zu Gellerts Überraschung nickte die ganze Klasse mit – einschließlich Käßler.

Unser Klassenleiter tat das klügste, was er angesichts dieser »Verschwörung« tun konnte, er nahm die Antwort zur Kenntnis und dachte sich seinen Teil. An eine Wette glaubte er mit Sicherheit nicht, und Käßler schwieg aus gutem Grund.

Am vorletzten Tag unserer Fahrt war es dann soweit; wir durften zum ersten Mal unsere Ski mit auf eine Bergwanderung nehmen. Natürlich hatte sich unser Klassenlehrer zuvor von unserem »rasanten« Können überzeugt, ehe wir die Zustimmung bekamen. Nur Pille und Knolle »fielen durch«, was die beiden gar nicht freute.

Der Aufstieg zur Peterbaude führte durch den tiefverschneiten Winterwald. Anders als bei uns in Berlin lag der Schnee nicht auf den Bäumen, sondern überkrustete die Stämme, Äste und Zweige. Die Schneekristalle funkelten und blitzten im Sonnenlicht. Je höher wir kamen, desto klarer wurde die Frostluft. Vom Kamm hatten wir eine herrliche Fernsicht über die Täler im Bodennebel und die Kuppen des Riesengebirges. Nur vereinzelt standen Bäume auf dem Kamm, vom Schnee zu bizarren Figuren verformt. Für uns ein ungewohnter Anblick und außerordentlich beeindruckend.

In der Baude herrschte ein reger Betrieb; das schöne Wetter hatte die Wintersportler und Wanderer aus der Umgebung angelockt. Ein Akkordeonspieler sorgte für Stimmung. Wir verputzten das »Schlesische Himmelreich«, das wir anfangs recht mißtrauisch betrachtet hatten; denn Rauchfleisch mit Backobst und Knödeln war eine Kombination, die keiner von uns kannte.

Um nicht in die Dunkelheit zu kommen, brachen wir verhältnismäßig früh auf; wir hätten es ohnehin nicht länger in der Baude ausgehalten. Uns trieb es auf die Ski, die wir bis hier oben geschleppt hatten; die übrigen fuhren auf den Rodelschlitten abwärts. Der erste Teil der Abfahrt wurde zu einem einmaligen Erlebnis; auf dem fast baumlosen Abschnitt konnten wir wie auf dem Idiotenhügel unsere Bögen und Schwünge machen.

Das dicke Ende kam, als es in den Wald hineinging. Auf dem schmalen, steilen Waldweg wurde die Fahrt immer schneller. Bei der ersten Gelegenheit brachte ich meine dahinjagenden Bretter mit einem Schwung an einer Wegkreuzung zum Stehen, Schraube, Tüte und Kralle mit einer Schneefahne überpudernd.

»Mann, war det een Affenzahn! Ick hab' keene Neese mehr!« Tüte rieb sich das frostrote Gesicht.

Schulle zischte an uns vorbei und versuchte abzuschwingen. Er verschwand in einer riesigen Schneewolke, in der Ski und Stöcke krachend durcheinanderwirbelten. Ein prachtvoller Einschlag!

»Mensch, Schulle, du Maske, so wirste nie Olympiasieger!« flachste Schraube, als dieser sich aus den Schneebergen wühlte.

»Hat sich wat mit Olympiade! Ick bin froh, wenn ick unten heil ankomme. Det war vielleicht 'n Zahn, den ick druff hatte! Aber janz is' alles geblieb'n!«

Er holte sich den Schnee aus der Jacke und dem Hemd und suchte seine Sachen zusammen. Inzwischen traf auch der Rest bei uns ein.

»Ihr könnt noch so lachen, aber ick setz' mir uff meine Stöcke und bremse damit, wenn det wieder so schnell wird«, sagte ich und nahm die beiden Stöcke zwischen die Beine.

»Det wollt' ick ooch machen!« meinte Schraube und gab damit für alle anderen das Zeichen.

Ab ging es in Abständen in die Tiefe; Olle Schraube mit einer langen Schneefahne wieder voran. Die Idee mit den Stöcken erwies sich als ein ideales Mittel, die Fahrt abzubremsen, wenn ich die Gewalt über die Ski zu verlieren drohte. Als dann auch noch Spurrinnen auf dem Weg verhinderten, daß die Ski mir nach den Seiten wegrutschen konnten, wurde die Abfahrt zu einem problemlosen Vergnügen – bis sich der Weg gabelte. Ehe ich überhaupt wußte, wie mir geschah, kamen meine Skispitzen übereinander, und ich flog im hohen Bogen durch die Luft. Der meterhohe Schnee bremste zwar den Sturz, meine Ski knallten mir aber um die Ohren, als ich mich mehrmals überschlug und zwischen den Bäumen endlich liegenblieb. Ich lag in guter Gesellschaft. Nicht weit von mir wühlte sich Schraube aus dem Schnee, auch Tüte und Kralle tauchten unweit zwischen den Bäumen auf. Der Rest kam in Abständen angesegelt, keiner blieb ungeschoren.

Herr Gellert, der mit mehreren anderen Jungen als »Lumpensammler« am Ende abwärts rodelte, schoß an uns vorbei und kam erst ein Ende weiter unten zum Stehen. »Alles in Ordnung? Keiner verletzt?« schrie er zu uns herauf.

Nein, verletzt war keiner von uns; aber meine Ski hatten sich in Kleinholz verwandelt. Eines tröstete mich in meinem Kummer, die Knochen waren heil geblieben. Außerdem ist geteiltes Leid halbes Leid, denn auch Schraubes, Schulles, Risses und Mückes Skiträume waren zu Bruch gegangen.

Herr Gellert, der merkte, daß etwas nicht stimmte, kam mit den anderen zu uns emporgestiegen. »Wie ist das denn passiert?« wollte er wissen. »Seid ihr zusammengestoßen?«

Wir schüttelten wortlos die Köpfe.

Gellert verteilte uns auf die Rodelschlitten, und dann ging es ab in die Tiefe nach Agnetendorf.

Eines mußte man den Rodelschlitten lassen, sie übersprangen hemmungslos die Spurrinnen, wenn diese sich an einer Gabelung kreuzten. Wir flogen zwar mit unserem fahrbaren Sitz in die Höhe, aber im Gegensatz zu den Ski landeten wir wieder sicher auf den Kufen und kamen heil in Agnetendorf an. Der letzte Schwung reichte bis vor den »Deutschen Kaiser«.

»Na«, meinte unser Klassenleiter und wischte sich den hochgewirbelten Schnee aus dem Gesicht, »so schlecht ist doch so eine Schlittenfahrt auch wieder nicht, nicht wahr?« Er schüttelte sich die Schneeklüten aus den Hosenbeinen und polkte das Eis von den Schnürsenkeln. »Darf ich mir erlauben, die traurigen Hinterbliebenen gewesener Skifreuden zu einem Glühwein oder Teepunsch ergebenst einzuladen?« Er machte eine übertriebene Verbeugung mit Kratzfuß und schwenkte seinen verbeulten Schlapphut elegant zur Seite. Das sah bei unserem Lehrer urkomisch und so absolut ungewöhnlich aus, daß wir alle lachen mußten.

»Keine schlechte Idee, Euer Hoch- und Ehrwürden! Wir nehmen dankend und gehorsamst an!« konterte Schraube. Mochte der Teufel wissen, wo er diese Redewendung wieder aufgeschnappt hatte.

Hoch- und Ehrwürden schmunzelten. »Schön! Aber, du genialer Friseur und Ski-Akrobat, stell erst 'mal schnell fest, ob alle hier unten heil und wohlbehalten gelandet sind. Oder – um es zeitgemäß auszudrücken – ich möchte eine exakte Vollzähligkeitsmeldung haben, wenn ich den Glühwein oder Teepunsch bestellt habe. Verstanden?«

»Jawohl, Herr General!« Schraube schlug die Hacken zusammen und salutierte militärisch.

Gellert tippte mit zwei Fingern lässig an seine Hutkrempe und stiefelte in die warme Gaststube.

Der Abschied von Agnetendorf und dem Riesengebirge fiel uns allen schwer. Wie gern wären wir noch geblieben!

Der Rückweg zum Hermsdorfer Bahnhof zeigte uns die Burgruine Kynast bei Tageslicht, deren Gespenster es Gellert angetan hatten. Schraube, der neben unserem Lehrer durch den hohen Schnee stapfte, blieb wieder einmal unbeeindruckt. »Wenn man erst mal einen Geist gestellt hat, der lange Finger gemacht hat, is' das alles nicht mehr so aufregend. Die armen Gespenster können mir direkt leidtun; bei die Kälte muß denen der Arsch ganz schön uff Grundeis geh'n. Entschuldigung, Herr Gellert!«

Der sagte nichts, sondern sah ihn nur ruhig und nachdenklich an. Vermutlich setzte er sich mit Schraubes Bemerkung erst einmal gründlich auseinander und kombinierte; denn daß der ihm etwas stecken wollte, war ihm sofort klar.

»Ich glaube bloß nicht, daß die Gespenster auf Kynast etwas für neumodische Frisuren übrig haben, Werner«, sagte er nach einer Weile so ganz beiläufig. »Was die langen Finger anbelangt, da waren die damals durchaus nicht zimperlich, wenn es um fremdes Eigentum ging. Nur – die hätten sich wohl kaum von dir frisieren lassen!«

Er blinzelte Schraube an, man hatte sich verstanden. Der grinste zurück und kniff sein rechtes Auge zu.

Im Zug mußte sich Schraube ein paar unangenehme Fragen gefallen lassen, sobald unser Lehrer außer Sicht war.

Kralle zeigte sich ausgemacht erbost über diese »Petzerei«. »Ick möchte gern mal wissen, warum du Gellerten uffgeklärt hast! Det war doch janz anders abgesprochen, Mensch!«

Schraube ließ sich nicht aus der Ruhe bringen. »Is' doch ganz logisch, Mann! Gellert mußte vorgewarnt werd'n. Weeßt du denn, wat Ratte zu Hause erzählt? Und wenn dann die Eltern bei ihm uffkreuzen, hat er keene Ahnung! Komm'n se nich', schadet det ooch nischt, wenn er weeß, wat Ratte für een Miststück is'!«

Na ja, sah man die Sache so, konnten wir ihm nicht widersprechen.

»Schade, det det überhaupt notwendig war! Ausgerechnet bei so 'ne schöne Fahrt!«

Zwei Tage später, am Montag, begann für unsere Klasse wieder der Unterricht. Das Ende unserer Volksschulzeit warf seine Schatten voraus.

Als Herr Gellert an diesem Morgen in die Klasse trat, verschlug ihm der Anblick Rattes genauso die Sprache, wie es uns allen ergangen war. Ratte hatte nicht ein einziges Haar auf dem blanken Schädel!

Von uns hatte keiner ein Wort dazu gesagt; Käßler wanderte mit seiner Glatze durch ein Spalier des Schweigens. Man nahm ihn zur Kenntnis, mehr aber auch nicht. Für unseren Klassenleiter galt das natürlich nicht.

»Mein Gott, Käßler«, platzte Gellert nach dem ersten Schreck heraus, »bist du denn total verrückt geworden? Eine Superglatze, man sollte es nicht glauben!«

Ratte lief dunkelrot an und schluckte ein paarmal. »Ich finde das besser als meinen letzten Haarschnitt und mein Vater auch!«

Unser Lehrer schüttelte erschüttert den Kopf, denn mit dieser spiegelnden Glatze, von der die Ohren wie Segel abstanden, sah Ratte regelrecht abstoßend aus. Was mochte zu Hause bei Käßlers wohl vorgegangen sein? Von einem Friseur stammte diese Prachtglatze ganz sicher nicht; die sah »hausgemacht« aus.

»Der spart jetzt Kamm und Bürste und kann sich mit 'nem Staubtuch den Scheitel ziehen! Find' ick janz praktisch, Herr Gellert!«

Bei Schraubes Worten lachte die Klasse brüllend los. Auch über das Gesicht unseres Lehrers huschte für einen kurzen Augenblick ein Lächeln.

»Na ja, praktisch schon, aber entsetzlich kahl!«

»Hat eben alles seine Vor- und Nachteile, Herr Gellert! Läuse kann er ooch nich' mehr kriegen, die rutschen doch glatt aus!«

Der »Glatzenkönig« stand in dem allgemeinen Gelächter wie ein »begossener Pudel« da und verzog beleidigt sein Gesicht. Das Wasser stieg ihm in die Augen, seine Unterlippe zitterte.

Herr Gellert brach das Gelächter ab, er wurde dienstlich. Genug jetzt, sagte sein Blick, was auch immer der Käßler ausgefressen hat, er hat seine Strafe dafür doppelt bekommen.

Er verteilte die Karten für das Arbeitsamt und gab uns Anweisungen, wie wir diese auszufüllen hatten.

Aber damit war die Angelegenheit noch lange nicht aus der Welt. Die Superglatze blieb Gesprächsthema, bis bekannt wurde, was sich zu Hause bei Ratte abgespielt hatte. Daß wir überhaupt erfuhren, wie es zu dem totalen »Kahlschlag« kam, verdankten wir seinen Geschwistern, die die näheren Umstände voller Schadenfreude überall herum erzählten.

Als Ratte von der Klassenfahrt nach Hause kam und seine Mütze abnahm, schoß bei dem Anblick des »Furchenhaarschnittes« Vater Käßlers Blutdruck in die Höhe. Nur mühsam hielt er sich zurück, weil er zunächst einmal wissen wollte, woher dieser ausgefallene Kopfschmuck stammte. Wie dumm von dem Sohn, auf die ersten Anzeichen einer drohenden Explosion nicht zu achten; er kannte doch seinen Vater! Er tat vielmehr so, als sei die neue Frisur das Produkt eines ausgelassenen Spaßes, indem er die

Version von der verlorenen Wette aufgriff und entsprechend ausgeschmückt erzählte.

Dem Vater verschlug es über diese Unbekümmertheit die Sprache. Hatte dieser Lümmel den Verstand verloren?

Zum Entsetzen der gesamten Familie schleppte er den überraschten Sprößling am Kragen in die Küche und säbelte ihm mit dem alten stumpfen Haarschneider innerhalb weniger Minuten sämtliche Haare vom Kopf. Als dieser heulend protestierte, war es für eine Gegenwehr schon zu spät. Dafür hatte das Heulen eine unerwartete Nebenwirkung; es versetzte den aufgebrachten Vater noch mehr in Rage. Den quälte die berechtigte Sorge, was ein Meister wohl zu dem Stoppelhaarschnitt des künftigen Lehrlings sagen werde. So holte er aus und verpaßte dem Sohn ein paar saftige Backpfeifen, die den sofort verstummen ließen. Damit nicht genug. Er stieß ihn auf einen der Küchenstühle und begann dann, den Stoppelkopf mit dem Rasierpinsel einzuseifen. Unter dem atemlosen Schweigen der Familie schabte der Vater wortlos dem verstummten Sohn alle Stoppeln vom Haupt. Er tat es so gründlich, daß der Schädel wie eine Elfenbeinkugel im trüben Licht der Küchenfunzel glänzte.

Als Käßler später den brennenden Kopf unter die Wasserleitung hielt und die Seifenreste unter dem kühlenden Strahl abwusch, vermischten sich seine Tränen mit dem Wasser.

Herr Gellert hatte recht gehabt, Ratte war doppelt bestraft worden. Als auch er auf Umwegen – vermutlich bei einem Glas Bier in der Kneipe von Kowalskis – von den näheren Umständen erfuhr, soll er sich über das alte Sprichwort »Gottes Mühlen mahlen langsam, mahlen aber trefflich fein« zu seinen Gesprächspartnern lang und breit ausgelassen haben, ohne allerdings sein Wissen um den eigentlichen Grund preiszugeben.

Zu Schraube meinte Gellert bei passender Gelegenheit: »Siehste, Schraube, darum haben die Gespenster auf Kynast schon von Natur aus eine Glatze. Oder haste das nicht gewußt?«

Der Gefragte grinste nur. »Darum halte ick mir ja ooch an Geister mit Haare, Herr Gellert!«

Seit der Rückkehr aus dem Riesengebirge schienen die Tage zu fliegen.

Die Berufswahl, die Bewerbungen, die Vorstellungen beim Lehrherrn, die Eignungs- und Aufnahmeprüfungen und vieles mehr rissen unsere Zeit und damit letztlich auch unsere Clique auseinander. Unsere Treffen wurden immer seltener. Ehe wir uns versahen, kam der Tag, an dem wir auseinandergingen.

Die Schule entließ uns »ins Leben«, wie es in der Rede des Rektors so schön hieß. Das vollzog sich kurz und schmerzlos und war weit weniger beeindruckend, als wir es uns vorgestellt hatten. Viel stärker traf die Clique die bevorstehende Trennung voneinander.

Aber auch hier bewies Olle Schraube wieder einmal sein Format. Seine Wundertöle neben sich, blickte er von einem zum anderen und schnitt eine verlegene Grimasse. »Komischet Gefühl, wat? – Mensch, was soll's? Kopp hoch, wenn der Hals ooch dreckig is'!«

Und damit war eigentlich alles gesagt.